杏林儿女

冯若蕾 著

中国华侨出版社
北京

图书在版编目（CIP）数据

杏林儿女 / 冯若蕾著. —北京：中国华侨出版社，
2020. 10

ISBN 978-7-5113-8305-1

Ⅰ. ①杏… Ⅱ. ①冯… Ⅲ. ①长篇小说—中国—当代
Ⅳ. ①I247. 5

中国版本图书馆 CIP 数据核字（2020）第 141303 号

杏林儿女

著　　者 / 冯若蕾
责任编辑 / 刘雪涛
封面设计 / 一个人·设计
经　　销 / 新华书店
开　　本 / 710 毫米 × 1000 毫米　1/16　印张 / 18　字数 / 238 千字
印　　刷 / 天津旭非印刷有限公司
版　　次 / 2020 年 10 月第 1 版　2020 年 10 月第 1 次印刷
书　　号 / ISBN 978-7-5113-8305-1
定　　价 / 52. 00 元

中国华侨出版社　北京市朝阳区西坝河东里 77 号楼底商 5 号　邮编：100028
法律顾问：陈鹰律师事务所
编辑部：（010）64443056　64443979
发行部：（010）64443051　传真：（010）64439708
网　　址：www. oveaschin. com
E - mail：oveaschin@ sina. com

序言
心似莲花开放

若蕾大姐二十万字的长篇小说《杏林儿女》即将付梓，让我为其作序，高兴之余，欣然从命。

大姐早已年逾古稀，而小弟我刚过花甲，但我们是同班同学。1978年，改革开放的大幕刚刚拉开，我和若蕾大姐同时考上同一所大学的中文专业，因为是特殊年代的学生，年龄参差不齐，最大的与最小的竟相差一代之巨。我那时对她很有些好奇，因为我当时在农村插队，像很多身在农村的考生一样，考大学是为了有一份工作，将草鞋换成皮鞋。而若蕾呢，在那之前已经是一家市立医院的化验员了。要知道，在那个时代，医务工作者可是个令人既羡慕又嫉妒的职业啊！而我们所读的学校只是一所普通的师范学校。难不成她想当一名教书育人的教师？经过一段时间的接触以后，我才明白她是带着一个梦想来的——文学梦。而这个文学梦竟伴随了她的一生。

毕业后，若蕾并没有去教书，又回到了原来的单位，只是不做化验员了，改做医学教育工作，其中一多半的任务是码字，中文专业毕业的嘛！若蕾很喜欢这份工作，码字虽然不属于她的文学理想，但多少还有点搭界。然而，几十年过去了，直到退休，除了写过两本医院院志外，她的文学之梦似乎没有真正圆过。也许是日常事务太繁杂，也许是有了家庭后身不由己，也许是长期的应用文写作磨损了她的文学创作灵感，也许上面说的都不是，更有可能是20世纪80年代后期文学退潮后，创作之路越来越艰难。

但是，年轻时产生的梦并不会轻易离去，更不会消失。因为那个梦不仅停留在脑子里，更是渗透在血液里，不管你走到哪里，也无论你从事何种事业，她都会如影随形地跟着你，从来都不用想起，永远也不会忘记。好比一粒深埋在土里的种子，总有一天会发芽、开花、结果。这不，一部洋洋洒洒，二十余万字的长篇小说突然横空出世！再次恭喜大姐。

小说取名《杏林儿女》，一看这题目就知道是写医学界的，而且一定充满了正能量，表现的是医学这座圣洁殿堂里的天使们。

是的，翻开小说，迎面而来的是一个个医务工作者，身如清风里飘动的白云，心似阳光下开放的莲花。这里，有参加过新四军的首任巾帼院长高山；有留学海外，婉拒导师高薪挽留，毅然回小城医院的金健民；有对病人一丝不苟，呕心沥血的眼科教授、外科医师、内科大夫；也有默默无闻，甘为人梯的二线人员……他们都是仁爱的践行者，悬壶济世，救死扶伤。

有人或许会问，医学界有这么好吗？现在的医院可不是一片净土啊，社会上对它诟病不少。这个我承认。社会转型时期，医院的确已不是净土。由于金钱过多地主导了价值观，医院问题多多。小病大治，看个感冒全面检查，大处方，收红包，医患关系日趋紧张，等等等等，不一而足。我理解社会对它的批评，我反对的是将它妖魔化，如今人们似乎对各行各业都妖魔化了。如果真是这样，我们这个社会早已是一塌糊涂，不可能有如此的进步。特别是像医院这样天使降临的地方，美好永远不会离开。我们看看新冠疫情下的逆行者们，就会明白这一点。所以，若蕾大姐通过她的小说向我们展示医学界美好的一面，有助于纠正人们的偏见。

弘扬真善美是文学的重要社会担当。人性是善恶交错体，当善的一面占上风时，恶就会受到压制，反之亦然。因此文学的一个很重要的职责就是要把人性的善的一面引导出来。

　　小说是一门虚构的艺术，但小说的虚构不是胡编乱造，必须植根于现实的土壤。《杏林儿女》虽然是虚构的，但又有作者几十年的亲身经历，所以，既有文学性，又特别接地气。同时，由于故事性很强，小说的可读性也强。虽然现在非常强调小说创作的现代性，甚至主张去情节化，这个我在这里不作评论。我本人也写过一些小说，反正我的创作原则是：故事为王，现实主义，爱情命运人性。也正是基于这一点，我非常喜欢若蕾的《杏林儿女》。我尤其喜欢她的章回体形式。致敬传统，致敬章回体！

　　若蕾大姐在这样的年龄出版长篇小说，我不敢说是大器晚成，但至少是厚积薄发。她之所以坚持要出版这部小说，绝对不是为了名利，事实上也不会给她带来什么名利。那她又为了什么呢？我想，一是为圆当年的梦，二是为晚年按照她自己喜欢的"老有所乐，老有所为"方式生活着。一个人爱上文学真好，因为她会让人变得年轻而快乐，让人仿佛觉得回到了20世纪80年代文学疯狂的年代。

　　若蕾大姐是成功的。所谓成功，就是勇敢地走自己的路！

（中国作家协会会员）
陈文超

目录
Contents

第一章
杏林儿女迎解放　巾帼院长英姿爽

　　省立罗城医院院长高山像往常一样早早地来到办公室，有职工说，高山院长总是第一个上班，最后一个下班，有这样的院长做表率，哪个职工还会吊儿郎当？高山昨日已接到省里通知，说新院长即将到任。这位女院长老家在山东，是在抗日战争最艰苦的时期参加新四军的，中华人民共和国成立后，她担任省立罗城人民医院的第一任院长。一身整洁的军服显现她飒爽的英姿，她身材高挑儿，皮肤白净，鼻梁高挺。与罗城姑娘相比，这位山东女子多了一份豪气和大方，她个性直爽，办事雷厉风行，有意见当面开炮，从不姑息留情。高山虽然来罗城仅二年时间，但已经深深地爱上了这座历史悠久、人文荟萃的城市。她无数次想去"三里长街依河筑市，店铺作坊古朴厚重，翻轩骑楼错落有致，石板弄堂曲折清寂"的市井走走逛逛，也计划到古城的大御碑前摄像留影……但是一年三百六十五天竟然没有一天空闲，天天有那么多事务要处理。她最为自我欣悦的是学会当地的方言，第一句话学的就是："伢省立罗城医院怎样怎样。"这个"伢"的语音拖得长而重。她心底已把罗城当作她的第二故乡。不熟悉她的人，还以为她是罗城人呢。

　　她看起来很有福相，其实她的童年生活非常艰难，父母亲离世很早，养成了她坚韧的性格。十八岁那年，她的族人要把她许配给县城年迈的大富商做填房，她连夜出逃，投奔一个在解放区教书的表兄。几天后，在表兄指点下，参加了共产党领导的抗日队伍。她说一生中最值得庆幸的是认清了方向，走对了路，她迎来了人生重大的转折点。她义无反顾地为挽救民族危亡而战斗！经过两年的集训，她被分在新四军皖南支队七师七纵三分所。从此她下定"巾帼不让须眉"的决心，把自己的名字由"高姗"改为"高山"，主动要求站到最前线，担任战地卫生员。

一次，在部队转移的途中，估计已经走了五十多里路，刚才短暂休息时发了一个玉米面饼，高山饥肠辘辘的感觉已经消失，但是双脚和眼睛不听使唤，双脚似有千斤重，上眼皮就是要合下来，不管咋用双手使劲儿擦也无济于事。因为昨天中午上面就传下命令，吃了午饭后就地休息，自己白天没有一点儿睡意，就坐在那里，看着战友们各有一色的睡觉姿势，有的发出轻轻的鼾声，有的还似在甜甜地笑呢。高山无意中发现女战友睡在床上特别可爱，红晕满面，嘴唇红润，小小的酒窝呀，小酒窝竟有二个呢。她真为自己的新发现而激动不已！不由自主地拿起镜子仔细照照自己，突然发现自己也长得不错，皮肤白皙，五官也很端正，浓浓的眉毛，下嘴巴微微上翘，姨妈说她的双眼特别明净，真的与她母亲十分相像，也是小美人一个呢！她生平第一次关注自己，一阵红晕袭来，高山似乎有点儿害羞，她急忙把镜子藏起来。不寻常的六七个小时就在不经意中过去了。啊，都怪自己，都怪自己！以后必须像同志们那样，要不折不扣执行上级命令。突然前面的战士悄声传来首长的命令，高山暗暗高兴，准是命令大家就地休息，终于可以睡一会儿了，谢谢首长，多及时的口头命令！一位警卫员站在路边轻声说，首长口头指示，行军路线中，凡是遇有麦田处，一律不准踩踏麦田，必须绕道而行！原来是如此命令！借着微弱的月光，周围果真是一片接一片的麦田，在习习的微风吹拂下，好似一波波滚动着的海浪。这次急行军准时到达目的地，与兄弟部队会

杏
林
儿
女

合，短暂休整后就迅速投入战斗。由于情报准确，部队以迅雷不及掩耳之势，对据点的敌人发动攻击。战斗在短短的时间内结束，还缴获小钢炮一门、重机枪三挺。机灵的高山在打扫战场时，到处找医药用品，如红药水、纱布乃至小小的棉花球。在返回驻地的路上，有的女战士轻声唱起了："我们都是飞行军，哪怕那山高水又深，在密密的树林里，到处安排同志们的宿营地，在高高的山岗上，有我们无数的好兄弟，没有吃没有穿，自有那敌人送上前，没有枪没有炮，敌人给我们造，我们生长在这里，每一寸土地都是我们自己的，无论谁要抢占去，我们就和他拼到底。"高山也跟着哼了起来，她是第一次领略胜利的喜悦，乐得又笑又跳。

战场上，牺牲的事是经常发生的。大家一起学习文化，一起讲对敌斗争的故事，一次战斗下来，几个活生生的同伴便不见了。每次战斗打响，战地卫生员面临的生死考验也不亚于参战的战士，在麦收时节的一次反"扫荡"中，高山背负的伤员有十多个，开始时她还抢运了几个伤员，战斗越来越白热化，倒下去的战友越来越多，起初她背阵亡战友，继而马上醒悟，必须抢救重伤员。看着亲如兄长的战友血肉模糊地倒在阵地上，她流着眼泪，不停地背那些受伤的战士。超负荷的体力强度和痛失的战友伤痛让她倒下了。不知过了多少时间，忽然听到有人在说话："你看，这里有一个。"有人走近，弯下身子看后说，"快救人！"一位老大娘动手背她，但背不动。另一位老大爷蹲下身子说："孩子，别害怕，我们是来救你的！"两位老人连拖带拉地把她弄回刘家村。到了村里，左邻右舍纷纷前来看她。一位大姊弯下身子问："孩子，现在怎么样了？""很渴，想喝水。"老乡有的回家给烧水，有的给下面条，有位大嫂还将自己做"月子"舍不得吃的红糖也送来了。

第三天，区武工队的同志把她送回驻地。每当回忆起这些，她总是无限深情地说："没有老百姓舍生忘死的掩护，七个、八个高山也早已'光荣'了！"一天上午，在王家村驻地，伪军突然前来袭击，集体突围已经不可能了，高山她们很快把伤员化装成老百姓，分散到村后山沟密林中隐藏起来。类似的情况在记忆中数不胜数。在这次反"扫荡"战役胜利的庆功大会上，高山被评为三等功。庆功大会会场布置得简单而庄重，会场周围张贴着红红绿绿的标语："抗日则生，不抗日则死！""抗日救国，是每个同胞的神圣天职！"坐在前排小凳子上的她，看着主席台上贴着领袖的像，似乎正在微微对她点头，好像在对她说："女战士很勇敢！"插满会场四周的小红旗，随风飘动像如扭动身子向她致敬！当教导员念到高山的名字，戴上大红花的她站到了主席台上，首长亲手为她佩戴立功勋章，台下的战友们热烈地鼓掌。她觉得从未有过如此的激动和兴奋。今天腰板笔直地站在新四军部队的领奖台上，成为抗日战争中的英雄！更庆幸的是，她在抗日救国的烽火中遇到了一大群国之栋梁，人之精英，是他们用自己的智慧才华，是他们用自己的青春年少，是他们用自己的一腔热血，赶走了似虎似狼的日本侵略者，引导了她走上自强自尊的人生道路。

　　高山在新四军中最佩服的人——王教导员，是清华大学水利专业品学兼优的高才生，其导师慧眼识英才，认为这个学生日后在学识上一定能够超越自己，成为国内外一流的水利专家。然而快毕业之际，卢沟桥事变爆发，这位学有所成的年轻人毅然投笔从戎。先在延安抗大学习，后在晋察冀军区担任教导员。先后转战千里，进入皖南游击战区。这位教导员能征善战，能文能武。穿着便衣，到敌人占领的县城里去侦察，机智地端掉了敌人的炮楼，还俘虏了一个日军小队长，这名日军后来又成了日本反战同盟的成员。王教导员讲的课浅显易懂，他讲过愚公移山的故事，说日本帝国主义就是压在我们头上的大山，我们依靠反侵略的中国人民，一定会推翻这座大山。他还善于做人的思想工作，只要受到他的点拨，任何疙瘩都会很快解开，真是奇人一个，深受同志们的爱戴。

　　高山这样从战场上过来的人深深体会到，胜利是无数身边人牺牲换来的。她抢救过的伤病员中，有被炮弹揭去胸骨直接见到"扑扑"跳动着的心脏的伤员，有失血性休克前连声喊着喝水、喝水的重伤员，一个一个地合上眼睛，离开人世时甚至连姓名与籍贯都没有留下，片刻之间便献出了他们年轻的生命。她亲眼看见，飞机大炮轰炸扫射下，挑军粮、抬担架的民工一个个地倒下，当地老百姓对付出的巨大牺牲也是无怨无悔。

每每想起战争年代，她都告诫自己，为了争取和平而死去的战友，为了纯朴的人民群众，必须竭尽全力为祖国的明天而工作。记得那天还在一心一意安排打扫下一个战场，一位通讯员通知她前去师驻地接受新任务。她跑步来到师机关驻地，处长给她一张任命书，让她担任省立罗城医院院长之职，要她马上去接手医院，管理好医院。当时她急得直哭鼻子呢——担心辜负组织的重托，管理不好医院。而她最佩服的人——新四军的王教导员，如今的师政委正巧从门外走了进来，见她在抹鼻子，就说：

"怎么回事，我们的女英雄哭鼻子啦，受什么委屈了？"政委笑着问道。

处长简要汇报了刚才的事。王政委的爽朗笑声立即充满了整个屋子，他指着桌子上面的全国地图对她说：

"小高同志，你看红旗已快插遍祖国大地，全国即将解放，但是我们不仅打碎旧世界，更要建设新世界！正如毛泽东同志所指出的那样，夺取全国胜利只是万里长征走完了第一步，革命的路还很长！人们除了吃饱穿暖外，还须有健康的身体。为此，上级派你去当一名保护人民健康的卫士，这是一项光荣而艰巨的任务！"

"教导员，可我医疗知识太贫乏了，也没什么管理水平，难以胜任院长的重任，还是请别的同志去吧。我还是干我那战地救护队长吧！"高山喜欢用以前教导员的称呼，所以一时还不愿改口，在老首长面前坦率直言着。

"小高同志，目前最需要的是医院院长，医疗知识和管理水平我们很多同志都是欠缺的，解决的办法是学习，我们能学会我们原来不懂的东西。我们共产党人善于在游泳中学会游泳，在战争学会战争。但必须保持谦虚、谨慎、不骄不躁的作风，虚心向内行的同志学习。"王政委语重心长地说。

泪水模糊了高山的双眼，她向教导员敬了一个礼，大声说道：

"我会认认真真地向同志们学习的，一定不辜负教导员的重托!"

拿起任命书，她大踏步向前行走。第二天一早，背上背包就去省立罗城医院上任。

一阵敲门声把她从回忆中拉了回来，"高院长，省里派来的金健民博士已经到了大殿前头了。"医院人秘股长前来报告说。

"好，再好不过了，我们快去迎接他!"高山真诚地说道。

这个大殿原叫天宝寺，建于后唐长兴元年，具有千年历史，是罗城重点保护的文物古迹，天宝寺大雄宝殿屹立在医院正中位置，似乎向人们庄严告示，此家医院是中国人民自己创办的!高山急急来到医院大殿前，只见两个陌生年轻人正在搬运行李，一个是年轻的小伙子，穿着学生装，宽宽的浓眉下边，闪动着一对深沉的眼睛。另一个是梳着大辫子的姑娘，忽闪忽闪的大眼睛，似乎在告诉别人——我最喜欢帮助你们，看上去比小伙子要老成一些。凭高山的直觉，知晓金健民博士不在现场。

"您是高院长吧，我们是与金博士一起来的，我叫章满秋，工作两年的护士，沈阳护士学校毕业的。他叫周卓然，刚从湘雅医学院毕业。金博士说带我们来省立罗城医院工作。"姑娘一口流利的普通话。

"好一个聪明的护士姑娘，你是怎么知道我的?"

"您一身军服告诉了我，在路上，金博士给我们讲了许多您的抗战时期英勇的故事，我真敬佩您呀!"

高院长与人秘股长听了章满秋的言谈，暗暗惊讶，他们以为金健民院长从省城带来的不是辅助左右的虎将，就是业务骨干。然而要来的竟是一个还没有上岗的见习医生和一个资历低的护理人员。股长还是忍不住悄悄地问金健民，为何不带熟悉业务的人员却带小字辈。金健民的回答让人秘股长顿时肃然起敬，这是后话。

"金院长到哪里去了？"高山急切地说道。

"金院长，哪个金院长？"聪明的章满秋此时倒迷糊了。

小伙子腼腆地说：

"刚才有一位工友同志说病房有急事要找您，金院长说他去办，本来我也想一同前去，金院长却叫我们在此等您。"

"去，我们得去找他！"高院长与人秘股长一同朝病房方向走去。

"哎，与我们同来的竟是院长？他没一点儿院长的架子。你知道吗？你知道干吗不告诉我？"大辫子姑娘对这个结识不久的伙伴小声埋怨道。

"怎么会不知道？不动脑子。"周卓然心里说着，但马上觉得刚刚的想法十分不妥，立即真诚在对章满秋招呼说：

"快，一块儿去病房看看！即使我们帮不上忙，或许也能学到一些新知识呢！"

他俩边说边跟上高院长与人秘股长的脚步。

章满秋不知不觉地被医院的景色吸引住了，觉得这医院挺大又很美，而且非常安静，绿柳成行，鸟雀也不怕人，在枝头和草坪上自由地啄食嬉戏。这般恬静使人无比舒坦，浑身松弛，头发触着轻柔的柳丝，迎面伟岸的白杨好似在挥手致意！房屋之间的路似乎看不见，它夹在一行垂柳或一行灌木树之间，只要找到这一行行绿树，就寻觅到其中藏着的一条条通道。医院是安谧的地方，安谧不能没有绿色。有位美术家说过，红是暖色，是亢奋，是激烈！绿是冷色，是沉着，是思考！透过这层层绿海，安静的病房便坐落在其中。章满秋不由暗叹，好一个医院！情不自禁地说：

"我愿意在这个医院干一辈子！周卓然你觉得怎样？"

"我正在仔细看，认真想，别打断人家的思路呵。"

整个医院正好以天宝寺大殿为中心向左右、前后延伸，大殿正前方是东门路的三层木结构门诊楼，底楼设立内科、外科、五官科、儿科、妇产科等临床科室及放射科、检验科、药剂科、供应室、手术室等医技科室。二楼为外科系统的病区。三楼系假层式，其高度与采光度均比不上二楼，因而安排为值班医务人员的临时休息室。天宝寺的左侧与门诊楼相邻的有西式平屋二幢，靠南的有大小房间 40 间，作为内科病房；靠北的是儿科和五官科，有大小房间 26 间。天宝寺的右侧，是简易的留观室、党政办公室、药品制剂室及其他医疗用房。天宝寺的后方则是后勤保障部门。

周卓然走马观花式地游览着，觉得比较简陋，然而整个医院也还整洁有序。可他没有说出口。

他们一行顺着天宝寺前的大道，绕着参天的白杨树，步入一行灌木树间石板铺成的甬道，进入病房区，一个病房一个病房地找。

内科病房没有！

儿科病房没有！

妇科病房没有！

外科一病房也没有！

"难道去手术室开刀去了！"人秘股长觉得新来的院长是个外科博士，手术室是他最能显示才能的场所。

"不可能，今天没有手术安排。"高院长斩钉截铁地回答。

新来的院长人生地不熟，究竟到哪里去了？

剩下的只有外科二病区最后几间病房了，这几个病房朝南向阳，冬暖夏凉，背倚医院内庭，是医院条件最好的病房。五十年代初作为市内唯一的公立医院，热烈地迎接过从战场下来的伤病员，全体医务人员以最热诚的态度欢迎他们的到来，医院把条件最好的病房全让了出来，配上医院最拔尖的护理人员。

越走近外科二病区，高院长心中越担心：想那金健民一介书生，碰见那么多经历战火磨砺的伤病员，肯定是"秀才遇见兵有理说不清"，上一任的院长是高职称，且见多识广，最后还是要求调离。

"水来土掩，兵来将挡，"所以上级领导才指派我这个穿军装的干部来接任。我最大的优势就是军衔比他们都高，参军时间比他们都早。军队是比较讲究资历的，刚到任时，程咬金的三板斧确有成效，但目前外科二病区实际上已是伤员疗伤的科室，医院虽已投入最好的人力、物力，换来的却是伤员的怨气、医务人员的泄气、领导干部暗中的叹气。看来战地那种叫你冲锋就冲锋，叫你撤退就撤退，以服从命令为天职的指挥方式，不适合用于此处。倘若病房有急事而又是与伤员的纠葛，刚到任的金健民自撞枪口，双方火药味浓烈以后将如何开展工作？高院长越走越快。二病区最后一间病房里果然聚集了十多个穿着病人服装的，有的拄着拐杖，有的绑着胳膊，有的坐着，有的蹲着，也有的站着。他们情绪不像往日亢奋，也不像是往日那样焦虑与不安，而是静静地观望着。盘坐在地板上下棋的两人，一个是新来的金健民，另一个是伤病员张大勇。张大勇是何许人？原野战军四军七师的一位排长，为人耿直，认定的事一竿子到底，九头牛也拉不回来。张排长战场上打仗很勇敢，三次挂彩三次立功，看起来金健民与张大勇的对垒，都全神贯注。张大勇眼不斜视，嘴不开言，一心全在棋盘上，他学会下棋没多久，渴望有人与他对垒，特别是希望与棋艺高的人较量一番，看来他喜欢和金健民对弈，或许他心里觉得金健民是个至善、至真的人，与此人较量有味！

中国有句俗语叫"不打不相识"，正是张大勇的吵闹引来了他，因为张大勇觉得医生迟迟没有给换药，打了铃又没有人理会，把伤病员的治疗不当一回事，越想越来气，所以忍不住拍桌踢椅，旁边的伤员也跟着大呼小叫。不多时，一位陌生人行色匆匆地和工友宋小三赶来了。陌生人高高的个子，瘦瘦的面庞，鼻梁上架着一副宽边眼镜，穿着一套合身的制服，看起来是个满有学问的知识分子。陌生人走进病房后立即对宋小三耳语了几句，宋小三一面点头一面向病房外跑去。

"搬救兵去了，孬种！"张大勇对着病友们说道。

"是啊，又来了个孬种！"众伤员高声地附和着。

陌生人见这群老伤员毫不留情地发飙，既不慌又不怒，走到张大勇跟前说：

"怎么，发那么大火，伤身体！"陌生人语调平和，面带笑容。

"伤身体！已是半死的人了，再伤些也没什么大不了。"张大勇没好气地说着。

"有这样严重吗？我看不见得。"陌生人不慌不忙地回答着。

此时，宋小三急匆匆拿着一件白大褂、一副听诊器和几个病历夹子交给金健民，还说那位经治医生上吐下泻，正在急诊室诊治。

众人多少有点意外，一位伤员情不自禁地说：

"不是搬救兵，拿来了件白大褂，原来他也是医生。"

穿好了工作衣的陌生人翻阅病历后，扶着张大勇躺在床上，诚心诚意地说：

"您也听到了，经治医生突然患病，不能按时给您换药，我叫金健民，外科医生，临时代理那位经治医生，来，换药前先给您体检一下，您可同意？"

"随便！"张大勇瓮声瓮气地说。心中余火似乎还在燃烧。

这外科二病区多数病员伤情已基本好转，不少病员喜欢闲时找点开心"佐料"。"佐料"越多越高兴，院长越生气他们就越开心。他们原想是高院长必定风风火火赶来，与张排长又乒乒乓乓干一仗，那晚上大家又就有谈话资料了。可怎么来了个陌生医生，他能降服张排长那只犟驴吗？于是，大家睁大眼睛看着陌生医生的一举一动。医生给病人检查身体是病人求之不得的事，他却要问：您可同意？这位医生待人接物与其他医生可大不一样；再看看陌生医生的检查是从脸部五官到两脚肌腱，从头颅到四肢骨节，听诊器从前胸听到后背，从肺尖到肺底。动作轻柔、娴熟，一气呵成的医疗技术可见也不大一般了。正在摘听诊器的陌生医生说时慢那时快，摊开双手为张大勇接住霎时涌出嘴巴的一口浓痰，这一细微举动太出乎张排长的意料了。

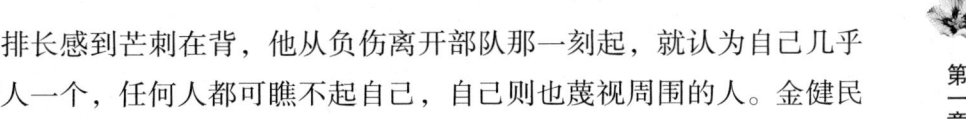

张排长感到芒刺在背，他从负伤离开部队那一刻起，就认为自己几乎废人一个，任何人都可瞧不起自己，自己则也蔑视周围的人。金健民毫不犹豫地接住他这一口浓痰，这一举动惊煞了所有的人，更是感动了当事人。金健民的爱心治愈了张大勇内心的伤痛，善心使他感到温暖，同情心使他找到了自我，张排长决心要像战场上一样勇往直前。

突然有人高声喊叫，"医生阿爹！"

陌生医生连说，"不能！万万不能！"

虽然金健民院长坚决反对，但这种叫法在病人中已经传开了，而且越来越多的群众都敬仰地称他为"医生阿爹"。这是后话。

洗好手后，陌生医生又回到床边，把检查情况如实向张大勇做了说明：

"以我的从医经验，您腰部的伤口已基本愈合，即使您头颅上的旧伤也不影响您的日常生活，但要注意保护，如冷天要保暖，天热要防烈日暴晒，日后科技发展了再行修补手术，不必太担心。目前应以休养为主，最要紧的是保持心情愉悦，以中医郎中讲应忌发怒。"

继而转身走到其他伤病员的床边，一一诊视他们的伤情，一一交代了各自的注意事项，并鼓励他们振作起来战胜疾病。金健民言谈温和，举止文雅，伤病员们的敬仰之情油然而生！因为刚才说到大家可以适当娱乐，所以张大勇渴望与金健民下一局棋。周卓然眼尖，一下子就认出刚才说病房有急事的那位小个子工友，只见他双手交叉搭着前臂，笑眯眯站在那里，两眼也与周围的人一样全神贯注。说起这个工友同志可是个人物，他大名叫宋小三，年龄不大，处世老练。宋小三看到高院长一行人，便急匆匆来到高院长身旁，悄悄地把刚才发生的事儿说了一通。高院长悬着的心终于放了下来。

知道陌生医生是新上任的院长，这些伤病员半夜未眠，你一言一语地热议着新院长金健民的到任趣闻。

第二章
健民夜闲济憾缺　蘅芜国庆喜相逢

　　高山院长在一大堆人中一眼就认出金健民，他高高的个儿，黑黑的头发自然卷曲，光洁白皙的脸庞，透着棱角分明的冷峻；乌黑深邃的眼眸，泛着智慧的光芒；那浓密的眉毛，高挺的鼻梁，不大的嘴巴，无不折射着他的沉稳与优雅。第一感知告诉高院长，眼前的搭档是一位有责任与担当的汉子。

　　再仔细辨认，还似曾相识，对！有过一面之缘，那次高山去省城开会，在省直机关乒乓球场上见过他，他正与一位窈窕女子乒乒乓乓地打球呢，稍年长的人一看便心知肚明，一对青年男女正在热情奔放之中，他手握球拍站立中心位置敏捷地防守着，她气喘吁吁左右进攻企盼出奇制胜；他一脸阳光，她满面春风；他热情四溢，她含情脉脉；他心慰，她满足。

　　他与她相识得从一年前的一天说起，这天省城为庆祝中华人民共和国诞生举行盛大游行活动。金健民与同事们早已准备好游行用的鲜花与五星红旗，谁知临出发前有一位严重的外伤病人，危在旦夕，金健民被领导指定为抢救组的医务人员之一，剖腹探查后进行多脏器破裂修补，手术进行到晚上九点钟，从手术台上下来，一种无与伦比的兴奋冲击着他的心房，那开天辟地的大喜事必须亲自庆祝！金健民顾不得一整天手术的劳累，兴冲冲走出医院大门，沿着白天市民的游行路线，走向人民广场，他昂首挺胸手持鲜艳的五星红旗，一路上心中默默喊道：中华人民共和国万岁！他抑制不住激动的心情，心中构思了《换新天》一诗：

旗山花海万翩翩，黎庶同庆换新天。

昼忙夜闲济憾缺，瘦驹今始奋蹄前。

瞬间唐朝大诗人杜甫所作的《闻官军收河南河北》涌现在脑海，他忍不住轻声吟了起来——

剑外忽传收蓟北，初闻涕泪满衣裳。

却看妻子愁何在，漫卷诗书喜欲狂。

白日放歌须纵酒，青春作伴好还乡。

即从巴峡穿巫峡，便下襄阳向洛阳。

此时此刻金健民完全沉浸在当年大诗人那种欢乐的心境之中，他手持五星红旗兴冲冲地走在上午进行盛大游行的大街上，时钟虽然已经响了十下，但市中心广场上还是灯火辉煌，三五成群的市民还挥动着五星红旗流连忘返。金健民突然见到一个迈着轻盈步履的女孩迎面走来，他心灵深处感到一阵震撼，似乎银河系中的织女就在眼前。只见她身着鲜红色连衣裙，两条垂肩的长辫子，一双美丽的大眼睛，眼睛上面有一对像月牙一样的眉毛，高高的鼻梁，还有一张鲜红的樱桃似的嘴巴。中等的个子，玲珑的身材，下着白袜子白球鞋，手持一面写着"天亮了"的小红旗。他几乎与她同时停住脚步，愉快地注视着对方，微风吹动二面鲜艳夺目的小红旗，也吹拂着两颗年轻、激扬的心。

他温厚的男中音流入她的心扉。

"我叫金健民，在省医学高等学校供职。庆祝中华人民共和国诞生的大游行我必须参加，这是天大的喜事，怎能不参加解放自己的庆典！白天没时间晚上一定要补上。今天能认识您也是喜事呀！太兴奋了！女同胞，冒昧请问如何称呼您？"

她清脆的嗓音很甜很美，在他听来比歌声还美妙。

"我姓丁，叫蘅芜，家里人都叫我小蘅。反正您喜欢怎么叫我都愿意。"

"好！那我就跟着叫小蘅。"他愉快地说道。

她实在太开心了，继续说：

"国庆游行我们全家，爷爷、奶奶、爸爸、妈妈、大哥、大嫂、侄女与侄子都参加了，小侄子骑在大哥脖子上，侄女走一程，大嫂和爸爸轮流抱一阵，竟然也走完全程呢。我白天在值班，晚上独自前来庆祝新中国诞生！太高兴了！我爸爸最爱说，天亮了！我们就能自由自在从事商业活动了，不必再东躲西逃了。老百姓从此可过安居乐业的生活了。"

"我是高兴得忘记了礼貌，过分自我陶醉了吧？"她抱歉地说道。

"此心同理！"他兴高采烈地说道。

"以后我们可以专心致志地追求自己的事业了，让全国的父老乡亲个个远离疾病，人人健康。民健才能国强！祝福祖国繁荣富强！"这个不寻常的夜晚，他俩相识相知相爱了。祝福人民当家做主人的畅想，把两个年轻人的心紧紧结合在一起。三里长街，一瞬间便走完了。从那以后，在图书馆内，在操场上常能见到他俩的身影。半年后，有情人终成眷属，亲人和同志们送来祝福，祝他俩新婚幸福！在新房里他俩兴致勃勃地欣赏着这满屋的贺词，一位长辈送的"在天愿作比翼鸟，在地愿为连理枝"，她与他一致建议贴在新房正面的墙上；"男女并肩为锦绣江山添异彩，夫妻携手向伟大祖国献青春"的对联，她说它说到了自己的心坎上，把此作为座右铭，要珍藏起来；他则认为"男尊女女尊男男女平等，夫敬妇妇敬夫夫妇相亲"；夫妇之间最应互相尊重，也说出自己的心里话，一定要付诸实践。夜深人静之际，他俩久久不能入睡，于是她建议每人讲一件开心事。她抢着说自己从小就在罗城外婆家，外婆有讲不完的有趣故事，一首贺知章的《回乡偶书》很多人都知道：

少小离家老大回，乡音无改鬓毛衰。

　　儿童相见不相识，笑问客从何处来。

　　外婆说最喜欢念这首诗，因为这个客也是外公，他在外省经商三十年，返乡时，还是一口浓浓的罗城话，一踏进家门也会念这首诗。说明外公与外婆是心心相印的，外公心系故乡之深情跃然纸上！"你以后也会给我常吟吗？"

　　"那一定，小蘅喜欢的我一定喜欢，这叫心有灵犀一点通！"金健民诚心诚意地回答说。

　　"好，我把这首诗写下来，你得放在身上不要忘记喽。"

　　丁蘅芜拿起金健民送给她的"英雄金笔"，工工整整地书写了"回乡偶书"双手递给了他，金健民开心地说：

　　"别人家的新婚夫妻多赠金银珠宝，我的妻子赠送唐代名诗，健民爱不释手，谢谢小蘅！"金健民认真折好放了起来。

　　丁蘅芜喜不自禁，又说再给你念一首儿歌吧：

　　"一颗星，隔棵灯，两颗星，挂油瓶。油瓶漏，好炒豆。炒得三颗乌焦豆，一颗香，一颗臭，一颗给隔壁嬷嬷搭癞头。癞头癞，加乌豆。乌豆香，加辣姜。辣姜辣，加水獭。水獭尾巴长，加姨娘。姨娘耳朵聋，加裁缝。裁缝手脚慢，加只雁。雁会飞，加只鸡。鸡会啼，加蜉蚁。蜉蚁婆婆会爬墙，小老鼠啦爹，大老鼠啦娘。"

　　她一口气吟完，满脸娇嗔地问道，"您能照样念吗？"

　　金健民老老实实地摇了摇头。见他忠厚的样子她觉得十分欣慰，边笑边说：

　　"我知道你既念不得，也知道你不知其包涵什么意思。这是首地道的罗城方言，不是罗城人就念不成这首儿歌，它是分辨是否是罗城人的试金石。早年罗城人到外地谋生，不管天南海北，不用金不用银，只要一念这首儿歌，当地的罗城人一定想方设法甚至舍弃生命也会帮助你。"

　　金健民开玩笑说，"有那么神，那我一定好好学它，或许有一天遇险，罗城人能拉我一把呢！"

她开心得发出"格格"清脆的笑声，小嘴巴边的两个深深的酒窝更增添无以复加的妩媚，她学着教书老先生的样子，晃着头，伸出二个指头，老气横秋地说：

"因我是罗城人嘛，得考考你桥的故事，那是罗城人都能讲的故事，要不你就是冒牌的。"

金健民开心得拍手大笑：哈哈，我无意中了解到罗城人说过三乡，叫什么水乡、酒乡、桥乡，这个桥的故事我说得出说得出。聪明的罗城人把桥名的谐音和数字联在一起，编成了一首民谣："一桥大木桥，二桥凤仪桥，三桥三接桥，四桥螺蛳桥，五桥鲤鱼桥，六桥福禄桥，七桥戴坊桥，八桥八字桥，九桥酒务桥，十桥日晖桥。"

她心里佩服他知识面广，但嘴上还找碴，"不是民谣，是要讲桥的故事。"

聪明的他以守为攻，"那你说给我听听。"

"我说，桥的故事多着呢，三天三夜也讲不完。"

调皮的她，模仿说书人的样子与口吻说道：

一个炎夏的傍晚，王羲之访友回家，途经西山路东侧的一座石桥，见桥栏上坐着一个白发苍苍的老婆婆，手提一篮折扇，满面愁容地叫着："卖扇，请买一把折扇！"王羲之心想，这老婆婆中午时就在这儿叫卖，怎么卖了半天，还剩这么多扇呢？莫非是由于扇子制作粗糙而无人问津？于是，王羲之快步走上前去，捡起其中的一把看了看，问道："老婆婆，这扇子多少钱一把？"老婆婆见有人问价，眼里充满了希望地回答："二十文钱一把，少几文也卖你。"王羲之听了便向老婆婆借了五把扇，跑到桥上的一家茶馆里，向伙计借来笔墨，在这些扇面上写下了"清风徐来"四个行书大字，并在左旁落款署名，然后把它还给了老婆婆。老婆婆见自己洁白的扇面被王羲之涂成这个样子，越发不能卖了，急得快要哭了。王羲之见她不解己意，就笑着安慰老婆婆说："婆婆不要性急，有人来买扇，你就说是王羲之亲题的，每把售价一百文钱！"果然不出所料，一会儿桥上就挤满了买扇的人，老婆婆对王羲之感激不尽。后来，人们为了纪念王羲之的这件侠义之事，便把他题过扇的这座石桥，取名叫"卖扇桥"。怎么样，罗城人素有扶贫济困侠义心肠的美德，你听了有什么感想？我的大教授。

"有，有，肯定有感想，但今夜不说了，困倦了，亲爱的！"金健民几近央求地说。

她面如桃花，羞涩地低着头轻声说："亲爱的，实在对不起，今天女孩子家那最讨厌的还缠着我呢。睡在新床上怕弄脏新被褥，一塌糊涂多糟糕。"

学医的金健民一听就知她说的意思，一把紧紧搂抱住她，轻轻地吻着她的双颊。悄悄在她耳边说，妻子的痛苦日，就是丈夫疼爱日，你就睡在我怀里吧！

就这样，她带着少女的无限娇羞慢慢地依偎在他怀中，可是此刻她还是有一句话忍不住要一吐为快，她说：

"听说，在美国留学期间，你的导师十分看好你，希望你留在美国，还打算招你为东床快婿，是吗？"

"一半对，一半错，导师确实邀请我留在他那里，然而我的回答是，我的事业在中国！我的家在中国！就这么简单。亲爱的，还想说些什么？"他直率地说。

就这样，他与她度过那刻骨铭心的新婚之夜。

结婚后，他认为有责任提高她的文化素质与强健体魄，因此有意识地带她跑步、打球、游览书院。她的朋友觉得她变化太大了，以前她被称为服装的领军人物，现在她不逛服装店却在书店与图书馆中能泡上半天，与朋友交谈的内容不是香水、护肤，而是人怎样才能优雅，因为她觉得唯有如此才能跟上他的脚步，更何况与他在一起很快乐。她觉得生活上应多体贴他，因此不厌其烦地向母亲请教炒菜煲汤的技艺。不知是她的悟性好还是爱情力量之神奇，很快她就能烧不少家常菜，她做的金丝白菜煲，他连说味道美极，其实就是土豆、白菜做的一道清脆而特别爽口的家常菜；肉末烧茄子，紫紫的茄子、红红的瘦肉，软嫩的茄子遇到酥脆的肉末时会粘在一起，外加姜、葱、蒜、香辣酱、红尖椒，香飘满屋，他说胃口大开；椒盐虾，所买的虾，因为有点小，于是制作成椒盐虾，没想到味道出奇的好，他连虾皮也一块儿吃了下去，还说很补钙哟；不过有时也会玩笑他，她把青菜切末，同样把胡萝卜切末，把鸡蛋放进去，烧成蛋蔬煎饼，她取名为样样齐全，要他在吃前答对名称才能开筷。她渐渐地明白，吃饭其实也是非常有意义的一件事。生活的本质是什么？就在于发现之后仍然很爱它！每天的生活离不开吃饭，因此有人喜欢研究美食，喜欢在美食中寻找快乐！美食的独特之处就在于它不仅仅可以填饱我们的肚子，而且在做饭的过程中能体验不同的人生，还有吃过之后的满足感。她希望自己既是他志趣相投的同志，又是他亲密无间的侣伴。周围人都说他俩是天作之合。他俩彼此把对方的追求当作自己的第一需要，不管自己喜欢与否，都毫不犹豫地去满足对方，而且给予得十分愉快，他与她之间是真正的爱情。

他俩婚后一段时间，下班之后在乒乓球场上乒乒乓乓地干上一场的习惯不变。所以，高山院长在球场上不经意见过他们，也是高山眼力好，说得上是过目不忘。

高山终于在外二科找到了金健民，心直口快的高山首先开了一炮：

"金院长您一到就与我捉迷藏，以这样的形式上任真有意思！"

一旁的人秘股长也附和着说：

"我们真的找遍医院的每一角落，想不到金院长与病人在下棋呢！"

"对不起，对不起，没与您打招呼，抱歉之至！"金健民真诚地自责着。

"想不到院长是如此平易近人！"听到的病人也赞不绝口。

高山与金健民就这样互相紧握双手。金健民片刻接触的第一感觉是对方平视专注的双眼，认定新搭档是一个为人方正而绝不是华而不实的人。

半个月后，医院召开院务扩大会议，罗城市卫生局局长参加了会议，首先宣读高山担任省立罗城医院的协理员，金健民担任省立罗城医院院长的任命书，协理员主管政治思想及人事工作。院长全面负责医疗业务及总务后勤保障工作。接着把金健民介绍给大家。接下来就是新院长就职演说：

"同志们，首先感谢大家对我的信任，罗城是我向往的历史文化古城，省立罗城医院是中国人自己创办的医院，我喜欢！我愿意与大家一起为文化古城增添新篇章，为中国人自己办的医院更上一层楼而努力！

所有在座的都知道我们医院创建于一九四二年，是抗日战争最艰难的时期，医院举步维艰，既要对付日寇的疯狂大扫荡与小窜扰，又必须行使省厅赋予的卫生行政职能，如严格医药管理，筹设传染病院的隔离病舍等事项。当时又逢鼠疫、霍乱等烈性疫病盛炽，疫情严重，当地人们'闻疫色变'。医务人员在疫情面前既当指挥员又当战斗员，没有退缩，开展隔离收容、预防注射及推行防疫宣传等工作，及时剿灭疫病。

同志们再看看当初的几项规定——

门诊：除星期天作为例假日外……

出诊：时间为每日下午一时至五时三十分……

接产：……

建院初期，医院经费、人力等方面都十分困难。但对确有困难的群众毫不犹豫地伸出援助之手。这个中华民族传统济苦扶贫的优良传统，充溢着满满的同情心和爱心，关爱贫苦群众，我们一定要代代相传！抗战胜利时，医院院舍仅为一些古刹旧寺，器械简陋，然而，医院上下齐心协力，同舟共济，首先采取了许多利民便民措施，如为照顾远道而来的病人，特设下午门诊，还组织部分医务人员上街进行卫生宣传，注射防疫针等。医院还不时举行义诊，仅眼科每次就有一百余号。医院从建院第一天起，就将关爱人民群众的条文写入医院的章程之中。这是我们医院的一大亮点！也是杏林精神的延伸，是我们医院的传家宝，也是我们医院永恒的精神财富。我们只能发扬光大，千万不能轻视，更不能丢弃！"

说到此，金健民的赤子之心已经飞向那抗战烈火燃烧的省第八区中心卫生院（即医院的前身）。一阵热烈的掌声把他拉了回来，他听到有人轻声赞许着说：他刚刚到位，比我们了解得还多，是个有心人，日后准是我们的好院长。但与此同时，也有小声的语音传进他的耳朵：蛮会说话，像个政工干部，当不好业务院长。

金健民不由自主地顿了一会儿，或许是在调整情绪，虽然就职演说曾做过充分准备，但作为一个首席院长来讲负责任的话，还是第一次，有不同意见的情况是不足为奇的，否则叫我来干什么！他很快恢复了平静，接着又说：

"我们先贤在内忧外患的困境下，交给我们一个粗具规模的医院，我们能在他们培植的树下乘凉，乘凉不忘栽树人，一方面我们要有感恩心，另一方面我们必须要谋求发展，前些日子，高山同志与我进行初步调查研究后，拟定了发展计划，计划分为两步走……时代要求我们一手拿听筒，一手持教鞭，相信同志们都有时不我待的紧迫感，舍我其谁的责任感。我们要竭尽全力办好卫生教育事业，培养德才兼备的卫技人员，此乃建设新中国的需要，是时代赋予我们的光荣使命。记得我报到第一天，就对人秘股长说了，一流技术骨干依靠我们自己培养！在此我再次强调，培养大批优秀人才必须依靠我们自己，而且在自身发展的同时，还要积极为兄弟医院培养优秀人才……"

当金院长谈到办校育人的计划时，立即受到了不少同道的支持。从此以后，这所医院既有学校又是实习基地，一代又一代的师长培育

杏
林
儿
女

出一代又一代的优秀卫技人员，他们的足迹布满罗城的山山水水，为罗城人民的健康做出了不可磨灭的贡献！

紧接着金院长代表院务委员会宣读了成立疗养部的请示报告，得到与会者的一致拥护，大家认为疗养部的成立，既有利于伤员的身心康复，更有利于普通市民的就诊。

"在此我表个态，如果在今后的医疗工作中，我有对医疗玩忽职守，对病人特别对贫苦病人如有敷衍塞责之处，可以当面批评我，也可以向上级告发我！"

说到此又引来一阵掌声。当然又有人小声说，船还没启航就讲满话，当心翻船！

金健民或许也听到了"翻船"的言语，他认为，做老实人，说老实话，干老实事，是不会翻船的，对此他信心满满。

他右手用力一撇一捺，认真地说着：

"想必这是人人都认得的'人'字，这个'人'字头部顶天，两脚着地。表示做一个真正的人应该顶天立地，我觉得我们医务人员头顶着的天就是广大的患者群众，两脚就是要求我们既要有良好的医术，又要有崇高的医德，有作为的医务工作者必须写好这个'人'字。我们谋求发展就是为了办人民满意的医院，做群众满意的'杏林'人。最后说一句，愿与同志们合作愉快。"

高山总结发言说：

"院长构建的发展规划，发展蓝图，振奋人心！特别支持院长'一手拿听筒，一手持教鞭'的设想，不仅要办好医院，还要为罗城培养医务人员，实在是很好的设计。记得院长第一天报到时就对人事部说了，合格的医护人员我们自己着力培养，当初我认为是随便说说而已，实际上院长已成竹在胸。刚才院长开诚布公说了关于组建疗养部的事情，原先我是持反对意见的，因为觉得把伤员移交到那边，有点对不起经历战场生死的同志，应该让伤员养得结结实实，自行报告出院。当时院长建议先搞些调查研究再决定，于是我们走访了住院伤员及驻军医院，才发现自己的思维落伍了，一位伤员说得好，不能老躺在医院，伤员不仅仅要身体不残，更要精神不残。觉得自己还很年轻，渴望早日回到部队，再立新功受奖！

我们特别参观一家康复医院后——院方非常注重伤员的功能恢复，引导他们进行力所能及的锻炼和劳动，医者和伤者的关系更和谐了！这对我的启发很大。金院长还计划与上级有关部门沟通，设立文化知识补习班。在征求意见时就得到许多人的支持。与此同时，还查阅了伤员住院日的统计，最长病员已住了412天，最短也有半载或数月，这在一定程度上影响了医院的正常周转率，致使一些应住院的病人得不到相应的治疗，多多少少给医院带来某些负面影响。金院长的一项建议解决了我们一直纠结的问题。所以省厅领导说，金院长受命于危难之际，嘱咐我们一定要支持他、宣传他。刚才院长说了一个'人'字，比喻十分确切。此时我也说说'人'字，'人'字一撇一捺，它表示人应相互扶持，相互帮助。对我们医院来说更显得重要，因此我一定要支持院长、科主任及所有医务人员的工作。我们一定要依靠党的领导，依靠组织，依靠广大人民群众，发挥团队精神，齐心协力把我们医院建设得更加美好。"

会议后，省立罗城医院立即向上级递交了关于成立疗养部的请示报告，经市政府批准，将疗养部迁至凌霄社。后来，医院附设的疗养部改建成为罗城市疗养院。

第三章
新任院长"三斧头"　昔日少爷迷花卉

　　协理员高山与院长金健民的办公室相隔不远，一间房子内的咳嗽声，另一室也能清晰听到，一位内科主治大夫偶尔来到院长办公室，开玩笑说，听到协理员房间传来"啊嗨，啊嗨"的咳嗽声就能分辨出是老慢支病人的特征性咳嗽，还是伤风感冒发出的急促咳嗽声，办公室的隔音效果实在太差了。但从个人认知上，金健民敬佩高山那种军人所拥有的豪爽性格，宽容的心胸和悲悯的情怀。高山认定金健民无私谋的思想，无虚妄的目的，无掺假的情感。两位品质超群的精英合作共事，为省立罗城医院发展奠定了坚实的基础。

　　这天，人秘股内热闹非凡——医院向社会招工，招收工种有机修工、勤杂工、炊事员、花匠、洗衣工。许多年轻人挤在人事部门，向人秘干事问这问那，对于选择工种，多数人都很慎重，考虑来考虑去，咨询张三，请教李四，权衡再权衡。说来也难怪，那时选择工种等于选择职业，因为一旦定下来，可能就是一辈子的事了。于是许多人都争着选择机修工，然而机修工只有一个名额，入选的难度很大。其中有一位年轻人，看上去二十多岁的样子，上穿士林兰中式褂子，下穿黑色半新大脚口裤子，一双圆口布鞋倒是像新做的。瘦瘦长长的个子，五官匀称的方盘脸，嘴唇略显厚实，显示出厚道与朴实。倚站在人秘股科室的门边，可能正在思想斗争，他与其他年轻人一样非常向往到医院工作，但总觉得院方各方面要求较高，自身文化却很低，进入医院工作可不是轻而易举的事情，但目前没有人选择的只有洗衣工。洗衣洗衣整天洗衣，心中多少有点别扭。正好被人称为院长的金健民走到他身边，他就鼓足勇气轻声问金健民：

"来医院当洗衣工有出息吗？"

院长却反问说："你喜欢来医院工作吗？"

"非常喜欢！"

"再问你，看过舞台上演的戏吧？"

"看过。"

"一出戏中有小生、花旦、老生、老旦、花脸等，你觉得演哪个最有出息？"

他想了一想说：

"文戏中数小生、花旦，但武功戏中他们排行就靠后了，当数武生为先。"

院长笑着对他说：

"你说得很对！但一出戏中，不管文戏或武功戏，如果只有小生或武生，没有老生、老旦、花脸的配合，能演成一出戏吗？"

"不能。"他老老实实地回答。

院长紧接着语重心长地对他说：

"舞台上即使是一个配角，但演得很出色，观众照样报以热烈掌声，也是会看重这个配角的。医院工作也是如此，医院假如只有医生、护士，而没有炊事员，医生、护士包括我院长在内，到哪里去吃饭？医生在手术台上，一旦突发性停电，如果没有机修工，那后果就严重了！医院是一个整体，缺任何一项工作，就不能正常运转。洗衣房工作十分辛苦，却也非常光荣！是医院不可缺少的重要部门。噢，忘了问你叫什么名字？"

"我叫姒秋生，因为在秋天出生。"

杏
林
儿
女

"哦，秋天可是一个收获的季节，你生在一个收获的季节，取个秋生的名字，祝福你一生硕果累累，好名字！姒姓是大禹的后代，大禹三过家门而不入，竭尽全力治理洪水，献身精神流芳百世！他那种一心为民的责任感和脚踏实地的工作态度，不仅是你们姒姓的优良家风，也是中华民族的优秀传统，永远是我们学习的榜样。你说对吗？"

金健民的确非常敬仰大禹，曾赋诗《怀夏履桥》，当即兴致勃勃地吟了起来：

> 禹上会稽山，遍行狭水沿。
> 遣鞋忙跋涉，建桥纪圣躔。
> 治水解民苦，丰功保好年。
> 今朝登高望，环山绕绿田。

"我们姒姓都是以大禹为荣的！"姒秋生也满脸自豪。

金健民从心眼里认准姒秋生是一个本质很好的年轻人，只需正确引导，能培养成医院很好的职工。

姒秋生从记事开始，有人第一次与自己如此和颜悦色地说话，第一次不厌其烦地与自己讲道理，第一次有人关心他的名字，第一次有人关注他的祖辈，而且与自己谈话的又是大名鼎鼎的省立罗城医院的院长，姒秋生的直觉告诉自己，院长是个好人，而且是个少有的好人，这样的好人值得信赖！于是他就毫不犹豫地报名当了洗衣工，并且心甘情愿当了一辈子的洗衣工。年年被评为先进工作者、优秀共产党员，是卫生战线一面鲜艳的红旗，这是后话。

金健民不是坐办公室的理论工作者，他的一言一语皆出于内心，他有方正之心，说的是方正之言，做的是方正之事。

在招工过程中，人事部门对招收一名花匠工有过一番不小的争议。原来，志愿当花匠的年轻人叫沈大福，他声称整个罗城，数他家花卉最鲜亮，数他最有花卉的知识，数他最有种植花卉的技艺和经验，省立罗城医院的花匠职位非他莫属。那天他来报名时，竟然还带来两盆盆景，说要考考医院所有的人，谁能叫得出名称，他便三跪九拜行大礼，一辈子尊他为师傅。在场的有人认为他是痴迷种植花卉业的行家；有人则认为他是整天不务正业的浪荡公子。人事部门犹豫着不敢招纳，原因是其家庭出身不好。他是罗城大资本家的外甥，有名的"戏客"大少爷，吃喝在酒楼，沉湎于游乐场，但左邻右舍的评论是他只会吃喝而不嫖赌，只顾玩乐却不欺小凌弱，且有侠义心肠，见流落在街头的孤寡老人也会撒些钱，有人以强凌弱他会拔拳相助。人事部门为难了，沈大福如不招聘，但一时又找不到家庭出身好的且又会种花养草的人，只好一张报告送到领导面前——

高山的批示："在旧社会是衣来伸手、茶来开口的大少爷，在新社会能改造成自食其力的劳动者。同意招聘。"

金健民批示："沈大福是富家子弟不假，但不是品质不端，有一技之长，可以招聘！"

这位沈大福进了省立罗城医院后，是否又耍大少爷脾气？没有！一点儿也没有！足以体现两位领导的见识不俗。沈大福上班后，不分白天与黑夜，自己设计，自己动手，搭建一间简易花圃房。建筑用料不足，就把家里的柜子、凳子也搬了过来，后来他家中种的、养的盆景几乎全搬到了他建造的花圃内。家里人也比较开明和大度，反正只有这个宝贝儿子，没有什么太多的干涉。他对他母亲说：

"现在我是省立罗城医院的职工，所以一切都要为医院着想。你不知道俩领导每天组织我们学习，讲述全国各地日新月异的巨大变化，可振奋人心那！您没看到医院里挂着的大红横幅上面写着'为建设伟大富强的共和国而奋斗到底'，'为祖国勇献青春'，'祖国万岁'红红绿绿的标语贴满了医院的每一个角落，我那花圃房也贴上了好几张呐。勇献青春，还在乎那几只柜子、凳子？"

沈大福还说了，"虽然参加工作只有几个月，所接受的新思想可真不少呢！人家秋生已经参加工会组织了，共青团也准备发展他，我也一定要加入工会，成为工人阶级的一分子，以后还准备参加共青团呢！刚才还听说有人搞暴动，我也报名参加实地救护队，如果我牺牲了，您也别太难过，为祖国献青春我高兴！不过娘呀，我不会牺牲的，因为我还没完成院长给我的任务呢。院长说了，几年后我们医院一年四季鲜花盛开，绿草成茵，垂柳成行。病人就诊环境优美，空气新鲜，医院要建成美景如画的大花园，我这个花卉专家是要唱主角的！院长还说，目前医院经费比较紧张，要少花钱办好事。院长的话语我领会，他担心我旧病复发，要大少爷乱花钱的老脾气，其实参加工作以来，我也知道克勤克俭。院长说我是花卉专家，感激他了解我，爱护我。俗话说'士为知己者死'。因此，绝对不能辜负院长的信任与托付。"

果真大福没有食言，把自己的兴趣爱好、聪明才智统统用到了花卉事业之中。他种植的诸如庭院花卉、室内花卉、客厅花卉、办公室花卉、盆景花卉、吊篮花卉等等不同品种、规格的花卉，使周围环境焕然一新。为少花钱种好花，他不畏艰险背铁铲锄头到大山去挖掘奇花异草，兴致勃勃移种到医院花坛中。大福确有一技之长，几年后，医院真成了繁花似锦的大花园，一眼望去，多的是花、草、树。这里的花呀，从春到冬连绵不断，春寒未尽时便有迎春花，青灰褐色的枝干上还未及吐满绿叶，就先缀上一朵朵红红的花瓣，让人联想到那接力赛中跑第一棒的运动员，人还未到便急急将棒伸出，就抢这一瞬间的春光，真可谓春的使者。接着是千娇百媚的红芍药，后紧跟的是香气醉人的金桂花，直到秋霜降临后还在怒放的白菊花、黄菊花、红菊花，似在争奇斗艳。更有趣的是大雪纷飞之时，吐露清雅之香的梅花正含苞欲放。有位住院病人竟在梅花树上贴上王安石的诗句："墙角数枝梅，凌寒独自开。遥知不是雪，为有暗香来。"一时传为佳话。花之外便是草，一色碧绿铺满各处。草地上是树，杨树参天，细柳拂面，松柏、银杏、古槐及桃树、橘树、枇杷等等果木树，或随路延伸，或丛丛成林，一片绿色的波涛，翻腾着一直溢出医院外墙。春天当大地还没有苏软自己冻僵的身子，院内的垂柳便在路边楼旁含情脉脉地吐露出条条绿线，预告着生机；夏日热浪阵阵，沿着院内的主干道，白杨挺着伟岸的身躯，筑起一道道绿墙；当飒飒秋风中落叶树只剩下一林静静的疏枝时，雪松、龙柏一展风韵，将四季的绿色尽收在它们身上，在严冬下显示一种刚毅不屈的气质。还有一景更叫后来人过目不忘，使金健民喜得一个劲儿地夸，那就是医院大面积的爬山虎，覆盖在医院房屋墙面上茎叶密集的爬山虎。春天，爬山虎刚开始发芽，嫩芽绿绿的；夏天爬山虎在墙上一大片翠绿，爬山虎叶子重重叠叠，看起来非常舒服；秋天一阵阵风吹过，爬山虎的叶子有时也会落下几片，叶子随风飘动，像一只只蝴蝶在那里飞来飞去。虽然叶子落在了地上，但是任凭风刮来刮去，爬山虎依然还在墙上；下雪的时候，像是给爬山虎穿上了雪白的棉衣。那爬山虎一年四季都很美，而且爬山虎也是最理想的攀缘植物，它依靠自己的本领沿着墙壁往上爬。种植的时间长了，密集的绿叶覆盖了建筑物的外墙，就像穿上了绿装。春天，爬山虎长得郁郁葱葱；夏天，开黄绿色小花；秋天，爬山虎的叶子变成橙黄色；这就使得建筑物的色彩富于变化。不仅可以遮挡强烈的阳光，而且由于叶片与墙面之间的空气流动，还可以降低室内温度。它作为屏障，既能吸收环境中的噪音，又能吸附飞扬的尘土。果然沈大福如愿以偿参加了共青团组织，多次被评为先进工作者。沈大福的母亲真是又叹又喜又惊，叹的是自己过于溺爱的家庭教育，浪费儿子多少年华；喜的是浪子终于回头，金不换哪！惊的是参加革命工作后就能自食其力，前后判若两人！

金健民认为对的事儿他认真去做，也倡导你和他一起做，与他共事过的老同事都有共同感受，从未听他讲过一句空话、一句假话、一句大话，即使在"文革"期间，他被批斗、被游街，他还是言必信，行必果。因此，大家都爱戴他，敬重他。

金健民上任伊始，巧办了三件事：建立疗养部；设立消毒隔离的防护系统；扩大充实医院办学。他因此被罗城卫生系统称为"三斧头院长"。而使金健民最牵肠挂肚的还是培育人才这件大事。寻觅优秀教师使他费尽心思，终于周卓然的名字在金健民脑海中出现，当即决定上门去看看周卓然和他的爱人。周卓然的爱人叫任春，他俩结为连理，可用一个"巧"字。他们两家相隔无数座山，无数道水，怎能相遇、相知、相伴？当年日本侵略者的战火一直烧到东南沿海地带，为避战乱，学校无奈搬到穷乡僻壤的山沟沟里，而这个山沟里正"巧"住着任春一家子。学校就在任家门口了，任春读书又正"巧"与周卓然同桌，少年周卓然偶尔也到任春家玩玩。或许少男少女正好再演一出现代的祝英台与梁山伯的恋情戏？非也！任春看着同龄的小姐妹纷纷进"小歌班"学唱戏，也曾偷偷地报考戏班子，她嗓音甜美、扮相俊秀，博得老师傅的喜欢，并预言日后准能成为一流的名小生，进入大上海成为名角儿，是她最美好的愿望！但"巧"的是从事中医行当的任老爹坚决反对女儿做戏子！却给女儿选中这位安守本分的少年郎，亲口许婚。又是一个"巧"字，用现在的话讲，周卓然与任春都是乖乖听从长者训导的晚辈。任老先生看中了周卓然，周家父母也喜欢任家姑娘，这样父母之命的婚姻就此锁定。任老爹果然独具慧眼，这个婚配给任春带来一世的愉快，任春曾悄悄地对周卓然讲过一个故事——有一天，纳斯路丁在一家餐馆里与一位朋友一起喝茶，他们谈到了人生与爱情。那位朋友问纳斯路丁"你为什么至今还没有结婚呢"，纳斯路丁回答说，"实话告诉你，我一生都在寻求一位十全十美的姑娘，我看了一个又一个，总觉得她们身上不是缺乏这一点，就是缺少那一点。于是有一天，我遇上了一位姑娘，她既漂亮、又聪明、又大方、又和蔼可亲。我们俩人似乎在每一个方面都十分相配。在我眼里这位姑娘算得上十全十美。""那么你为什么又没有与她结婚呢？"那位朋友问道。纳斯路丁若有所思地喝了一口茶，回答说："告诉你实话，说来也伤心，事实上那位姑娘也在寻求一位十全十美的男人。"任春深情地对周卓然说："我找到了一位十全十美的男人。你找到的虽然不是十全十美的女子，但至少你能与不十全十美的我和睦相处。"周卓然愉快地说："你是位十全十美的姑娘，与你相处也使我感到很满足。"这却是后话。

有人说结婚后周卓然夫妇感情深厚，真如一对比翼鸟，两人秉性厚道，是共同生活的基础，然而夫妻鹣鲽情深，真也还有一个磨合过程。毕业后，周卓然与金健民来到罗城医院工作，任春从山村来到城市，住进职工宿舍。对现在的生活有些不习惯，为一个鸡蛋、一根青葱就得跑许多路到菜市场去买。她喝不惯从一口小井提上来的水，觉得远没有家乡淙淙的溪水香甜，集市上买回的瓜果也没有从自家地里摘下的新鲜。一根青葱、一棵白菜都得花钱，再者左邻右舍的女性多是相夫教子类，她虽然很爱孩子，但总感到心中缺少点儿什么，缺什么却又讲不出原委。体贴入微的周卓然发现，平日爱说爱笑、爱唱越剧的妻子变得沉默寡言了，有时甚至不思茶饭。周卓然心中明白，生活中的不习惯慢慢会适应改变，任春刚嫁到周家时，也有如此的过程。然而了解她追求什么、希望什么才是最重要的，她立志成为越剧名小生！优秀的医科大学毕业生就是与众不同，开出别具一格的"药"去医治妻子的心中"疾病"。一天晚上，他给妻子讲了一件往事——周卓然幼年有位小伙伴，因为其祖孙三代都是单传，因此，虽是男孩，他父母特地给其在后脑处留了个小辫子，意在牵住他的小命。开始时大伙儿戏谑叫一声"小辫子！"第一声觉得好玩，便又开玩笑叫第二声，渐渐地他自己也听惯了，别人也不以为然，"小辫子"成了他的名，他的大名倒被遗忘了。七八岁的"小辫子"喜欢跟在小卓然的屁股后，一口一个卓然哥哥、卓然哥哥，叫得很亲切，周卓然也挺会做哥哥，坐在戏台边看戏，把最能看得到的位子让给小辫子，还不时将戏外故事"拾掇"讲给他听，小卓然自己有时也是胡诌，但"小辫子"却听得那么有滋有味。小卓然还常给他吃祖母亲手做的咸甜茴香豆、油炸兰花豆、糯米乌江豆糕的小点心。"小辫子"高兴极了，总是舍不得一下子吃完，藏在小口袋里带回去给妹妹也尝尝。当然"小辫子"从大树上喜鹊窝里掏来的绒毛小喜鹊也首先给卓然哥哥，一次，两人正小心翼翼地饲米饭，喂溪水，可是一

杏
林
儿
女

不小心可爱的绒毛小喜鹊从桌子上掉了下来，很明显小喜鹊跌伤了，小卓然偷偷地从药柜子里拿了很多伤药涂抹在小喜鹊的伤口上，心想过上二三天就会好的。可是第二天起床，小喜鹊已经直挺挺的死在它的窝里。小卓然感到既伤心又奇怪，就去问爷爷，明明给小喜鹊用了很多治伤药他却死了，这是为什么，爷爷认真地对小卓然说，是药三分毒，用得好，药能治病，用得不好，会越治越糟，直至送命，一只小喜鹊用了治一个大男子汉的药量，不死也得死。医生用药必须慎之又慎，切勿病急乱投药。而且还特地介绍说，从医者必须熟读三世之书——《黄帝内经》是用来祛除疾病的；《神农本草》是用来分辨药物的；《素女脉决》是用来诊察疾病的。聪明的小卓然把爷爷的话牢牢记在心中，从此"群书须博览，从医须慎之！"陪伴他一生。旁边听着的"小辫子"更是佩服得不得了。越发喜欢做卓然哥哥的小跟屁虫，但是在周卓然上中学后，"小辫子"罹患"鼓胀病"，再次见到他时，昔日可爱的笑靥不见了，脸面灰黄，痛苦不堪，腹似怀孕的妇女，骨瘦如柴，喊一声卓然哥，就要喘上几口气，转而流泪不止。周卓然每每想到斯事斯人就痛心不已，恼恨自己不能治愈"小辫子"的"鼓胀病"，亲眼看见许多乡亲因病致残，因病致贫，因病致一家子陷入困境。周卓然说着说着，就陷入深深的自责之中。任春也觉得痛心不已，夜间也辗转难眠。第二天中午，他拿来了一张招生通知单给妻子。丈夫情真意切地说着，进入大上海成为越剧名角儿，唱红大半个中国，为许多人送去快乐固然是件好事。但俗语说："活人一命，胜造七级浮屠。"如果当年能医好小辫子的疾病，医好了他就等于解救了小辫子的一家子。千千万万个的小辫子如能健康地活下来，千千万万个家庭的生活得以安安稳稳，那是一幅多么美好的图景！以前因为中国太穷，专职医生太少，才使有病无力医治，平民因病变成"贫"民，所以孙中山先生早年就呼号着要"救民疾苦"。现在新中国百废待兴，政府大力提倡举办医学学校就是要培养大批医务人员，为中华的崛起而努力。"民"健才能"国"富。这个道理人人都是明白的。当然演员给听戏的人带来快乐，也会受很多人喜欢，为他人创造"美"的劳动都是光荣的。但当前为众多的民众医治疾患，是当务之急！同时，医生受人尊重是毋庸置疑的。任春也忍不住说："小时候我看到父亲很受乡亲的尊敬，甚至经常有人尊称他为救苦救难的菩萨。"

于是她决定去报名考试，正要出门，她家来了两位不速之客，两位客人一见任春，就忘情地喊道：

"任春，我们终于找到你了！终于找到你了！"

任春也高兴得与她们拥抱在一起，原来这两位客人是任春的小伙伴，为了生计，从穷乡僻壤的山沟沟跑来找任春夫妇帮助。周卓然在了解客人的情况后，实事求是地为她们指出二种选择，一是直接去找工作，但她们一没有本市户籍，二没有专业技艺，难度比较大。二是目前有一个极佳的机会，省立罗城医院附属护产职业学校正在招生，任春也报名了。据悉专业还挺多，有医士班、检验班、助产士班、护士班等，毕业以后掌握了一定的为人民服务的技术，前途肯定广阔。她俩觉得医士、护士都喜欢，也是跃跃欲试，在高兴之余，立即想到经济问题：读书学习要缴学费、要吃饭、要住宿，钱从何处来？一下子她们僵住了。周卓然夫妇说，要想方设法为她们去筹集资金，她俩却直摇头表示反对。她俩对任春知根知底，周卓然一家上下三代人全靠他的工薪为生，负担已经很重，如果再加上两个读书的大人，可不是一拍胸就可解决的！她俩还是决定回去，周卓然想来想去最后说道：

"不要急着回去，暂且住在我家，我去向院长说说你们的情况，看看医院是否有临时工之类的，先解决你俩当前的吃饭问题。"

她俩点头表示赞同。

在路上，周卓然正好碰上匆匆而来的金健民，金健民笑着说：

"有件事想征求你的意见，不过听说周医生正在动员爱人报考附属护产职业学校，而任春则希望成为戏剧名角，是否要我帮助啊？"

杏
林
儿
女

周卓然便把心中之事一鼓作气全倒了出来。

金健民听完周卓然的叙谈，拍着周卓然的肩膀说：

"只要她们考试合格，三位学生全收！"

周卓然高兴极了，但心里还似信非信："院长，是真的吗?!"

金健民言之凿凿地说：

"驷马难追！驷马难追！不是我说了算，是新中国就是要让贫寒子弟有书读。医院附属护产职业学校会帮助贫寒子弟度过经济困难这一关。"

周卓然迫不及待地问道：

"那您说有事要征求我的意见，是什么事呀?"

"与他们读书有关，欲聘您这位当年医学院的高才生，为附属护产职业学校的内科学任兼职老师，你愿意吗? 这将会增加你的工作负担，受得了吗?"

年轻有为的周卓然满怀信心地说：

"院长，愿意，十分愿意！算不上增加负担！我既喜欢救死扶伤的医生职业，也喜欢教书育人的工作，非常高兴担任兼职老师。"

周卓然确实是院长看中的千里马，他不仅是位出类拔萃治病救人的医生，而且也是名善于传道授业的教师。他爱人也不是驽马。就读于医学学校时，任春是已有了孩子，但有孩子并不妨碍她的学业，周卓然曾多少次拿着妻子的成绩单喜笑颜开地对儿女们说：

"你们母亲的成绩，门门都是五分！多不容易！"

是任春的刻苦学习还是周卓然的认真辅导? 或许兼而有之。曾有诗云："至高至明日月，至亲至疏夫妻。"夫妻关系，是家庭里的核心关系，却也是世界上最亲近和最疏远的关系。说它亲近，是因为夫妻双方同吃同睡在一个屋檐下，身体相依气息相连，如同连理枝比翼鸟；说它疏远，是因为两个人又是各自独立的个体，生长在风格迥异的原生家庭，彼此的性情习惯各不相同，需要岁月的打磨才能相容。所以，因这婚姻内核中的趋同性，大多数情况下，你的枕边人，就代表着你的人生层次与精神高度。周卓然能偕同任春在一生救死扶伤的事业上互相取长补短，堪称比翼双飞。

为了使贫寒子弟能有书读，金健民与他的同事们煞费苦心，曾举行筹募工读基金公演《棠棣之花》话剧，有趣的是，任春饰演的主角获得成功，院长、书记也同台演出，轰动整个罗城。以后凡是罗城搞文艺会演，必请医院参加，而且往往捧回一等奖，正因为当初《棠棣之花》开的好头。学生会发起组织工读委员会筹备会，下设宣教组、缝纫组。以后又试行磨豆浆、养猪、开荒种菜等工读活动，解决了不少家庭经济困难学生的求学费用。

建国初期，医学人才极度短缺，以医院兴办学校培养大批医学人才，从而造福广大人民群众，一手握听诊器、一手拿粉笔的医务人员都能非常自豪地说，我们干的是功德无量的大事业！

第四章
霜剑突袭爱恋人　进退维谷担使命

金健民每天不是围着病人、病床转，就是在三尺讲台上传道授业解惑，一天又一天地重复，每天心无旁骛地出门诊，做手术，查房，下医嘱，辅导学生。每次手术都有记录，以此分别整理成教案与临床总结文章，他觉得日日有收获，天天有新奇。早年饱受战乱之苦，他总是幻想有一方净土，放一张三尺台桌，能安安心心地为众多父老乡亲治病，能兢兢业业地为同胞贡献智慧与力量正是多年来的心愿，时时刻刻都觉得有使不完的劲！上任一千一百天来，总是告诫自己不能有丝毫懈怠，因此也算顺顺当当度过了这三年。不过高山调离后，每每走过她的办公室，总是难以忘怀昔日大姐点点滴滴的支持，也难以忘怀她的一句口头禅：当年浴血奋战，还不是为了今天人民群众的安居乐业。与高山共事是习相近，心相通，所以工作之余总是默默祝愿她快乐与幸福！

金健民身兼外科主任、医院院长、罗城医院附属卫生技术学校校长。后来，金健民有一对双胞胎。女儿取名叫抗美，儿子叫援朝。有趣的是援朝酷似金健民，抗美与其母丁蘅芜则如一个模板刻出来，夜深人静之际，金健民对丁蘅芜真心地说：

"上天既赐给我温柔体贴的妻子，又赐给我一对活泼可爱的儿女，这辈子已知足了，接下来愿上天送机会给我，借以尽心尽力终生报答而已。白发齐眉天荒地老！"

丁蘅芜开心地回答，"有你这句话我一辈子就知足了。世界上只要你存在一日，我就苟活24小时。"或许正是这一回答，注定了丁蘅芜一辈子苦守这诺言。

一天，丁蘅芜早早就来到菜市场，天天食堂大锅菜该换点新花样。于是买了一块猪肉，儿子最爱吃肉，一半做肉饼子，小援朝准会笑眯眯地狼吞虎咽和着吃饭，另一半替健民做糖醋排骨，他太喜欢苏州重甜味的小菜，今天故意多放些醋，酸酸他，她似乎见到他放一块糖醋排骨到嘴巴里大呼太酸太酸的窘态，她不禁笑起来，引来路人好奇的目光。她也觉得自己太忘情了，立即忍住了笑，快步来到卖鱼店为女儿抗美买现成的鱼丸子。接着又买了鸡蛋、青菜萝卜之类，竟然又买一只老母鸡，既炖一锅鸡汤给他补补身体，心想如有不速之客的到来，还可作招待用。整整的一篮子，实在太沉了，健民知道后又会是一阵子的唠叨，什么不知道爱惜自己呀，不要太劳神烧这么多菜呀……！说不准像以前一样，等久了他还会在半路上接应自己。好在医院家属宿舍离菜市场不远，坚持一下马上也就到了。只是刚才还是晴朗的天，怎么说下雨就下雨，老天爷真像孩子脸，说变就变，而且雨点大而密，即刻被淋得像只落汤鸡。她似乎觉得眼角在跳，心中"咯噔"一下，会有什么不祥之事吗？二个小宝宝的安全？健民有意外？她什么也不敢想，三步并作二步走，快步赶到家中。走到家门附近，见到三三两两的邻里，在她家窗户前徘徊，互相交头接耳低声细语，很神秘的样子。平日比较要好的邻居冷不防见她提着篮子落汤鸡似的回来，慌忙散开。她顾不得多思多想，狠狠推开了门，屋子内桌边坐着两个人，一个当然是她的丈夫金健民，另一个是她从未谋面过的女子。这位女子看上去三十岁左右，二根长辫子系上二只大大的紫红色蝴蝶结，上穿红色细花纹中式夹衣，下着藏青色中式夹裤，脚上穿着一双粉红色的北京鞋。就这位女子的打扮，如果来自农村算是时

杏林儿女

髦透顶，如居住在城市就有点儿不合时宜。这位女子正在一把鼻涕一把眼泪地诉说着，而丈夫金健民则是脸色苍白，双眼失神，才一个多小时不见就忽地衰老了十岁。这位女子是谁？在讲些什么？丈夫又怎么啦？金健民见她被雨淋得如落汤鸡一般，把她推进里屋，边找替换衣服，边轻声说：

"等会儿给你说所有的事。"

还未等丁蘅芜反应过来，就听到客厅女子放声大哭。

无奈的金健民只好拉起这位女子往外走。心里乱作一团的丁蘅芜直到女儿和儿子拉着她衣角哭喊着，才想起孩子们还没有吃饭，打起精神做了肉饼子与鱼丸子青菜汤，但是儿子和女儿都说没味，丁蘅芜才记起肉饼子与鱼丸子都忘记放盐了。脑子一片空白的丁蘅芜记不清是如何度过这一天的。直到失魂落魄似的金健民来到自己身边，丁蘅芜才觉得三魂六魄游荡回来，她看到时钟正好敲打十二下，就递给他一杯热开水，他喋了一口，喃喃地说道：

"小蘅！都是我的错，是我幼稚造成的错！即使死上一百回也抵消不了你对我的爱。"

"健民，究竟是怎么一回事？"

于是金健民说起了十六年前的往事。十六岁的金健民被县高中录取，那时文化不高的村民视读高中是中举人似的，整个村庄都轰动了，几乎男男女女都在热议金健民赴县城读高中这件事。对面一家姓薛的人家经营着一家小杂货铺，只生了一个名叫爱花的女儿，比健民大两岁，在健民去读书的前一天，薛爱花的亲爹上门来了，他是给自己女儿提亲的，当时健民的爹是持反对意见的，认为读书人志在千里，建功立业是男孩的本分。健民的娘却是认同的，觉得儿孙绕膝，三世同堂，其乐无穷，更何况习惯上说女大两金打墙，这门婚事她是赞许的！最后他俩问健民意见，当时年少不更事，为不让娘不高兴，用"默不作声"作回答，错就错在此，默不作声可以理解为反对，也可以认定为默许。第二天，健民离家后再没有回老家，就学期间一直寄居在叔父家，后来连逢战乱，父母亲均死于日寇的炮弹之中。他曾一度陷入极度悲愤不能自拔，是导师的劝勉，使他立志为中华民族的崛起而发奋学习以告慰在天之灵的双亲，长长的一十六年从没有回过那个让人悲痛欲绝的老家。而这个来自老家的爱花只信父母之命，媒妁之言，在家一等就是一十六年，几年中曾外出数次，寻找他的媒妁丈夫。事至今天，健民对薛爱花叙述一十六年的经历及三年前结婚的事实，恳求她的宽恕与谅解，健民说把她认作自己的亲姐姐，经济上可以进行一些帮助，并帮她物色一个好男子组成一个好家庭。然而她说一女不嫁二夫，不做金家的媳妇就做金家的鬼，决不走第三条路！当天，健民立即向组织上汇报了此事。

丁蘅芜听完他的叙说，第一感觉是健民委屈了，当年一个仅仅十六岁的少年，以默不作声作回答已经足够体谅父母，他既不愿为难父亲，也不叛逆母亲，其压力已远远超过年幼健民的承受力！十六年后又是两个极端的选择，命运要压垮金健民了。第二感觉她与他是受新婚姻法保护的合法夫妻，不管上级做出如何处理，她一定会与他共甘苦，不弃不离。

在等待组织调解时，不少同事认为金健民得天时、地利、人和之优势，一是他是罗城地区最大医院的院长，上上下下都有影响力；二是他是罗城地区的医学权威，受到社会的保护和尊重；三是与丁蘅芜是受新婚姻法保护的合法夫妻，不能再遭干扰与纠缠。也有人认为应给薛爱花讲明旧社会父母包办的婚姻是不合法的，关键是金健民必须态度明朗。也有人阴阳怪气地说：金健民平时老是说救死扶伤、实行革命人道主义，即使只有1%的希望也要用100%的努力，濒临死亡的病人也要抢救，如今一个大活人能往死里推吗？可见金健民也是说一套做一套，假如我是薛爱花，就到医院桂花树上去上吊，看你金健民如何收场！……

面对突如其来的变故，不一样的处置将有不一样的结果。这是金健民与丁蘅芜无法回避的现实，他们将如何应对呢？

结婚三年后的这个深夜，也是决定爱花去留的前夜，他俩进行了心灵的交谈——坐在床沿的金健民紧紧地抚着丁蘅芜的双臂，长时间的沉默不语，丁蘅芜又像当年洞房夜一样无限爱恋地依偎在他的怀中，又微微闭上眼睛，她心神似乎又回到她的新婚房内，记得一个周日晚上他俩看完一场电影回来，一边走一边评议，跨进家门后，丁蘅芜余兴未尽，继续兴致勃勃地模仿着影片中人物的举手投足。为转移小蘅过分的兴奋点，聪明的金健民建议两人各吟名诗一首，谁快谁有资格挑选第二天的早点品种，丁蘅芜马上拍手同意。还未等金健民开口，丁蘅芜立即吟道：

生当作人杰，死亦为鬼雄。

至今思项羽，不肯过江东。

金健民心中暗暗喜欢，丁蘅芜文学细胞着实不少！就喜不自禁地评点说：

"李清照这首《夏日绝句》，慷慨雄健、掷地有声，实在是压倒须眉了。名副其实的好诗！我们小蘅能吟出此名诗，足见胸中也有一种无所畏惧的人生姿态，实为我敬佩！"

金健民不是动辄就表扬的人，所以丁蘅芜听到丈夫的赞扬声分外高兴，但嘴上却说：

"那你也必须吟一首让我听听。"

丁蘅芜知道金健民平素极喜唐诗宋词，吟读儿首唐诗只是小菜一碟，但有时他故意杜撰几句，得提防点儿。此时他信口念道：

人间四月芳菲尽，山寺桃花始盛开。

长恨春归无觅处，不知转入此中来。

随后他笑着问她："知道这首诗叫啥题目？为何人所作？"

谁知她嘻嘻地笑弯了腰，边笑边说：

"无巧不成书，那天你与一位老师在前面走，正好我在你们后面，你们一边走一边说，说每个学生智力发展有快有慢，有迟有早，当时我听你念过这首诗，说花儿尚且如此，更何况人呢？当时我不明白你们探讨什么，回来后就查了这首诗，终于知道你借用白居易的《大林寺桃花》做比喻来正确引导学生。我想我们夫妻会不会似这花儿一样芳菲尽呢?"

"不会的! 我们是心心相印的恩爱夫妻，愿来生也作比翼鸟。小蘅你说好吗?"

往昔新婚房内的一唱一和还余音绕梁，可眼前犹如生离死别!

"在天愿作比翼鸟，在地愿为连理枝。"丁蘅芜喃喃地说着。

突然感觉似一滴滴的水直落在自己的脸颊上，丁蘅芜睁开泪眼看到金健民已经泪流满面，再仔细一看金健民竟还鬓边白发生，双眼凹陷，额头爬满了皱纹，脸色变得灰白，未到不惑之年的金健民憔悴得如同一位老翁。仅仅二天时间，天哪! 她再也控制不住感情的闸门，眼泪似断线的珠子从脸上滚落下来。他也竭力控制自己的情绪，急速地抹干自己的泪水，在她耳边真情地说:

"我知道我们的婚姻是建筑在彼此相知的基础上，现已情投意合地度过幸福的三年，如今道一千说一万，说到底只有两个字，'感谢'! 感谢你对我纯洁的爱，给予我一生中最甜蜜的生活，为我生育一双可爱的儿女。又特别感谢你真诚的理解，事情发生后不吵不闹，还是照常上班，照常看护一对儿女，照常维护家庭的原状。我知道你心里在流血，因为面容已非常憔悴，走起路来摇摇晃晃，精神恍惚。小蘅，你越体谅我心越痛，但我必须在你面前剖析我自己，这几天我反复思考——如何看待权力? 如何认识自己? 答案是: 权力是为职工服务的! 正因为自己身居院长的职位，所以自己的责任与普通职工有所不同。是普通职工，我会毫不犹豫地选择你。这几天我终于悟出尧与禹为什么把天下当作自己的'桎梏'，而那样的'劳形''苦神'服'黔首之役'，是因为尧与禹认清自己是领导人，自己的责任与'白衣'大为不同，所以只能'以身徇百姓'。身居高位的领导人不能用权力将天下的'利'占为己有，而应将权力视作为百姓谋'利'的。当然我仅仅是一个医院院长，与尧禹相差十万八千里，但也有相

杏林儿女

通的一点，手中有领导权的院长，是要带领全院人模范地执行党的各项政策，绝非倚着自己是领导干部，有讨价还价的资本，因此也包括你院长的直系亲属只有严格要求的义务，没有放任自流的份儿。因此何时何事都必须按组织所作的指示去办。"

他那原本悦耳浑厚的男中音已变得十分沙哑。

她早已泣不成声，与他生活了三年，她太爱他了，风度翩翩，仪表堂堂，每天相对，如沐浴在春风之中。她极敬重他，他满腹诗书，博学多才，好如怀抱和氏宝璧。自己庆幸寻觅到如意郎君，愿生同帐死同穴，永远不分离！面对突然降临的风霜，生长在温馨和谐家庭中的她，真的没有任何招架之力。她痛不欲生，眼泪像泉水般地涌了出来。

她太了解他了。唯我独尊不是他的品行，他决不会动用院长的权力为自己的私利服务。他决不会央求领导为自己开方便之门，更不会干任何损人利己的事，方正行事才是他的追求。然而一句"我宁愿死"从她的嘴中吐了出来。

一听到这个"死!"金健民愧恨交织，寸肠欲断，一大口鲜血喷了出来，丁蘅芜大惊失色地喊着：

"健民你怎么了？健民你怎么了!"

脸色苍白的金健民，倚在床边，缓缓地说：

"别急，别急!"

"我扶你去医院?"丁蘅芜急急地说着。

"不碍事!不碍事!不用去医院，可能是'支扩'引起出血，我自己能治疗。"片刻后金健民站起来，在自备的小药箱中找了药片服下。丁蘅芜扶着金健民在床上躺下。

"今天什么也别说了，有事明天再说吧!"丁蘅芜准备为金健民打水洗脚。

金健民恻怆良久后说道——

"不用打水，你过来坐吧，今晚还得说说，小蘅，说到了这个

'死!'，我也就说个'死!'字，想到目前这个境地，你与爱花都没有错，她没有文化，思想传统，父母之命、媒妁之言占据她全部心田。结婚生子是她生活的全部内容，生是金家的人，死是金家的鬼，她认为是堂堂正正的。你是有文化有理想的女子，追求自由幸福是你的权利。错就错在我的身上，所以如果罪有应得，所有这一切都是我所造成。要死就得由我死!"

"我太爱你了才选择了死!学一下古代烈女祝英台以死殉情，也是流芳百世。"丁蘅芜见到金健民打逆嗝，站起来倒了杯开水，一边为其揉胸，一边感触不已地说。

"昨天这个'死!'也出现在我脑海中。"他喝着丁蘅芜倒的一杯开水。一边说了对"死"的往事与想法——

"想当年有多少无辜中国人民死在日寇的铁蹄之下，双亲也就死在日寇的狂轰滥炸之中，血气方刚的我，则要扛起枪杆立即上前线与敌人死战到底，那时宁可立刻战'死!'是带着无比仇恨去拼命的，认为是对得起自己，对得起双亲，死得悲壮而永载史册!但老师却狠狠地批评了我，说国家在极端困难情况下培养一名专业医务人员非常不容易，有志之士不只是对得起自己和自己的小家!而是要面对整个民族、国家与全体人民!仅凭一时之勇，鲁莽拼死，是有愧于民族、有愧于国家和人民的!还谈什么永载史册!活着就必须有正确的人生观。近日里我心如油煎，'死'字何尝未出现，但想到老师的教诲，我惭愧;想起一位先贤——汉代大文学家、史学家、思想家司马迁，对照自己，真使我无地自容。司马迁世家龙门，饱学之士，身受腐刑，悲愤欲绝，但'常思奋不顾身，而殉国家之急'终于完成不朽的《史记》，两千年前的司马迁尚且能视事业、理想重于生命!想我们，在庆祝中华人民共和国成立那天，都立誓为新中国贡献自己的青春，为人民服务终生!难道说今天全忘记了吗?在某种意义上说，生要比死更难。死，只需要一时的勇气，生，却需要一世的胆识。司马迁的忍辱负重与梁山伯情爱如山，于国于民哪一位更值得敬仰!我们悲叹梁山伯与祝英台的不幸，但更仰视司马迁的伟大！我们既到世上走了一回，就得珍惜生命的价值。我也想过死，一死百了，倘若我们两人决定了也演绎一出死同穴的梁祝哀史，可是祖国需要我们去建设！病人需要我们为他们去治疗！我们一对儿女又怎么办？目前遇到的是两难境地，但必须做出正确抉择。组织上意见是薛爱花没有文化、没有职业、没有自食其力的能力。因此必须慎重为她考虑。因为你是有理想的知识女性，唯有你才能与我经历这炼狱的磨难。只是这辈子难以偿还你对我的深情！"

身心疲惫的金健民强打起精神，一口气把心中的纠结在爱人面前一股脑儿全倒了出来。

丁蘅芜不愿他再在痛苦的泥潭中挣扎，决定快刀斩乱麻。她很快抹掉了自己的泪水，坚强地站了起来，说出了她的人生决定：

"你是为救死扶伤而生的！你是为了民健国强会舍弃自己生命的人！我了解你！我支持你！"

彻夜不眠的金健民与丁蘅芜，第二天办理了离婚手续。

丁蘅芜与金健民堪称一对真正相爱的恋人，相爱的人彼此心灵相互契合。为了初心，为了远大理想，他们放弃了婚姻。

离婚后，金健民的丈母娘在迎接丁蘅芜回娘家时对她说，就事论事你们三人没有一个是坏人，没有谁对谁错，问题在于金健民太重义，丁蘅芜太重情，薛爱花太固执。而金健民从事的恰恰是治病救人的事业，更有职业道德在身。因此不管你有天时也好，地利也好，统统都得退避三舍。好在小蘅是个知识女性，有工作岗位，有你展示抱负的天地，还有一双活泼可爱的儿女，只是苦了你。

在省城的高山闻讯之后，惊愕万分，只能托人捎信安抚与寄托敬意。信的全文如下——

健民院长：

刚悉您家庭变故的消息，惊叹不已，在美满婚姻与社会责任上，您义无反顾地选择了后者，但细细想来，我知道您必选此路，因为您是深明大义的知识分子，识大体，顾大局。这样的知识分子都会对国家前途、民族命运怀有高度的责任感和使命感，追求学有所用、心系百姓的情怀！源远流长的中华文化教导我们，读书治学的根本目的不是为了个人飞黄腾达，而是要报效人民，奉献祖国。这是常人难以做到的，你为了民健国强的理想而勇于抛弃小家，堪称中华民族的脊梁！在此向您表示诚挚的敬意！只是太委屈了丁蘅芜同志，等她调回省城后，我会经常去看她的。请多保重。此致

革命敬礼

高山
10. 20

金建民也立刻回信

高书记：

您好，感谢您在我情绪最低落的时候给予我鼓励，谢谢！丁蘅芜同志知书达理，善解人意，是我心中最完美的妻子，谁不喜欢她这样漂亮善良的爱人，谁不喜欢恩恩爱爱的夫妻生活。可是在遇到两难抉择的时候，必须做出正确的选择。虽然极其艰难，极其痛苦，甚至极其不合常情，但必须闯过去！我多次扪心自问，一生围绕娇妻憨子转悠，是当代知识分子的全部人生追求吗？当年留学美国的时候，指导老师给我提供条件优越、收入不菲的工作岗位，条件只是留在美国，当时我丝毫没有动心，就是为了国家富强、民族振兴，义无反顾地回到祖国。更何况，"先天下之忧而忧，后天下之乐而乐！""生命诚可贵，爱情价更高。若为自由故，二者皆可抛"的精神永照我的心头。因此只能舍小我顾大局，丁蘅芜的一片深情，只能下辈子偿还了！

再次感谢您的深情厚谊，我会迅速调整心态，做好各项工作。此致

敬礼

金健民
10. 25

金健民婚变以后，人虽变瘦了，但精神没有颓废，他没有全然浸泡在儿女情长之中，虽然时时在脑海里不由自主地涌现丁蘅芜的音容笑貌，但为患者服务的追求始终不变。

遭婚变后，五官科发生一件大事，一位南下干部因手术而不幸亡故，医院一开始也陷入无名的慌张中，手术台上病员亡故是医疗工作中的一大忌，所以医生对于手术适应证是非常严格的，这位患者却又是位革命干部。南下干部死在手术台上，医院这起意外的手术死亡涉及的责任、风险，院长当然比谁都清楚。但他更清楚一位医生的最大过失是对患者的不负责任，对患者敢于担当也是一位优秀医生的基本素质。这位干部患的是鼻息肉，经年折腾着他，强烈要求用手术解除疾苦。患者自己坦言，每逢头痛发作，他曾产生过宁愿拔枪自行了断的念头。在其住院期间检查发现，鼻息肉已经侵犯到眼眶、前颅窝、蝶窦和中颅窝等，生长变大的息肉不仅使鼻塞日益加重，因而引起剧烈的头痛。临床医生也认为只有手术才能解除他的痛苦。主治医生进行了充分的准备，曾数次进行术前会诊与讨论，设计过多种手术方案，并采用最佳的手术方法，竭力避免其少损伤和少出血。手术虽然是成功的，但最糟糕的意外却发生了——大出血不能有效控制，手术室内昼夜灯火通明，医生、护士通宵未息，看着患者出血不止，手术护士在一旁默默流泪，医生站在床边一直喃喃地说，宁愿自己流血，宁愿自身流血，恨自己无回天之术！

患者死亡的阴影不仅笼罩着前来就诊的患者，也影响了医务人员，直接参与手术与治疗的医生护士思想包袱更重，有的临床医生还呈了调离报告。

意外发生后，金健民的第一反应是必须马上想法制止这种局面，否则更糟糕的医疗缺陷事件会接踵而至。他查阅有关政策法规，并很快地梳理了自己的情绪，当机立断，迅速做了二件事，一是向上级部门报告，经全面调查核实，认为患者符合手术适应证，手术是必要的，手术准备工作也是充分的，手术方法也是正确的，此事件的发生主要还是限于医院的客观设备条件，因此院长应当负主要责任，并愿意承担责任，接受处分。二是在全院范围内自上而下开展安全医疗的教育，医务部制订了全方位的规章制度，办公室加大宣传，各科室扎扎实实地加以落实，诸如手术讨论会、病例讨论会、临床讨论会、死亡检讨会、护士月会等业务学习制度。

院长主动承担法律责任的消息一传出，一石激起千层浪，有哭的、惊的、奇的。

当天回到家后，薛爱花就迫不及待地说：

"我听医院许多人说了，这个病员亡故不是你的责任，有主刀医生，有相关科室的主管医生，还有护士呢！医院有一百多号人，他们其中一不小心犯了错，都去代过，你有一百个脑袋吗？"

然而他十分耐心对她说道：

"你以为院长仅仅是发号施令的指挥员，他更是先人后己的战斗员。"

薛爱花哭泣着说：

"即使不为自己着想，也要为儿子们考虑，医生们都认为这个法律处分不是闹着玩的，辫子抓在别人手中，日后老账新账一块儿算，一家子全完了。求求你千万别签字！"说到最后就要跪下来了。

他又向她讲述了春秋时期晋文公的法官李离的故事。他特别说了一段晋文公与李离的一番对话，晋文公说："官有贵贱之分，处罚有轻重之分。下级官吏有错，不是你的过错。"李离说："我是长官，没让位给下级官吏；享受的俸禄多，也不和下属平分利益。现在有过错了，却把罪转嫁到下级官吏身上，这是断断乎不能做的。"但李离没有听从晋文公的劝说，最后自刎而死。金健民接着说，李离并不是不想活，而是他明白"在其位，谋其政"的道理，一任为官责任大于天！

最后，他郑重地对她说，

"作为一院之长，对此事件是第一法律责任人，其他人无可替代。”

爱花听了他一席话，似乎明白了一点儿道理，也不再哭闹。

第二天一早，金健民进了办公室还没焐热座椅，医务科长"噔噔"跑来了，一改平日慢条斯理的讲话习惯，还未进门就大声说着：

"院长要承担法律责任与我们商量过吗？一旦实施，被抓了进去，我们怎么办？我们工作刚有了一些起色，医院正在复苏之中，改进了不合理及不适用的旧制度，建立有利于病人的新制度。采取了取消病房的等级制，改为按疾病的轻重分为一级护理、二级护理、三级护理；取消特别门诊，分为普通和急诊号等等，这些措施有力地提高了医疗质量，群众对省立医院逐渐形成了信任感，就诊量大幅度提高。您这位领军人跑了，眼前的成果不就全都泡汤。我的大智大勇的院长呀，您英勇献身去了，我们医院怎么办？"

金健民离开办公桌，站起来为医务科长倒了一杯开水，与他坐在一张长椅子上，认真而诚恳地说：

"科长同志，没有那么严重吧。我不会殉职的，所以谈不上英勇献身。"

"我心急火燎的，所以言不及义，我说的英勇献身不是实际意义上的献身，而是，而是，就是为了保护医生而选择了自己承担法律责任。作为院长，你首先要对整个医院负责，不仅仅是对个别医生承担法律责任！"

金健民喝了一口水，十分平静地说：

"但是，作为院长，对此事必须承担全部法律责任！一位合格的高级医生非十年或更多时间才能培养成功，医院中，医生们是顶梁柱，在关键时刻院长不去保护他们，他们心凉了，他们心碎了，他们心散了，医院还有什么凝聚力，没有正面的凝聚力，光有院长，医院还有什么治病救人的力量！医院还能发展前进吗！群众还能对医院有信任感吗？因此为了医院的发展，为了更有效地为人民群众服务，首先要保护的是在救死扶伤第一线的医生，有这样一批顶梁柱在，医院才会有起色！这是每一个院长必须清晰认识到的，也必须做好的。"

说着，金健民不由自主地站了起来，且越说越激动，声音也越说越高，医务科长似乎已被金健民说服，但临走时，还是抛下一句话：

"要与蒋副院长他们再合计合计！你担法律责任还可能会影响医院的整体形象。"半天，金健民不知接待了几拨上门的人，不光是本院职工还有兄弟医院的人士，他都热诚接待和耐心解释，他认为主宰医院、促进医院发展的是医生、护士及各种岗位上的人员，院长是服务于他们、保护他们的。金健民希望众人都树立起这个观念，所以觉得眼前是极好的宣传机会，他虽说得口干舌燥，但内心却十分平静。

临下班时，章满秋轻手轻脚地推门进来，她双手插在工作服的两只大口袋中，两眼盯着窗玻璃，轻声说道：

"我是受几位护士长委托而来，昨天我们争论了很久，大家认为院长不必去承担法律责任，即使必须要有人承担，那么有医生愿意，我也算上一个。"说着她指着自己的鼻子。

"在玩小孩子击鼓传花的游戏？"看着拘谨得不得了的章满秋，不苟言笑的金健民不知为何想起儿时击鼓传花的游戏，突然脱口而出，而且笑得像天真无邪的小孩一般。

见笑得那么开心的院长，章满秋还以为院长被自己说服了，于是刚才的拘谨样缓解了许多，恢复了往常在科室与患者沟通的常态，她口齿伶俐地讲着：

"我们几位护士长曾推敲过，倘若我或有位医生进去了，还有您可以想法子救我们！您进去了，谁还有那个力量？我进去叫舍兵保车，那位医生进去叫舍车保帅，这三十六计的计谋我们护士同志尚且明白，您不会不知。"

"首先感谢护士同志对我的关心，但是同志之间，坦诚相见，上下级之间也要实事求是，人应该以诚信为本，不能互相利用、欺骗。再者，医生有为难事，有力不从心时，不为医生担担子，还当什么院长！章满秋同志，你说对吗？你觉得你们护士长是敢于承担者好还是善于推卸者好？叫你选择，你赞许前者还是后者，答案显而易见，所以我应怎样做，答案也是明明白白！我们今天都能认认真真做人，踏踏实实做事！那明天就会更光明美好。"

章满秋与院长再次短时间交谈，觉得着实受益匪浅，从心底里敬仰他的光明磊落！

此事发生后一个月，法院判决书下来了，判金健民半年徒刑，缓期执行。判决以后，爱花忧心忡忡，她担心左邻右舍会奚落自己，特别以前与自己聊得最热乎的隔壁张家婶婶，今天果然不出所料从早到中午就没上门，她不踏进我家，我也断然不会跨入她家，这点志气我是有的，或者我躲避回老家去，可健民怎么办？谁为他洗衣做饭呢？健民还会受同事冷落，他肯定比我还难过呢！怎么办？忐忑不安的心情困扰着她，坐也不是，站也不是，独个儿对着天花板叹气流眼泪，她既不会外出找个地方排解一下心境，又不会找一个人诉说自己的心情，快十点多，她快快走进厨房，但在厨房门口的窗台上，看到一只方型饭盒，闻到扑鼻而来糖醋排骨的香味！

"这是谁的？放错地方了吧！"她鼓起勇气喊道。然后，隔壁张家婶婶不快不慢"吧嗒吧嗒"来到她眼前——

"哦，是碗糖醋排骨，放在你家窗台上，肯定没放错地方，一碗糖醋排骨，蛮好蛮好。"

爱花虽然很喜爱这碗糖醋排骨，因为健民最爱吃糖醋排骨，自己又做不出这色彩鲜艳、香气诱人的菜，但不敢收，平日金健民禁止收任何礼物，更何况今日，张家婶婶似乎看透了她的心思，对自家姐姐说知心话：

"一碗糖醋排骨，以前别人送来你不能收，今天人家是礼轻情深呀，一碗排骨有价，情感是无价的，你千万别辜负这千里鹅毛心！"

张家婶婶悄悄地送上一碗糖醋排骨，她的三言两语也道出广大职工的心声。患难见真情，院长为人所敬仰，不仅因为他的学识，还因为他的品格。因此在相当长的年月里，医院内政令畅通，凝聚力极佳，重要原因之一，就缘于广大职工从心底里敬佩他，信任他。

爱花在这件事上也着实被感动了，她不再今天串李家明天串王家，无所事事，而主动向张家婶婶学习烹饪技巧，这样，金健民回家尚可三餐不愁。

有意思的是，金健民一生中这半年刑事"伤口"竟然没有一个人有意无意去"撒盐"。

第五章
洗洗刷刷终无悔　抄抄写写志高远

　　年底评选先进积极分子上报名单中，书记与院长不约而同地圈掉了自己的名字，分别加上另一个人的名字。办公大楼前的光荣榜前人头攒动——医院两位在平凡岗位上的职工被评选为市卫生系统先进工作者。

　　一位是姒秋生，被评为罗城市先进工作者。医院有人说，长着一双普通、毫无特点的大眼，且穿着随便，吃喝不讲究，头脑太简单，只是道道地地属牛的那种人；但有人反驳说，他那根根直立的头发，是他正义凛然的表现。他那瘦削的脸庞泛出一阵黄色的暗光，虽有些憔悴，却毫不颓废，他那浓眉大眼却有着不可言喻的力量。他认真做人，踏实做事，理当受到大家的尊重。评得对，评得好！

　　秋生师傅的确是什么都不讲究的人，就他的名字而言也是不讲究，因为他是秋天出生的，所以取名为秋生。同辈人唤他秋生，小辈人叫他秋生叔，单位里有人喊他秋生，也有人尊他一声秋生师傅，邻里乡亲都是"秋生，秋生"地叫着，别人以为他姓秋名生，其实他的大名叫姒秋生。而他的思辨能力看似也比较简单，处理身边事情均采取比较简单的方式，例如当年医院招工，只有他老老实实地当了洗衣工，并且心甘情愿当了一辈子洗衣工。经年累月工作的那间洗衣房，是全院最简陋的房子，坐落在医院最偏僻的地方，一年三百六十五天全部工作的内容，就是洗刷刷洗刷刷。在常人看来，这洗衣活简单得不能再简单了，且又是最脏、最累、最没出息的工作。所以大多数人不愿做，有人断言只有头脑简单的才会干，有人还断言干洗衣活的秋生日后肯定找不到老婆。

然而他的妻子爱莲为他生育了人见人爱的三个女儿。其实爱莲的婚姻是她父亲指定的，她父亲有一句口头禅："一块好铁一定是能成器的！"老人家认定的秋生，后来果然是一块好铁。

秋生在洗衣房干得无怨无悔。一干就是几十个春秋，从参加工作直至光荣退休。当年院长在他上班的第一天就对他说，洗衣房是医院不可缺少的重要部门，因为它是保证医疗安全最直接的科室，堪称医疗殿堂上的第一卫士，每一个病人痊愈出院，其中首先就有您的一份功劳。他就这样心甘情愿地当了一辈子名副其实的医院"第一卫士"！医院的洗涤工作不单单是洗掉污垢或血迹，手术室、内科、外科、传染科、妇产科……换下来的衣服、床单和被褥，必须进行严格消毒。医院最原始的消毒是采用煮沸的方式，当年使用的燃料是砻糠，南方的春季雾霾天气不少，特别是阴雨绵绵的梅雨季节，受潮的砻糠很难点燃，他往往被弄得满面烟灰尘埃，头上身上全是黄褐色的糠片，活像一个谷壳稻草人，谷壳落在眼眶上，扎得他睁不开眼睛，谷壳钻到内衣里，全身痒得难受。然而对着旺旺的炉火，他开心地笑了，因为一天的消毒工作就绪了，一天的光荣任务又完成了，心情也就无比舒畅。煤作燃料那是 60 年代后的事，点燃砻糠煮沸消毒竟达十年之久。踏进既充满异味又潮湿的烧炉房，能有多少人？所以凡是见到过秋生师傅工作环境的人总是肃然起敬！敬佩这位医院第一卫士天天勇立潮头！

衣服、被单上的补丁不少，但仍被洗得干干净净，叠得整整齐齐再送回去。更重要的，外行人可能不甚明了——一环紧扣一环的消毒洗涤工作，有效地杜绝了院内病菌的传播和扩散，从而保证了病人和医务人员的安全。不论是大年三十还是大年初一，医院天天开业，他天天上班，没有领导规定，也没有他人叮嘱。不管在炎炎的盛夏，还是雪花飞舞的严冬，天还未明，他就踏着露珠来到洗衣房。他"噔噔"的脚步声和踩上碎石板发出的"喀噔，喀噔"的声响，无数次为住在附近宿舍内的职工当作催促孩子起床的第一讯号：

"哦，秋生师傅上班来了，我们该起床了！"

穿衣服的妈妈对孩子们说：

"快起床，秋生伯伯上班来了，再不起床，上课要迟到了，动作快一点！"

久而久之，住在洗衣房附近的职工及其家属，都把秋生师傅上班脚踏的石板声，当作不用拧发条的报时闹钟，如果门外的石板没发出"喀噔，喀噔"的响声，如果秋生师傅常年穿着的那双高统雨靴没发出"喀吱，喀吱"的响声，他们就会放心让孩子们继续做甜蜜的美梦。天天如此，月月如此，年年如此。

秋生师傅家境贫寒，买不起闹钟，秋生师母一夜中不知要起床多少回看天色、观星辰。所以他常说，自己工作的成绩与孩子娘的支持是分不开的。四十岁后，他总在凌晨三点左右就醒来了，盛碗隔夜冷饭，开水一泡，二分钱一块的绍兴腐乳便是极好的早餐小菜。秋生师傅曾经有一次奇遇，几乎改变他的命运。那天，无边的天际中，几颗星星镶嵌在空中一闪一闪地眨眼，整个城市沉睡未醒，万籁俱寂，秋生师傅刚跨出家门，张开嘴巴深深地吸了一口气，一股清香沁人心脾，似乎这清凉空气是特奉给他的；晨风轻拂中，一片片树叶，落向他的身旁特来问个早安。辛劳而有意义的一天又即将开始，其实他的心早已飞到烧炉房，最近他除了常规的消毒工作以外，还兼任"总指挥员"之职，何故呢？医院全体动员大搞爱国卫生运动，彻底消灭"四害"是当时一项攻坚战，而灭臭虫、跳蚤项目中，几经分析，采用杀毒剂方法虽然简便，效果也好，但对病人的身体可能会有伤害；后来还是采纳了秋生师傅的建议——用煮沸杀虫。这样一来工程就大了，全院所有的病床都须到烧炉大锅去"健身"——煮沸而灭虫灭卵，他不当"总指挥员"还有谁能胜任？这攻坚战中他既是指挥员又是战斗员，深秋时分有的人已穿上棉袄了，他仅穿着单衣还直流汗，三百张病床煮沸灭虫任务真的让他衣带宽了不少，有人打趣说："秋生师傅您的一项建议使自己掉了几斤肉，划算吗？"秋生师傅哈哈一笑说，"腰围小了一截是好事，人常说千金难买老来瘦！掉了几斤肉却换来病人天天睡安稳觉，灭虫效果前所未有！还有什么不划算？"他一边走，一边回想剿灭"四害"攻坚战的成效，全院病床大多数已煮沸灭虫了，特受病人欢迎。只有五官科一个病区了，明天准能搞定，任务又提前完成了。想到医院小朋友唱着的新编儿歌——小小瘪臭虫，躲在旮旯中，入夜就猖狂，吸血又传病，实在太可恶。医院总动员，煮沸出奇招，可恶瘪臭虫，看你哪里躲？臭虫全灭掉，病人哈哈笑！他也情不自禁地轻声唱了起来，他哼着哼着大踏步地走着，突然脚底踩到一样特别的东西，他情不自禁地弯腰拾起踩着的那个纸包，好奇地打开纸包，在微弱的光线中展现在他眼前的竟是一大沓钞票，他片刻变得惊慌失措，他有生以来从未触摸过如此多的钞票！

　　"是谁失落的，这个人肯定急得要命，我该怎么办？"他想了一想，转身小跑回了家，一进门急急把秋生师母推醒，附在她耳边，对她如此如此地说了一通。他自己则又心急火燎地赶着去上班。直到傍晚秋生师傅回家，秋生师母将清晨发生的事情一五一十地讲给他听——"从睡梦中被你推醒，塞给我一个纸包，说有人丢了一包钞票，失主一定急得不可开交，必须马上到家门前路口去等候，要想方设法地交还给失主。你倒好！一走了事，在清凉的凌晨中，我心急火燎地起身后，推开门只有东边地平线泛起的一丝光亮，左邻右舍没一家开门，手拿着这包钞票，站在家门口，不时左顾右盼，除了一片片树叶的落地声，周围一片静悄悄，街路上又没有行人。看着手中的纸包，突然一阵莫名其妙的恐怖袭来，手中可是一大笔钱哪！真的突然来个强盗，我可怎么办？"

秋生师傅笑着说：

"哪来强盗？新中国成立后你见过？"

"当时我真后悔被你推醒，如果睡得像死猪一样，你一定自己拿走，自己想法子。我在家独自一人没商量，后来我又悄悄地把这包钞票塞到床垫底下，再独自站立到路口边，真是又怕又急又难熬。终于太阳出来了，街路上行人渐渐多了。两个孩子要上学，心焦得不得了。只好每人给三分钱去买个大饼吃。我又不敢离开路口半步！"

"做得好，做得好！后来又怎么样？"秋生师傅又问道。

"孩子去上学了。我站得太累了，只得来来回回走动一会儿，这个死老头，给如此差事！悔不该答应。正在自怨自艾，刚走到门口小马路，就见一位男同志步履不稳地推着一辆自行车，心不在焉的样子。东张西望，推着的自行车不时撞到路边的树上，紧锁双眉，两颊泛红，数条皱纹爬在宽宽的额头上，面颊上却不时在冒汗。如果不是疾病缠身，就是有满腹心事。我心中'咯噔'一下，莫非他正是我要找的人，霎时我也和他一样，额头上也直冒汗，心中不由自主地紧张了！如果他是失主，我兴奋！等了一个多时辰终于盼到了！但我又担心，如果搞错了，那可担当不起！"

"后来呢？"秋生师傅迫不及待地问道。

"我直觉上认为很可能是这位同志丢的，但必须对上号。正好他跟跟跄跄地推着自行车走到眼前，我就说了，'看你这位同志有什么心事而心慌意乱呢？'他快快不乐地说，'说了也没用'我越发认定是他丢的！就说，'不妨说说，俗话说三个臭皮匠抵个诸葛亮。'他心事重重地说，'何来三个臭皮匠'我说，'你，我还加上我的当家人！'"

"这句说得好！"秋生师傅心悦诚服地说。

他捶胸顿足地说，"能碰到诸葛亮就好了。不过都怪我，乐极生悲，因为太高兴了，喝醉了酒，把职工、朋友凑的一包钱弄丢了，这是给单位购买新设备用的，是众多职工与亲友的一片心哪！我该死！我真该死！"

"那你一包钱有多少？用什么东西包的？"我两眼盯着他问。

"这位同志也是十分聪明的，立即理会说，一张《罗城日报》报纸包的，内有钞票八百十八元。我一听，真是丢钱的主人，立即把他领进屋内，交还了那个纸包，顺便把你凌晨遇见的一切及你的叮嘱如实说了一遍。"

"当见到这失而复得的一包钞票，他立即向我鞠躬行礼，一再说代表全家感谢大哥大嫂，一边抽出几张给我，说是一点心意。我当即退还给他，说当家人嘱咐的——还钱是本心，收钱是贪心，我们是贫寒但是清白人家，一分钱也不能收！说到最后，他竟推荐你去他们单位担任保卫科长，因为他说他到处在物色你这种既敬业又诚实的人。"

"那你又怎样说？"

"这位同志谢谢您的美意，秋生说了要天天坚守在洗衣房，当一辈子医院的'第一卫士'！"

"说得好，说得对！知夫莫若妇！"秋生心满意足地说。

若干年后，长大成人的孩子从母亲嘴里知道这事的经过，十分感慨地说，当时我家非常清贫，意外拾得八百多元钱，当时这是多么大的一笔财富！人家又看中了他的为人，推荐去当干部，千载难逢的机遇！他都一一拒绝。正如有人所说的那样，处理身边一切事情都采取比较简单的方式，其实他主心骨可坚实。此事能做到"不戚戚于贫贱，不汲汲于富贵"，着实不容易！

秋生一家人居住在二十多平方米的矮平屋内，是自己动手用木栅糊上报纸将一屋隔成两间，里间是卧室，两张木板床，一只大木板箱，可放置两条过冬的棉被和全家人的衣衫；外间是吃饭间兼作厨房，一张桌子，二只竹壳热水瓶，三只分别是烧饭、烧水、炒菜的锅，四条板凳，外加一只自制的大煤球炉。据说炉子外围的泥土涂得越厚，则炉膛内热量的损失越少，因此可以节约煤球，即使一天能节省一颗、二颗，一年三百六十五天能节省多少斤啊！一家子上下三代人在此过着一天又一天的简单生活。凭着他二十八元五角的工资而生活，一家人围坐在小方桌旁，小桌上一般放着三菜一汤，当然是素菜为主，诸如腌菜蒸豆腐、干菜炒豆荚、炒青菜，韭菜烧千张、丝瓜炒豆芽等，夏天多喝梅干菜番茄汤，冬天多吃清蒸腌菜汤。聪明的秋生师母每餐都盛上一大碗汤，有时菜少不够下饭，倒上一勺子汤，就连汤夹饭都下肚了。有时吃了定量的主食后肚子还嫌不饱，倒上几勺子汤，几口下肚，总算汤足饭饱了。腌菜和梅干菜是一年四季离不开的主菜，每天饭桌上总有腌菜或梅干菜，所以江南一带老百姓有那么一句调侃语，"腌菜长下饭，夫妻长淡淡"。腌菜和梅干菜制作技艺是秋生师母一项特佳的技艺。在春、秋时节的青菜旺季里，也是青菜最廉价的时节，秋生师母将鲜菜置于太阳下晒瘪，摘除烂叶，去掉菜中的杂质，然后把菜堆放在一起，直至菜叶变黄，这样腌制出来的咸菜色泽金黄，口感鲜嫩。晒干后就成美味的梅干菜。秋生师母每年都要把做好的梅干菜送给亲朋好友，很受欢迎。人家回赠的小礼物也是实打实的，上海的亲戚往往回敬白糖、肥皂、袜子、毛巾等，想当年这样的日用消费品可不能等闲视之，都得凭证购买。尽管如此艰难，友爱互助的精神却同样造就了其乐融融的生活。秋生师傅就是这样简简单单却又和和美美地过着一天又一天的日子。记得有一天，他先是咳嗽，继而发热，自己感到头发晕，脚发软，但还是咬咬牙高一脚、低一脚地来到洗衣房。他觉得洗衣房是施展才能的地方，别人不会做的事他能做得很好。他手下有两位女工和一位职工的子弟，全部听他的指挥。如果他不在，洗衣房就要乱套，诸如妇产科的接生包与手术室的手术包调错了、五官科与口腔科也会找不到东西。一环出错环环出错，消毒员叫苦不迭。科室的同志发现自己衣服扣子掉了没钉上，衣服破了没补好。终于大家发现，这都是洗衣房秋生师傅不在造成的！而且他的"三位大将"也抱怨不止，认为科室太多、门类太细、物品太杂,实在分不清彼此的正确位置。在他看来,洗得干干净净、烫得平平整整的一叠叠被单、衣衫,宛如打扮得漂漂亮亮的儿女得到四邻八舍好评的快乐!每每送衣服到科室,有的同志说"谢谢",有的说秋生师傅"辛苦"!他感到自己工作得到职工们的认可和赞许,就是莫大的满足!他父亲教他"做人做人必须每天要做",每天做事都应尽心尽力,不能有懈怠之心、敷衍之举。每天洗衣涤被正是践行他做人的准则!良善之家风既是那么简单又是那样明德。说也奇特,这天保健医生为他量体温,38.8度,初步诊断为"感冒发热",配给六片阿司匹林、一瓶伤风止咳糖浆和三天休息的病休单,他按医嘱服药,却没有照医生的吩咐回家休息,照常穿上高统靴、皮革围裙,又是洗又是刷,不知是累出的大汗还是发热的缘故,反正照样上了半天班,到了中饭时竟然胃口大开,夹着一块红烧萝卜放到嘴里竟觉得又鲜又香。据现代医学认为,"感冒发热"最后还得依靠自身的免疫力。他觉得只有到了洗衣房心里才舒坦,只有洗呀刷呀烫呀才踏实,心情舒畅了,免疫系统高效运转起来,病魔也就被驱赶得无影无踪了!

秋生师傅在平凡的岗位上经年累月老黄牛式的工作,受到医院职工及领导的普遍赞扬,被评为市卫生系统先进工作者,还参加先进事迹报告团在全市巡回演讲,语言不多,却句句扣人心弦,他说:"今天在我们周围没有花天酒地的场面、没有赌博、没有吸毒、没有性病、没有乞丐、没有抢劫偷盗,每一天过得很安全。虽然现在还穷,但我觉得一定会慢慢好起来。我们不是天天在唱,共产党像太阳,照到哪里哪里亮,他为人民谋幸福呼而嗨呀。所以我相信今后的生活一定会甜如蜜!我是一个洗衣工,因为医院天天都必须消毒,所以一年三百六十五天必须天天上班,面对一堆堆污垢或血迹沾满的衣物,一天天都是洗刷,刷洗,又脏又累,'宁可脏一人,换来医院净!'因此我觉得值!为此我非常热爱我的洗衣工作!我一年到头天天穿着'市医'的工作服,不少人投来羡慕的眼光,我浑身都舒服!

我是一个普通工人，却又是医院的工会委员，医院的重大事情都得由我们工会讨论，我也有表决的一票！走在路上，书记、院长老远见到就会礼貌地叫我一声'秋生师傅'！我心中确实甜滋滋的，现在做人真正是挺着胸膛，昂着头，有着从未有过的满足。工人阶级确确实实翻身做了主人，所以我时时告诫自己，还有什么不知足？知足了，心情舒畅了，舒畅了干劲就足了，报答共产党只有干劲十足撸起袖子脚踏实地干！干！干！"仅仅五分钟的朴实演讲，然而被报以经久不息的掌声，经主持人一再示意才平息下来。当时的《罗城日报》还进行了跟踪报道，与此同时还加上编者按语：妣秋生师傅是一位医院洗衣消毒工，因为医院天天接诊病人，所以每天都必须清洁灭菌，须天天上班，面对的一堆堆污垢和沾满血迹的衣物，一年三百六十五天，每天都是干洗洗刷刷又脏又累的工作，但他说："宁可脏一人，换来医院净！"秋生师傅把对中国共产党的热爱，全部投入到了工作之中，投入到了无限地为社会奉献、为人民服务之中，并以苦为乐！他把所有的爱都汇织成对事业的不求回报和全身心地为病人、为他人付出上的人生追求！他虽从事平凡的工作，却无时不闪烁着"毫不利己、专门利人"的崇高人生境界和思想情操。值得我们尊敬和学习！

《罗城日报》年轻的司马记者特感动，为此写了一首小诗《黄牛颂》附在上面：

> 位卑洗衣消毒工，
> 涤污荡垢心无怅。
> 昏旵清寒度春秋，
> 杏林儿女众口赞。

以后秋生师傅又多次被评为罗城文教战线社会主义建设积极分子、罗城市劳动模范。

爱莲的父亲知晓后，伸出大拇指连声说：

"我认定秋生是块好铁，日后一定是成器的！我没说错吧?"

当时没有什么物质奖励，拿回家的是一张红色奖状，另一张则是与市领导的合影留念照。辛劳一年，得到一纸的认证，可以说是极大的快乐和无上的光荣，不仅是当事人，就是一家子都跟着高兴，如果父亲被评上先进工作者，那他的儿子或女儿甚至他的孙子和外孙都会无比自豪地说："我爸爸（爷爷、外公）被评为先进工作者啦！"而且对方也会怀着敬佩之心，再传递给他人！评奖，发奖状、奖牌、奖章、奖旗等都是为了表彰先进，引导人们努力工作，积极向上，也就推动了社会的进步与事业的发展。正面的激励，可以帮助人们树立正确的荣辱观，分清社会上的大是大非，一旦荣辱观被漠视了，所产生的后果将是十分糟糕和危险的。

这天照例拿回家一张红色奖状的秋生师傅，进了屋子关好门窗，一副神秘兮兮的样子，惹得秋生师母丈二和尚摸不着头脑，秋生师傅特地请她坐在上方，从蓝布工装衣内摸出一颗奶油糖和一根黄黄的、弯不拉几、样子怪怪的、像"肋棚骨"一样的东西。秋生师母问道：

"这是什么东西？"

秋生师傅说：

"这是很高档的水果，不种在我们附近，种在老远的地方，可香呐！"秋生师傅塞到秋生师母手里，师母拿到鼻子处一闻，深吸了一口气，果真一股极其好闻的清香味儿。秋生师傅又说：

"你吃吧，又香又甜，好吃得不得了！"

"你吃吧！"秋生师母说。

"我吃过，我舍不得吃呢，特别要慰劳你呐，因为我得先进有你一份大功劳！"

"这高级水果是哪里来的？来路不明的东西我不吃！"秋生师母推开这根高级水果。

"哦，果真是我的好老婆！实话对你说，今天先进工作者表彰会后，市领导又开了一个小规模的茶话会，我也是其中的一个，茶话会上有茶水，又有点心，我们当然只喝茶，领导真客气，说没吃掉的就

杏
林
儿
女

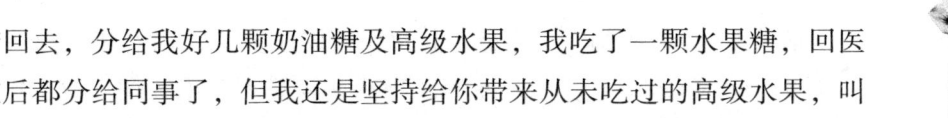

带回去，分给我好几颗奶油糖及高级水果，我吃了一颗水果糖，回医院后都分给同事了，但我还是坚持给你带来从未吃过的高级水果，叫什么？对了想起来了，叫香蕉！闻闻极香，大概就叫香蕉了。孩子他妈，快吃！"秋生师傅赶快把香蕉递给秋生师母。

"那我们一人一半，"秋生师母用菜刀，将一根香蕉切成两半，拿了其中短的一段，稍稍咬了一口，立即叫了起来，

"闻闻香，吃吃涩，不好吃，不好吃！"

秋生师傅见状连呼：

"要剥皮，怎能带皮吃！"秋生师傅剥好送到她的嘴边。

"真香真甜真好吃！"秋生师母忍不住连声夸赞着说。

"以后我们的医院兴旺发达起来，我们家生活条件也一定会越来越好，那时什么样的高级水果，什么苹果呀、梨呀、香蕉呀，统统任你挑选。"秋生师傅满怀信心地说。

秋生师母心中高兴，嘴上却说："我可没这样的福分。"

"这一天一定会来到！"秋生师傅坚定不移地说。

"要不，明天家庭庆贺不吃黄酒改吃香蕉了！"秋生师傅郑重其事提出了建议。

但是秋生师母还是买来一斤猪肉，打上一斤黄酒，全家围坐在一张小桌子前热热闹闹地庆贺了一番。秋生师傅呷一口酒，咬一块肉，真是何等的高兴和愉悦！秋生师傅一家充盈着满满的知足感与幸福感！

秋生师傅是那个时代造就的不平凡的人，值得我们杏林儿女永远尊重！

另一位被评为先进工作者的，名叫陈敬颜，陈先生个子不高，瘦瘦小小的，戴着一副深度的近视眼镜。平日很少言语，每天准时上班，一年之中，少说有八个月总是穿着一套半新不旧的深蓝色中山装。一句话，他人不出众，貌不惊人，却是位平凡中不平凡的人物。医院里一天也少不了他。

陈先生参加工作时，正是省立罗城医院刚成立之时，被安排在办公室工作，早年担任文书又兼统计和病案保管的工作，直至60年代后，由于统计病案室设立，后二项工作才得以转手。

陈先生家在农村，其父以务农为业，且也粗通文墨，育有两个儿子，大儿子取名叫陈光宗，小儿子叫陈耀祖，陈先生是家中的老小，儿时家境不宽裕，身体单薄，难以参加农田劳动，父母指望他能谋取一个轻松的饭碗，但也只能供他读了五年小学，无力再供他进高一级学校。辍学不久，他迷恋上书法，刚开始家庭无钱买纸笔，先用树枝当笔，沙地为纸，接着又用笔醮黄土水在石板地上练字。体谅父母的他从不气馁，用他自己的一套方法学习书法。陈耀祖的父亲常唠叨其一件往事：说一天大清早不见其面，只是灶具旁少了二个番薯，到了掌灯时分还不见踪影，村前村后全找遍，想其弱不禁风的身体，唯恐遇到什么意外。正在忐忑不安之时，陈耀祖心急火燎地跑回家来，他边说边擦汗，兴冲冲地说，爹妈实在对不起，我私下跑上十里路去观摩碑文，没有与你们打招呼，怕你们不答应，所以来个先斩后奏，碑文上的字是真品，妙不可言，真好，真好！看了一整天，我一一记在心里，终于领会下笔有形，心中有神。现在要打要骂，请爹妈处罚便是。说完低下头，表示愿意受罚。可他母亲就一把紧紧抱住，边流泪边说："家里穷，苦了你，苦了你！"凭着勤奋加天赋，到了十六岁那年，周围的乡亲们都喜欢找他写春联、撰对联、书家信，更有人大老远赶来请写大红"囍"字或"寿"字。此年，一位本家叔叔到家来，见到他用功习字的劲头，非常动容，鼓励他要用笔在心，心正则笔正，并资助他上文科训练班，有幸接触到颜真卿、柳公权的书法作品。他喜爱颜体，更敬佩颜真卿的高风亮节，因此改名为陈敬颜。十八岁那年，他进入医院工作。他能写一手苍劲浑朴、气势磅礴的颜体楷书，又能书写骨力遒劲、结体严谨的柳体楷书。不管是毛笔书写的，还是钢板上刻写的，或是圆珠笔复写的，映入眼帘都是整齐划一的美感，字与字、行与行之间的等距，给人以稳重、庄严的视觉效

杏
林
儿
女

果。他的笔法多变，因字赋形，给人一种静中有动、字中融情的感觉。他书写的文字可以说是书法艺术品。有的同志曾诚恳地向陈先生讨教书法的奥秘，他的回答是："心中有字，笔下有形。台上一分钟，台下十年功。"正是他坚持不懈地长时间磨炼，始能达到书法艺术的较高境界。正是他几十年如一日书写工工整整的楷书字体，如实记录医院发生的大事要事，才为我们留下了历史的足迹。

他笔正心亦正。虽貌不惊人，但是他诚实守信、克己奉公。有这么一件事：他的同胞兄长陈光宗，求他办一件"小"事——改一个字，他的兄长曾在医院当了一年食堂炊事员，后来去了一家饭店，二年后饭店搞公私合营，同时上级颁发了职工调整工资级别的文件，其中新规定强化工龄与工资的关系，工龄长则级别高；以五年为一个档次，不同单位的工龄也同时生效。文件传达后，饭店不少职工纷纷拿来其他单位的证明书。陈光宗见此，觉得自己也应搞到一张证明书，高升一级工资好如"两只手指捏田螺，十拿九稳"，因为手头的一张证明正是其弟弟陈敬颜亲笔书写的，只是上书证明工龄一年整，陈光宗要求弟弟将"一"字改成"三"字，"一"改成"三"，原件上划上二笔对于弟弟来讲是何等容易的事！于是他带去了弟弟最爱吃的"油炸带鱼"与"糖醋排骨"。但是令陈光宗一万个没想到，自己的同胞弟弟竟说：

"兄长千万别做此等事！"

哥哥陈光宗十分不理解地说：

"我拿的是饭店工资，又不是你医院的钱。何况你现在已改名为陈敬颜，谁知我们是兄弟？三五年后还有谁会记得这事呢？"

弟弟还是耐心地说：

"诚信是为人之本，人无忠信，难立于世。"

哥哥仍不甘心地说：

"我知道他们有的也是假的，但能升一级工资，我不办不就吃亏了！"

"宁可失钱，不可失信。"

哥哥气呼呼地说："天下人就数你守信?"

"是，即使只我一人，也还要不失信!"

兄弟俩各执一词，最后弟弟还是斩钉截铁地放出一句狠话:

"打死我也不会!"

任哥哥磨破嘴皮，弟弟就是不理不睬。陈光宗也抛下狠话:

"从此我没有你这个弟弟。"

其实哥哥陈光宗来罗城工作确实已有三年，只不过不在省立罗城医院而已，哥哥认为有弟弟，何必再找其他麻烦。想不到弟弟会把诚实守信的品质植根于心田里，绝不因人而异、因事而变。最后哥哥单位的领导还是实事求是地给他办了这件事。

医院不少同事还喜欢说八分邮票的故事。陈先生曾经有相当一段时间兼医院的收发工作，那时单位对外联系并不像现在这样打电话、发传真，大多是信件的往来。陈先生在收发室的一项工作就是公函邮件的收发，凡是公函外发，除了挂号特件以外，他都贴上八分钱的邮票，每天上、下午两次按时送出。倘若不属于医院公务，他便把该信放在桌子一边，一天、两天、一周、两周，直至寄信人自己来取回，为此，当面指责他的有之，背后骂他的也有之。他都不屑一顾，充耳不闻。因此有小肚鸡肠的好事者就想寻事找碴羞辱他一番，有时特地到他家串门闲聊，看其有否公家的信笺信封、有否公家的消毒棉球纱布。无数次找碴，几年下来都令好事者失望。

一年，陈敬颜被评为先进工作者，在领奖台上，向台下深深一鞠躬后说了一句话:"所有一切都是我应该做的，谢谢大家鼓励。"领回奖状后，又把它折得整整齐齐，装入信封放入抽屉中，他和它们就此再无照面。它们静静地躺在抽屉内，他的妻儿们直到他去世，整理遗物时才发现。儿女们流着眼泪异口同声地说:"以前我们认为父亲是极其平凡的一个人，现在看来却也是不平凡的平凡人呀!"儿女们依稀想起一件十分蹊跷的往事，但父亲不让说——他们也从来不敢说。"文革"时他就做了一件让全家都胆颤心惊的事情，他竟然在简易床下挖了个地洞，并把妻子陪嫁的樟木箱放进了这个洞里。他一直保管着医院的档案，为了不让这些资料被毁，他将重要的分批搬移到这个地洞内保存。他妻子曾悄悄地问他：

"这些破纸旧本是什么呀？"

"是宝贝，是比黄金还珍贵的宝贝！"

"是宝贝为什么医院其他人不要？"

"他们不了解，黄金宝贝没了，还可以买回来，这些本本没了，千金万金也赎不回来了！"

"这么珍贵以后能得多少好处？"

"什么也没有！但此事倘若让某些别有用心的人知道，什么都可能发生！所以你们一定要闷声不响！守口如瓶！"

"藏这破烂本本风险这么大，你不害怕吗？"

"我也是人，怎能不害怕！但不能因为害怕，就不去做我应该做的事，那就枉做人了？！"

"你身体那么单薄，我实在很担心！"

"别太担心，我一不偷，二不做坏事，我只是尽自己的责任！"

这样担惊受怕的日子是怎样过来的？天知地知，他俩自知。粉碎"四人帮"后，陈先生还是自己悄无声息地处理好这批历史档案，不过现在是从地洞里分批搬到办公室。这回妻子又十分不解地问他：

"上次像做贼一样偷偷地从办公室搬移到地洞里，这次又是做夜耗子，以前情有可原，如今完全不同了，还要神不知鬼不觉的这样干，不可思议！"

"你的意思无非要向别人说，我们有功劳、我们有贡献！？敲锣打鼓地把档案拉回去，让许多许多人知道陈敬颜曾经冒着生命护着档案，光荣呀！伟大呀！错了！保管好档案是我的责任，没保护好就是失职！无须让别人知道，我是医院的职工，也就是医院的主人，主人做自己的事无须表功，否则就称不上是主人！老太婆，你也是高中生，陆游曾说'位卑未敢忘忧国'！想你也读过，先人教诲不仅要读而且要学着做到。要说的全说了，一句话，以后就当此事没有发生过。"

只是，后来陈先生将一年的奖金给老伴买了两只樟木箱。

老陈离去后，他老伴对着崭新的樟木箱，对儿女们说了保护医院历史档案的往事，无比感慨地说：你们的老爹小事讲认真，大事不糊涂，是坦荡诚实的人！

老陈虽然不是重量级的人物，但医院里的人却非常敬慕他。建院以来一直负责保管档案，他虽没有受过档案专业的培训，但极好地整理与妥善保存医院的历史档案，完全是他的功劳。在那动乱的年代，如果没有陈先生的智慧与胆量，医院的档案很可能早已化为灰烬！

此年其他几位诸如沈大福、司马美玉等名不见经传的普通职工被评为先进工作者，他们情系医院，为了病人，在平凡的岗位上苦干实干，他们没有什么惊天动地的伟业，只是默默奉献。医院里的职工却永远尊敬他们！他们是杏林中的优秀儿女！

第六章
双手建成育才林　肩担教学传薪火

一天，金健民手持一大沓文稿一大早来到文秘室。只是时间太早，办公室还锁着门。为父老乡亲健康而竭尽全力办好卫生教育事业，是金健民上任伊始的誓愿，他既是附属学校的校长，又是手着教鞭的教员，还自行编著教材。医院为加速培养人才，也采取两条腿走路的方针，在自行办学的基础上，还选派医务人员到高等医学院校学习深造。

八点未到，陈敬颜与其他同志陆续来到办公室，金健民把文稿交给陈敬颜，走出办公室三四步后又很快折了回来，对着陈敬颜略带抱歉地说：

"文稿中有不少图谱，能刻出来吗？或者您把画图谱的空隙给留着，我来填补。"

陈敬颜看着金健民疲惫的脸庞，知道他为赶写文稿又熬夜了，陈敬颜因在文秘室工作，与金健民接触的机会较多，然而陈敬颜从来没有说过一句与工作无关的话语，而金健民知道陈敬颜是极其忠于职责的同志，所以每每只交代有什么事项，从不说"表扬""鼓励""客气"之类言语，也不说尽快、及早之类言辞。他们是普通的上下级关系，又是心照不宣的互相信任的同仁关系。陈敬颜听闻过金健民与丁蘅芜恋爱、结婚与离散，再与薛爱花结合的事；知道金健民为处理医疗事件，自己主动受罚；目睹金健民为医院发展，对医学教育呕心沥血，因而从心灵深处敬佩金健民，实际上陈敬颜此时从心田中很想蹦出的是——

"院长你不要太忘我工作了！"但是吐出来的却是：

"我已学会，一周后缴。"接着又补充了一句：

"今天是八月二号，八月七号给。"

"啊，今天是八月二号？"金健民突然想到八月二号是他与薛爱花的儿子的生日。大宝这个名字是薛爱花给取的。

"是大宝的生日！"金健民想为儿子买份生日礼物，一摸口袋，一分钱也没有。自从与丁蘅芜离婚后，薛爱花把金健民的工资控制在手。

正在犹豫着回家要钱，还是到财务科临时借款，突然有人喊道：

"院长，书记在喊您。"

对，今天院办公会议要拟定二件主要事项，第一，年初由半日制门诊改革为全日制门诊，目前准备实施24小时门诊，住院部则实行24小时负责制。第二，必须迅速拟定脱产学习人员名单，他们是医院的后起之秀。金健民脑海立即浮现出一个个年轻的身影，为儿子祝贺生日的事，马上为选派人员去深造的大事所替代。金健民回到家中准会挨批评，但金健民在火药味中照样读他的书，做他的事，写他的医学论著。

医院办公会议决定保送三名人员，其中最有争议的是封学华。

这个封学华是何许人也？

50年代，封学华从军队转业到地方，从助理军医转变为医院的执业医师。军人以服从命令为天职，她打起背包就出发。有些朋友为她担心，认为她文化水平低，可能难以胜任地方医院的执业医师。她用简单的五个字，既是回答对方又是勉励自己："不会就学呗！"

封学华受市卫生局指派参加省卫生厅主办的文化补习班，脱产学习数学、化学、物理、地理、历史等课程，她紧紧抓住这个非常难得的机会。学华性格比较单纯，但能正确地认定哪些是必须做的、哪些是应当做的。

记得学华刚去文化补习班时，她的爱人担心她基础差，跟不上进度，担心她会半途而废。但在夜深人静的时候，她悄悄地给爱人讲起两个和尚的故事。她说，从前有两个和尚，一个很富有，每天过得随心所欲；另一个很穷，每天都要为三餐而忧愁。一天，穷和尚对富和尚说："我想到东海求取佛经，你看如何？"富和尚说："那么遥远，你如何去？"穷和尚说："一个钵、一个水瓶、两条腿就够了。"富和尚哈哈大笑："我想去东海也好几年了，一直没成行的原因是东行的大船还没造好，我都去不成，你又怎么去得成？"一年后，穷和尚从东海回来，还带了本佛经送给富和尚。富和尚看他果真达成愿望，惭愧得一句话也说不出来。学华讲完后，笑着问爱人，"你说说穷和尚和富和尚的故事告诉后人什么道理？"爱人大笑起来，"还挺利害呢，考起你的老师来了！你自己回答说明了什么！"学华胸有成竹地说："道理是挺多的，例如说，穷不可怕，人穷志不穷，穷人照样可以有所作为；但是我认为更重要的启示是一个人能否有成就，看他是否具有自尊心和自信心两个条件。依靠坚强的自信，往往可使平凡的人成就不平凡的事业。"爱人忍不住夸奖妻子说，知道还不少呢！听到了爱人的称赞，学华更兴奋了，她说我再讲一个故事，接着她又兴致勃勃地讲起愚公移山的故事，并且说要学愚公坚韧不拔的精神，一定要把压在自己头上的半文盲大山移掉。爱人听了，觉得妻子真不可小觑，敬重之意油然而生，但总有一丝一缕的担忧，真要搬掉头上半文盲的大山，真有愚公移山一样的艰难，上了一定年龄的女子，且有家庭与孩子的后顾之忧，困难重重并非人人都能克服啊。可是她临别之际，又讲了一则刚听来的悬梁的故事，说东汉有个名叫孙敬的人，他年轻时勤奋好学，常常废寝忘食。读书时间长，劳累了，直打瞌睡。他怕影响自己的读书学习。就找一根绳子扎住自己的头发，一头牢牢

第六章　双手建成育才林　肩担教学传薪火

地栓在房梁上。当他读书疲劳时打盹了，头一低，绳子就会牵住头发，这样会把头皮扯痛了，马上就清醒了，再继续读书学习，后来终于实现了自己的抱负。对爱人的担忧，学华作了并非人人都能做到的注脚。

补习班一天安排七节课，上午四节，下午三节，上午多为文化主课，如语文、数学、化学、物理，下午则是历史、地理、体育、自修等课目。第一节语文课，读的是鲁迅先生的《一件小事》，主要的困难是许多字不认识，就只得用愚公移山的劲头一个字一个字地去读去写去强记，虽然一口气要学那么多，但还是有心理准备的。可是接下来的数学课，坐在那里真是越来越发忧，一连串的数学公式，一个个弯弯曲曲的 x、y，老师讲得头头是道，她听得晕头转向。补习班内不是仅有学华感到力不从心，不少女同志开始打退堂鼓了，她们认为，不学数理化，照样干革命。我们的确文化不高，但文化水平低的人全国多的是，他们不是过得很好，何必自找苦吃。于是有不少人申请退学，当然有好心朋友也请她仔细考虑，说大伙儿一块儿走，罪不罚众，不失面子不遭恶。是的，那时候她已经是两个孩子的妈妈，她有一百个理由可以不寒窗苦读，一千个理由可以不进补习班，如果按照传统观念，她更有一万个理由相夫教子。这天晚上，从来未曾失眠的她整夜无眠。第二天，她早早地来到学校教务处，向教务主任提交一份报告。教务主任知道，多数女学员文化基础差，年龄偏大，继续学习困难的确很大，学校领导已请示过上级教育主管部门，对有实际困难的女学员原则上准予退学。因此教务主任在退学申请书上写上"同意"两字，然后再签上名盖上章就行了。但是眼前这位女学员提交的，竟是由二班进入一班的报告，教务主任戴着的眼镜从鼻梁上滑下来，差点儿落到地上，因为补习一班多数是男学员，文化基础较好，二班则刚好相反。看上去眼前的学员也不是未婚小姑娘，且大多数学员总是喜欢由一班进入二班，对教育工作富有经验的教务主任一时也弄不明白这位女学员的真实想法。心直口快的学华说，一是为

杏
林
儿
女

了求得成绩优秀同学的帮助，二是给自己加压。老教务主任一听大喜过望，大声说，"好样的，好样的。"当了解到学华的情况后，教务主任无形之中也就增强了对女学员培养成材的动力，满怀信心地对同事们说，一要不断提高女学员学习的勇气，二要尽最大努力帮助其顺利完成学业。于是，校园、教室里就新增了一幅幅鼓舞人心的标语：

"天才出于勤奋。"

"知识改变命运，理想改变态度。"

"贵在坚持，难在坚持，成在坚持。"

"努力就能成功，坚持确保胜利。"

"有志者自有千方百计，无志者只感千难万难。"

学华一一把它们记在笔记本上，铭刻在心田里，落实在行动中。

在补习一班学习困难，是可想而知的，但个性倔强的学华依然不忘十年前赤着双脚，一口气奔走五十里投奔新四军的坚强决心；以一米五十几的个子，与男子汉一样昼夜飞奔，奇袭敌据点的坚韧毅力。她对自己说，当年困苦而没有后退之路，今天条件好了，可以缩头缩脑做缩头乌龟？曾立志任何时候决不给军人丢脸！正确的自我反省或许也是一种动力，或者说有了正确的学习方向和目标，学习勇气和劲头也就随之而来。说也奇怪，经过一段时间学习，对于 x、y、z、w 不再感到别扭，而只是比不上老师写得流畅与漂亮，任课老师一再鼓励说，不错！不错！同班学员也认为她进步快，鼓励说，加油！加油！俗话说"笨鸟先飞"，学华就学那笨鸟，在整个学习期间，的确采取"笨鸟"的学习方法，以勤为舟，晚睡早起。有的同学已进入甜甜的梦乡了，她还在背"元素周期表"；有的同学在星期日相邀去郊游，玩得不亦乐乎，她却在整理代数公式；暑、寒假当然也是系统查漏补缺的最好时光。"笨鸟"终于先飞了，她的成绩单均是"5"分或"4"分。她的生物学与化学两门功课还经常受到老师表扬，但她也十分不好意思地说，语文与历史只能拿"4"分，所以在以后的工作岗位上，就是拿不出高质量、高水平的业务总结文章，为此总感到遗憾。她无不感慨地说："如果可以重新再来，一定把这两门功课狠狠地抓紧，也让一起腾飞起来。"

第五个学期快结束时，那天正是"七一"党的生日，学校食堂大会餐，她觉得吃不下大米饭，咽不下白馒头，看到猪肉翻胃，见了鱼虾要吐，糟糕，自己又怀孕了。学习越来越紧张，她觉得学业已得心应手。怎么办？她怀着忐忑不安的心情回到家。婆婆一听说媳妇怀上了，十分开心，老人家多子多福观念牢牢占据心头，何况眼下已有二个孙女，更急切盼望能生个孙子，而且发现这次媳妇妊娠反应特别重，有别于前二次的怀孕反应。老人家喜滋滋地着手准备男婴儿的服饰，而且特别关照她多休息，准备生个大胖孙子。学华暗暗叫苦，爱人也劝能生下来最好，了却老人家心愿，否则也须做好老人家的思想工作。

恰巧这天单位发了两张戏票，由上海虹口越剧团演出的大型古装剧《岳母刺字》，婆婆特爱越剧，晚上学华陪着前往。演到岳母在儿子岳飞背上刺字时，婆婆感动得不时地落眼泪，风波亭岳飞被害时，婆婆已经泣不成声了，学华也被戏剧的情节所感动，为编、导、演叫好。演出结束后，观众久久不散，一个劲儿鼓掌。婆婆第二天说胳膊肘儿抬不起来，就因在演员谢幕时用尽全力鼓掌，长时间的拍手，婆婆还是直夸演得实在好。学华说，一出戏演员好果然重要，但剧本更是要完美，好比造高楼大厦，如果没有蓝图则不可能建造成功。《岳母刺字》这位编剧在国内享有盛名，曾经多次受到嘉奖，婆婆忍不住地说："好福气！做人到这种地步真如神仙。"可是学华接着却"唉"的一声，叹了一口气说："这位大编剧家却有一肚子苦水。"婆婆不解地说："不会吧，嗯，准是老婆不入调？""不，他们夫妻的感情很好。""那是为什么呢？""是这位大编剧有个酗酒的坏习惯，不经意之中生了个弱智儿子。娘胎中带的先天性疾病是无法治愈的，本来十分美满的家庭陷入无穷无尽的烦恼之中。"婆婆十分动

杏林儿女

情地说："这倒是个天大的麻烦！常言道，家中宁可出败子，不可出呆子，败子可能还有回头的一天，一个呆子或许下辈子、下下辈子都还有呆子，一家子就永远不得安宁了。"学华见时机已到，就说："那我也不能要这个孩子了！""为什么？""因为在学校学习实在太紧张，加上我基础薄弱，所花的精力、时间、体力都是超负荷的。长时期精神紧张，人一旦开足马力，对体内的胎儿肯定是不利的，如果生个低能儿，不但不能传宗接代，后果则不堪设想。"并且她还对婆婆说："我们都还年轻，待日后完成学业之后，再生个白白胖胖的孩子，不是更好吗！"婆婆也是个明白人，权衡利弊后赞同学华的主张。学华始料未及，一出戏竟为自己解决了一道难题，同时使她更明白了学习的重要，知识的价值。知识不会让人一夜之间腰缠万贯，但能使人变得聪慧，如果自己还是当年斗大的字不识几箩的小丫头，能明白这些事理？能讲出这一连串的道理？能让人口服心服吗？她为自己高兴，为自己的作为骄傲和庆幸！她更深切地感谢所有帮助过她的人，而报答的方式是自己去帮助需要帮助的人。

学华终于向胜利目标又迈进了一步。值得一提的是，与她一块儿参加文化补习班学习的 130 多位同志，其中第一批有 6 人被同意到省医科大学参加报名考试，学华便是其中之一位。如今既得到医院同意，又考试合格，进入省医科大学读书。如果没有部队的启蒙教育，她就不可能有进入高等医学院校的机会。她同样以"笨鸟"自勉的学习方法，于三年后获得正规的医学专业毕业文凭。"业精于勤，荒于嬉，行成于思，毁于惰。"有一天，同伴问她说："舌咽神经是脑神经的第几对啊？"她立即兴致勃勃地背了起来，"一嗅二视三动眼，四滑五叉六外展，七面八听九舌咽，迷走加副舌下全。舌咽神经是第九对。"这是她当年学习解剖时背诵的十二对脑神经的四句口诀。她接着又不假思索地解释说道："第一对是嗅神经，第二对是视神经，第三对是动眼神经，第四对是滑车神经，第五对是三叉神经，第六对是外展神经，第七对是面神经，第八对是听神经，第九对是舌咽神经，第十对是迷走神经，第十一对是副神经，第十二对是舌下神经。"人家又问如何进行望、触、叩、听的检查，她又认真地一一答来。

封学华果然不负众望学成回院，不仅她自己业务水平提高了，而且还带动一批有了小孩的妈妈们也勇于投入自觉学习的行列。选对一个人带动一批人，榜样的力量是无穷的。医院办教学，教学促医疗，医院的后起之秀不断涌现。

几年后，封学华被指定为负责带教工作，在一年又一年的医疗教学活动中，她言传身教，把经年积累的临床实践知识手把手地传授给他们，被实习生尊称为第二母校的"封导"——这是因为在高等院校教育中实施导师制。她爱来院实习的同学、爱病人、爱工作、爱学习，她的博爱深深地嵌入年轻人的心扉，多次被医学院校评为优秀带教导师。有的还亲切地称呼其为"妈妈"，实习生偶感风寒，她准会带着慈母般的爱出现在那里；节日里每每邀请未能返家的同学到自己家中过节……同志们夸她，同学们敬她。她总是说，每位医生的成熟，需要前辈的提携，我们周围许许多多人才的成长，谁没有师长的言传身教？而且她更认为，教和学是互相促进、共同提高的。在她厚厚的医事日记本上记载着不少实习生的故事，往事历历在目，犹如发生在昨天——

李新宇是名上海医科大学的实习生，是位勤快的年轻人，愿意整天忙碌在工作之中，他认为这就是充实，他认为自己有的是力气与精力，因此愿意帮助别人，即使是休息日也照样往科室里跑。这个小青年思维敏捷，动作利索。这天又是他的休息日，见到急诊诊断室患者多得不得了，待诊病人挤满了角落，一张诊察床首尾都躺着病人。急诊急诊，急字当先，因此要求急诊医生动作快捷，处理果断，所以急诊当班医生多是积累了一定临床经验又是年富力强的人士。李新宇兴冲冲来到急诊室相助，那些忙得团团转的急诊当班医生，见他到来当然求之不得，更何况李新宇又不是第一次来急诊室，因此，对他的到来是一百个欢迎。他为病人联系医技科室的检查，代带教老师开检查申请单，解答伤者的疑惑和注意事项，他接待一个又一个病人，处理一件又一件小事，却又是不能不办的小事。此时此刻，他真切地领悟到病人脸上写的满意两字的表情，他感到由衷的愉悦！快下班时，他看到一位被护工从诊疗车推进来的外伤病人，病人大声叫喊着："医生救救我，医生救救我，痛死我了！"李新宇见到一位嘴唇外伤的中年男伤者，面颊上还在流血，鲜血一滴滴地不断往下掉。急诊科主任一边为一位女病人包扎伤口，一边吩咐李新宇去为叫喊着的病人准备清创。李新宇自己对于清创、缝合是十分有把握的，因为在教学实习期间，曾在动物实验中为小兔子清创和在长耳朵上缝合，得到的成绩为优秀，评语是：清创到位、缝合平整，可与口腔科医生的脸颊缝合相媲美！他知道清创缝合是外科的基本功，当然更懂得只有清创彻底，才能使伤口愈合得好，不会留后患。这些基本知识只有经过严格正规的医学训练才能融入学生的潜意识中。清创之前必须先清洗伤口，在当时通常的小伤口是先用双氧水，然后再用清水进行冲洗。在思维定式下，他双手理所当然地拿来贴有"双氧水"标签的药水，自然而然地将"双氧水"洒在了伤口上。殊不知这"双氧水"与"过氧乙酸"都放置在同一架子上，都贴着同样蓝边白底的标签，"双氧水"和"过氧乙酸"的分子式又均是"H"开头。说时慢那时快，病人在一瞬间大呼大叫起来："疼死我了！疼死我了！"李新宇毕竟是刚踏上医疗岗位的实习生，一时半刻还不能马上反应过来，但他的视力挺好，见到了瓶子上贴着的标签竟然是过氧乙酸，这一惊非同小可！病人的大叫惊动了正在忙碌着的带教老师，进门一看李新宇脸色苍白，并闻到过氧乙酸的气味，迅速打开一边放着的生理盐水，大量冲洗伤口及其周围皮肤，同时马上采取一系列的治疗措施。事后，带教老师还买了水果，捧着鲜花去探望病人，并一再道歉，总算得到了病人及家属的谅解。

若干天后，在医疗缺陷的讲评会上，应严肃处理的意见显然占了主导地位，多数同志认为"过氧乙酸事件"完全是由实习同学的粗心所造成，既增加病人的痛苦，又影响医院的声誉，还造成一定的经济损失，学校和个人应承担必要的责任。然而只有急诊科的赵主任持反对意见。他说：在论述此事前，请允许我讲一件往事，那是二十年前的一天——那天，大二年级学生正在兴致勃勃地进行一节化学实验课，快下课时，突然响起一声清脆的金属材料落地声，伴随着"啊呀"一声惊叫。大家回头一看，实验室中唯一的一台高精度天平跌落在地上，一位男学生脸无血色不知所措地站在那里。这位男学生是班里的学习委员，平日成绩门门优秀，可是家境比较贫寒。任课老师说："下课了，学习委员留下，其他都可离开实验室了。"同学们当即七嘴八舌地议论开了，有的说，这可不是小事，价值上万元！有的说，倾家荡产也赔偿不起；有的说，倘若被扣上破坏公共财物的帽子，重则坐牢，轻则也得开除学籍。男学生句句入耳，吓得浑身哆嗦。老师把他叫到身边，拍拍其肩膀："遇事要沉着，老师与你共同想办法解决。"男学生结结巴巴地说："老师，我不是故意的，我不是故意的！""老师也没说你是故意的，而且老师知道你是在帮助老师整理实验器具。先看看厂家的说明书再说。"老师又说，"今天正好是星期六，明天我们一起到上海厂家，这家厂或许能给我们修好这架天平，明天凌晨一点有一趟到上海的火车，争取当天去当天回。"说着立即动手将天平包装好。师生俩这晚上基本没有合眼，半夜就来到火车站。上海这家仪器仪表厂的师傅也真不容易，横竖试修了七八次都没有成功，眼看已经没有办法了，师傅累得额头上直冒汗，师生俩背脊上也是冷汗直流。老师突然说："能否换一个零件？"师傅说："这天平是德国制造，要向德国要零配件谈何容易！"而老师却仔细记录下那家德国的厂址。以后又费了不少周折，终于修好了这台天平，老师当然也支付了一笔不菲的费用，但老师始终未对这位男学生吐露一分一毫，老师只是说："我是老师，你是学生，老师对学生应该像父亲待儿子一样！只希望以后当了老师也要爱护你的学生，只有这样，我们的事业才能兴旺发达!"现在这位老师已远离我们而去，但老师要爱护学生，这样事业才能兴旺发达的简朴语言，振聋发聩!如今我们也是老师，只是我们是兼职教师，双重身份，既是医生又是老师，我们做老师的如果不爱我们的学生，如何教育他们去爱他们的病人。如果李新宇要受到处分，可能从此乐于助人、朝气蓬勃、热情洋溢的青年人就此不会再现;十年树木，百年树人，一个孩子的成才，需要润物细无声的师恩哺育。再者学校把后期带教的任务交给医院，医院把责任交给我们，这个责任必须是实实在在的。我们不仅要培养能治病的医生，更要培养具有健康人格的医疗卫生事业接班人。所以"过氧乙酸事件"主要责任应由所在科室的主任和带教老师承担。

"过氧乙酸事件"中，科主任和李新宇的带教老师封学华，医院按医疗责任评估委员会的意见，扣发了他们一个月的工资。不少同学为他俩鸣不平。而主任说带教也须学习，学习须付学费，科主任和带教老师不能搞特殊，应承担责任时必须自觉担当!

李新宇在学校的实习园地里发表了一篇实习心得，题目是《师者如兰》。他说带教老师既是恩师，又是严父慈母。在今后的职业生涯中，一定要继承发扬老一辈医务人员的优良传统，既要做合格的医生，更要当一名优秀的带教老师。唯有如此，才能造就一代又一代优秀的杏林人，推动医疗事业不断向前发展。

封学华的日记本上又记载着一则往事，令她终生难以忘怀，往事历历在目。那天，科室在同一时间，接连收治了具有同样症状的十二位病人，其他科室也收治了一批类似病人，据报告总共有三十八人先后被送入医院。他们都是初中生，都是少数民族学生，都在同一时间发生相同的症状——恶心、呕吐、昏厥等，由学校老师代为主诉病史。他们集体就读于本市一家重点中学。教委领导早已穿梭于病区与院长室之间;市里相关领导也是电话不断;电视台、报社更没少动作。但最急如星火的还是临床一线的医务工作者，医生应马上做出疾病的诊断意见，然而几个小时过去了，还下不了初步的诊断意见。为什么呢，按诊断思路，集体发病且有恶心、呕吐、昏厥症状，首先应考虑消化系统和神经系统疾病，特别是食物中毒。可所检查的有关项目，却未见一项阳性报告；化验检查没有大的异常！影像学检查无重要阳性结果！脑电图检查正常！头颅 CT 也无明显异常等。可是医生、护士看到孩子们接二连三地上厕所，不时出现呕吐的现象，有的孩子脸色苍白，听诊有心率加快的情况但仍属正常范围。医生们一个学生、一个学生仔细地询问病史，一字不漏地记录下来；一个学生、一个学生认真地体格检查，从头到脚不遗漏一个不起眼的部位。突然一个小病人说，我难受；另一个接着说，我难受极了；其他的所有病人立即跟着大声说难以忍受。该怎样下诊断结论呢？小病人自己认为不适，然而临床上却没发现异常的情况，缺乏辅助诊断依据。专家会诊后也只能提出对症治疗意见。有的医生建议，先以呕吐待查处理，但从内心讲，觉得还不能说服自己。正当众人一筹莫展之际，医学院的实习医生张刚悄悄来到我身边轻声地说："老师，根据临床表现和医技科室的检查结果，是否可考虑为群体性癔病？"他还说："我曾经在读书笔记本中有过对集体癔症的病因、病理及临床表现的记录，也追索过有关研究与文献。"说着又扬了扬手中的一本精神科杂志，边翻杂志边说，集体癔症的临床表现为感觉、运动或精神障碍，无任何器质性病变，却会产生四肢麻痹、痉挛、视力丧失、感觉过敏以及恶心、呕吐、昏厥等症状。经他那么一提，我也想起一篇关于集体癔症的报告。对！该病的主要特点是人群之间产生相互影响，如在学校、医院等公共场所。我们病房目前收治的这些孩子，他们离开父母，集体来到一个全新的环境，还很不习惯，有一些精神上的压力。一部分人目睹一个人发病，也跟着产生恐惧、紧张心理，出现了相同症状。我认同他的初步诊断——集体癔症。并报告医院专家组，大家又查阅了有关资料，复查有关检测项目，结果无二。最后得出了集体癔症的定论。诊断意见明确后，治疗问题也就迎刃而解。发病后的第三天，小病人全部出院。医院受到市委、市政府表彰，市教育部门还送来大红锦旗。

老师的言传身教的确能给学生起到正面的引导作用。当我在专心学习计算机的五笔输入应用口诀时，"王土大木工，目日口田山……"背诵记住了又忘记了，忘记了又去背诵。为学电脑，笔记记了整整二大本，心得体会也写了厚厚的一本。老了学绣花，虽然费劲些，但还是能学会的。那些年轻的实习医生、进修医生都是带着敬佩的神情说，老师年龄已与我们老爹老妈一样大了，我们老爹老妈多已坐在太阳底下与人玩麻将、打扑克。但老师面对新技术，学得不亦乐乎！我们年轻人还有什么理由不好好学！其实学习电脑操作系统，最好的老师就是我所带教的年轻人。此后同志们开玩笑说，只有好学的先生，才有好学的学生，有学而不倦的先生，才有学而不厌的学生。当然我是受之有愧的。然而有一点体会是深刻的，说明了"教"与"学"之间互为条件、相互促进的辩证关系，"教"与"学"是不断深入、不断发展的同一过程的两个方面；"学"因"教"而有进；"教"因"学"而得益。有一句话说得好："教导别人就是教导自己，"这是对的，因为只有时时复习，才能把一件事实不灭地铭刻在心灵上，而且"教"的过程对于所教的学科可以产生更深的理解。

封学华翻着翻着，突然夹在日记本里的一封信掉了下来，见到信封上的字迹，立即浮现出这位同学的音容笑貌。他在信中说，我叫徐国东，是浙西一家职业技术学校的实习生，请允许讲讲我的实习故事：我原本不是读大学的料儿，更不愿读医学专业；但是时代圆了我读大学的梦，大学试行双轨制；我父亲逼着我填报医学专业，说我母亲经年生病，至少父亲离世后可以为母亲开开药、打打针，因此倾其一生所有积蓄，外加姨母的资助，我才跨进大学的门槛。因为学习成绩不佳，历来是个"灰姑娘"角色。在第一轮实习中，由于缺乏扎实的应知应会知识，往往回答不了病人的提问，完成不了老师交给的任务，又成了一个被人遗忘的人，心中着实苦闷，觉得自己是天下最没出息的人。那天是元旦假日，阴雨绵绵的早晨，抱怨着带教老师竟然在假日也不放过我，强给排班没得休息，心中更是没精打采，虽早早到了医院，但没有十足的劲头到上班的科室，心猿意马地站在大门口，百无聊赖地看着街上人来人往，情不自禁地脱口而出：

"这么多的人，个个像没头苍蝇那样东跑西颠的，有什么意思！"

"怎能没意思！"冷不防有人接口说道，原来是我的一位带教老师，拉着我的手接着说：

"这来去匆匆的人流中，大多数是各有目标，比如说我与你来到这儿，是因为医院有许多病人等待着我们去治疗和帮助，如果我们不准时到达，众多的病人咋办呢！"老师拉着我朝着科室方向边走边继续说："又如学校的教职员工，他们急急忙忙地奔走着，有学生等着他们去上课，去指导；工厂的机器等待工人去开启，还有驾驶员、售票员……倘若没有来去匆匆的你我他，就不会有多姿多彩和美轮美奂的世界。"原来带教老师也是提前来上班的。带教老师真不简单，短短几句就解开了我心中的结。一直以来认为人活着没多大的意义，但老师说，这是为了创新世界，而我也是其中之一。我情不自禁地紧跟老师快步直奔科室。这天，在带教老师手把手的指导下，为一位病人打针挂液体，第一次顺利地处置了病人就诊的全过程，第一次受到病人和其家属的称赞和老师的好评，第一次尝到了成功的喜悦，第一次感到为他人服务的快乐。我和老师一起度过忙碌而有意义的一天。

此时是下午 3 时许，而在此之前我们已经接待了 14 位急诊患者，我的带教老师值的是日班，早上 7 点开始到中午 11 点，下午从 11 点 30 分到 5 点 30 分，中间仅休息半个小时。说到"元旦节"，老师说，医生是没有什么节假日概念的，越是这种时候反而越忙。他一边开处方一边告诉我："这几天急诊病人要比平时多多了，像到此来旅游的人，家人、朋友们聚会吃坏了肚子或是感冒、头晕的比较常见，刚才就有好几个来看过了。"

3 点 20 分到 3 点 30 分，短短 10 分钟内，就来了 5 位病人，再加上病人家属，本来还算宽敞的办公室顿时拥挤起来。

3 点 50 分左右，老师给一个急性阑尾炎患者做了检查，又叮嘱家属注意事项，不时有护士进来询问："那个糖尿病人血要不要抽？""盐水加多少？"老师坐回办公桌前，一边回答一边给病人开处方，旁边还等着好几个病人。

我问最长连续工作过多少小时，老师笑了，答道："一天一夜，整整 24 个小时哪。那时我们是在抢救生命。"这时候，农药中毒患者的家属赶到，老师告诉他，病人已经暂时脱离危险，还不忘叮嘱家属现在最要紧的就是要多安慰病人。此时门外一个医生喊："有急诊！"老师赶忙拿了听诊器冲到急救室，我也脚不点地跟上去。

最忙的是 5 点过后，我数了一下，屋子里外整整等着 13 个病人。老师三步并作两步来回跑，都没时间坐下喝口水。

5 点 30 分，晚班的医生到岗，老师把急救室病患的情况一床一床地跟晚班的同事详细作了交班。5 点 40 分，他还在急救室的办公室里登记一个刚从中医院转过来的腹泻患者情况。而整个医院，患者依然很多。下一位当班的医生准是与老师一样，投入没有硝烟的与病魔的紧张战斗之中。

这一天，对于我来说是有着深远影响的一天，我感谢您给我生活的真谛。我也是能为社会做出贡献的人，在人生的路上信心满满，感谢您，我亲爱的医院导师与人生引路的老师。

封学华手握本子，心潮澎湃，办学成了医院一道靓丽风景线，值得杏林儿女永远自豪与称道！

第七章
一生逐梦卓然情　穷山徒手救危童

有一年春节后，医院奉命组织"社教工作队"，医务人员也在参加之列，要当好社会主义教育的宣讲员！院办公会议上宣布的二件事与周卓然直接有关。第一，"社教工作队"名单中有周卓然的名字，金健民院长也在内，对于下乡，周卓然早有耳闻，思想上也已做好准备，人家说农村生活艰苦，他无所谓，饮食起居本来就那么简朴，布衣暖、三餐饱足矣；第二，原来他担任的是内科副主管，会上宣布为内科主管，这件事让他闹心，这个内科主管在身，势必要耗费精力与时间，他曾信誓旦旦此生此辈专为千千万万的"小辫子"解苦难，决不三心二意。但因为是金院长宣布的，他只有默认。

说起周卓然走上学医之路，他的祖母起到至关重要的作用。周卓然出生在越剧的发源地浙江剡县的山区。众多的山妹子、山娃子在稚气未脱时就会随口哼出一曲"二堂训子""三娘教子"等小歌班的调子，儿时周卓然与众多的小伙伴蹲坐在戏台旁，大大的眼睛盯着一招一式的表演，圆圆的小嘴一板一眼地学唱着四工调。戏班子为了吸引观众，一出戏往往有意分解为好几段，一则"包公铡陈世美"要四个晚上才会演完，今天在东村演，明天在南村演，最能跟踪的便是这群十岁出头的毛孩子，热热闹闹地"赶戏场"，喜气洋洋地看戏文，兴致勃勃地学唱戏。小卓然的祖母虽然对家乡戏十分喜爱，随口哼出来的四工调也别有韵味，有人戏言周老太如果当年学戏，可能就会有"周派唱腔"。剡县的青山绿水的确养育了一大批越剧的精英，周老太知道孙子追戏班赶闹热成不了大器，她懂得孩子应从小立大志才是道理。

这天，启明星还在一闪一烁的，祖母就拍打着孙子的双肩说："起来，起来，快去看戏哉！"小卓然一听说有戏可看，一骨碌爬了起来，揉着惺忪的双眼说："今天开场有介早？连早饭也来不及吃了？"祖母随口回答说："等看好戏再来吃吧！"祖孙俩踏着厚厚的晨霜来到"春来戏班"的所在地。一路上，小小年纪的卓然感到奇怪，一是从来没有戏会开场于天明之前；二是祖母从来没有如此领着自己去看戏。正疑惑间，祖孙已经来到"春来戏班"的练功房，只见那些在台上唱戏的年轻男女个个汗湿衣衫，气喘吁吁。眼尖的小卓然一眼便认出那位穿红夹袄的小姑娘就是饰"白蛇传"的白娘子，台上白娘子舞动着的双剑使他看得眼花缭乱，如今一下子翻了五个跟头，但她的师傅还瞪着眼叫她要更上一层楼；那边穿着蓝布衫的姑娘大概是演许仙的吧，她小心翼翼地跪下、战战兢兢地爬起，跪下、跳起，再跪下、再跳起，如此一丝不苟地重复几十次，甚至上百次之多。小卓然见了，情不自禁地抚摸起自己的膝盖，喃喃地说，难道这位姑娘膝盖是铁铸的！……说时，一位老师傅拿来一把草药给蓝布衫姑娘红肿的膝盖敷上。祖母走到姑娘旁边帮着敷草药，并对姑娘的师傅说："我们周家有祖传祕方制成的伤膏药，效果胜过这草药，到时可直接来取。"戏班子的姑娘们看到眼前这位慈眉善目的老太太，竟是周老先生的"内当家"。周老先生在剡县一带享有盛名，被称为"三折肱"，擅长内、妇科和骨伤科。戏班主听说中医世家的周家老太能赠送伤膏药，大喜过望，千恩万谢，要挽留祖孙俩吃早饭，声称以后周家人任何时候要看戏，只需捎个口信，戏班子准会派轿子前来迎接。小卓然听了高兴得不得了！以后戏班子老板用轿子抬着去看戏，哈哈，做梦都没想到的美事。这时，祖母对孙子说了："每次你看戏回来总是说，这群做戏的人真不简单，个个有绝活，人人有特长，真羡慕她们。今天你看清楚了。俗话说得好，'台上一分钟，台下十年功'，看见了吧？该明白了吧！刚才戏班主不是说了，不少小姑娘不是没饭吃才来学戏的，穿着蓝布衫的姑娘家境可好着呢！父兄们希望她能熟知三从四德，学些琴棋书画，能描龙绣凤，他日嫁入豪门，当个好太太。但她说我不要做依赖别人的阔太太，我喜欢唱戏，并立下豪言——'我就是要越唱越响，越唱越高，越唱越远'！这群小姑娘成为众人心目中的星星，受许许多多人的欢迎，是因为经年累月的磨炼，选定了目标不怕苦，不怕累，坚韧不拔才获得的！做人要有志向要有目标，你明白吗?!"在回家的途中，祖母又指着路边飞舞的蝴蝶说："蝴蝶与蜜蜂二种小动物，花枝招展的蝴蝶飞东飞西只是招惹眼睛，碌碌无为；貌不惊艳的蜜蜂整天勤劳却酿成醇厚香甜的蜜糖，甜满人间。你自己说，你喜欢蝴蝶还是蜜蜂？"小卓然低着头声音虽轻语气却很坚定地说："蜜蜂！""我知道你是会这样回答的，而且也知道你是个上进的孩子。你爷爷勤奋读书的往事，给你讲了多少次！假如你夜间看戏，白天嬉戏，像花蝴蝶一样飞东飞西，能混一辈子吗？毫无目标，年少不努力，老大徒悲伤！难道直到一头白发才去立志？"这下小卓然仰起了头，大声地说，"不！"后台练功房的实景给小卓然以极大的触动。他终于明白付出与得到的因果关系——台上阵阵掌声不是轻易得到的，不是爹妈给了一张漂亮的脸蛋就能获得，不是找几个人拉拉场子就能得到的。台上轰轰烈烈的一分钟，台下须流出多少汗水，须多少年如一日舍命般练嗓子、练台步、练功……谁在台上的成功率越高，谁在台下的付出也就越多。而且亲眼看见爷爷日日夜夜勤学苦练，博览群书，治好了许许多多乡亲的疾病，好医生的声誉也就随之而来。周卓然突然得以醒悟——我要学做蜜蜂一样为他人送甜蜜；像唱越剧的山妹子一样闯出自己的特色来；以爷爷为榜样做一个受人尊敬的人。

杏林儿女

从此，小卓然立定志向，认真读书，在书桌上贴着"稍纵即逝"四个字，床边贴着"三更灯火五更鸡，正是男儿读书时"的诗句，以此时时警诫自己努力学习知识与本领。周老太也是位知书达理的妇女，凌晨"春来戏班"现场观摩实在不逊于孟母三迁教子，为周卓然奠定了"咬住青山不放松"坚韧不拔的探求精神，造就了为一方老百姓送福的大名医。

功夫不负有心人，在他二十岁那年，三张大学录取通知书同时抵达老家，一瞬间，周家热闹非凡。周卓然的一位老师觉得他理科知识扎实，是读理工科的材料，建议他就读钢铁学院。老师认为中国贫弱，源于工业基础落后，国家要富强，工业就要大发展，而钢铁产业则是发展工业的基础，从事钢铁事业大有作为。同族兄弟则怂恿他就读法律学院，说当法官多威风，惊堂木一拍，全体肃静，全凭你大法官裁定，多少人要跪在你膝下。我们祖上从未有过法官，以后你成了大法官，我们也能跟着神气！此为荣祖耀族的大好事！然而周卓然却认定医科大学，不少亲朋好友都持反对意见。又是祖母一锤定音，我家孙子要当医生！继而随手在沙地上画出"救民疾苦"四个字。为此，年轻的周卓然义无反顾地走上了学医之路，为了这个"医"字，他下定决心似蜜蜂一样专心致志采蜜终生，愿香甜满人间。

这天，周卓然上午门诊结束后，又匆匆到病房查房，下午又为年轻医务人员上了"癫痫病的规范治疗"的辅导课，接下去又与护士长一一交了班，直到六点钟才抱着一捆书回家。

参加"社教工作队"，按上级规定要实行"三同"——同吃、同住、同劳动，但当地生产队觉得同劳动是行得通的，睡在贫下中农家中也还可以，工作队队员既缴粮票又付伙食费，如果与他们一起过瓜菜代粮的日子，于心不忍，因此另给安排一位女社员专门去烧饭。周卓然住在一家姓祝的人家里，祝家成员简单，老两口和还在读书的儿子，当家人大名叫祝铁树，人称老铁头，是生产队的一把劳动好手，为人真诚俭朴，一年到头忙于出工，即使大年三十、新春佳节也不愿歇息，儿子小名叫强强。老铁头唯一的心病是两代单传，指望强强能跳出"农"门，端上"公家"饭碗。

　　周卓然进入祝家后，开始时老铁头见到周卓然最多微微点下头，一段时间以后，老铁头自己也说不出一个所以然，对周卓然的关心简直超过了自己的儿子，别看老铁头手大脚板厚实，可心却比针眼细。周卓然天天晚上读书至深夜，日日起床在五更，老铁头悄悄从门缝瞧周卓然坐在桌边，一边看书一边写字，外面路上的嘈杂声，门外高音喇叭的广播声，即使邻居吹吹打打的婚礼乐曲，对他也没有丝毫影响，似乎离他有万里之遥。以前儿子也在此写作业，只要老两口一开口讲一句话，小子就坐不住，站起来大喊，受干扰了，受影响了！只要儿子做作业，就不能说话，不能走动。原以为读书学习天下人都是这个样的，必须有一个极安静的环境。现在看来周卓然才是真正的读书人。

　　老铁头又扳扳手指算了一下，每天周卓然白天不误工作，看书时间超过八个小时，这零敲碎打的时间可不能细算啊！遇到如饥似渴的读书人，就像戏台上演的苏秦"锥刺股"的故事，周卓然医生天天快乐读书到深夜，老铁头越来越喜欢，越来越敬重！心想，儿子有他一半就满足了。老铁头还注意到一个细节，当周卓然在读书时煤油灯火越来越小的时候，老铁头就知道煤油已经剩余不多了。那时煤油一斤要四毛钱，还需有煤油票呢，煤油票只能是吃国家粮的才有，而且还是定量供给的。言语不多的祝铁树偷偷地拿自家舍不得吃的鸡蛋去换煤油票，可对周卓然却说是人家用不完送给自己的。事后知道真相的周卓然说，老爷子的煤油票使我感恩一辈子。老铁头却说，自己少吃几个鸡蛋能成就一个读书人，有何不值？

　　特别听到烧饭的女社员讲述一件事——那天中午在临时食堂内，周卓然刚坐下拿起碗筷，突然一位衣衫褴褛的中年妇女，怀抱仅用一块旧土布包裹的小孩，跌跌撞撞地闯了进来，心急火燎地说："哪位是周卓然医生？哪位是周卓然医生？"一看满屋子几乎都是戴眼镜的文质彬彬之人，一时不知所措。

几乎同一瞬间，"我就是！"周卓然边说边站了起来。中年妇女随即便跪在他的跟前，一边哭一边说："救救我儿子小不点！救救我儿子小不点！"周卓然忙放下碗筷，一把扶起她："大嫂有话好说，千万别这样！"小孩的娘边流泪边说："县人民医院的医生说了，小孩这病来势凶险，该用的药我们已经用了，该采取的措施我们也采用了，我们的十八般武艺已经全部用上了，实在没有办法了！听说市里的周卓然医生正巧在我们边远山区的'社教工作队'中，或许他能救你的儿子！"

于是这位母亲，不畏山高路险，寻觅着，终于找到"社教"工作队，工作队的同志们也大多放下碗筷围了上去。包裹里的小孩，闭着双眼，一动不动在母亲怀里，皮包骨头，全身蜡黄。稍有人生经历的人，都觉得小孩已病入膏肓，要治愈实在太难。

烧饭女社员见了立即说道："看看这母子俩太可怜，但不是我嘴快，这个小孩还有救，除非碰见救苦救难的观世音菩萨！"有的同志则认为："是县人民医院误导病人的母亲，病人应向上级医院送才对，怎么送到在边远山区搞'社教'的周卓然医生这边来，不是推卸责任就是头脑发热！"有的说："现在说其他的都没用，如果要救这小孩，只能指望大医院，我们还是请周卓然医生赶快护送到省医院去吧，或许他们还能救治！"

周卓然见小孩双侧鼻翼在轻微扇动，真是危在旦夕！怎么办？满屋子的人都只有焦急却没有妥当办法。有人曾经听过一则故事，说有一位医生前去援疆，刚到就遇上个棘手事。当地一个很有威望的老人病重，昏迷了，大口呼吸，肌肉痉挛。当时医疗条件很差，他两手空空，站在旁边看了一会儿，说找张报纸来！当地人认为他是个巫医，但也没别的办法了。问："什么样的报纸？"他想了一想说："那就当天的机关报吧。"有人飞奔着买了份报纸来。他从里面挑一下，挑出张头版的，卷折了一个锥筒，搁在老人脸上，罩住他的口鼻。大家都等着，五六分钟后，老人开始正常呼吸，一小时后已经能够说话了。

亲属们"扑通"一声就跪在地上叫"神医！"并讨教原委。他说短暂地观察了病人的病情，发现可能是呼吸性碱中毒，因为快速大口呼吸，把体内酸性的二氧化碳过度呼出了，所以罩个纸锥子，相当于把呼出的二氧化碳部分回吸，所以，病人没多久就好了。徒手救了命悬一线的危急病人，确是神仙般的医术。眼前的周卓然果断坚决地说：

"送上级医院已经来不及了，只有就地救治！"

"就地救治！周老师，我们这里没有任何医疗器具，当下连个普通的听诊器也没有！赤手空拳如何施救？"刚从医学院毕业的年轻"社教"队员王小毓急切地说。

说实在的，周卓然心里比在场所有的人都焦急，小病人嗜睡不醒，脉搏微弱，全身滚烫，生命体征已十分微弱，疾病来势非常凶险。他竭力使自己镇静下来马上进行救治，然而耳边似乎响起软弱的"小辫子"的声音：

"卓然哥哥，现在您是名副其实的医生吧？一定要救'小不点'！他像我一样是可怜的穷人家孩子！"

"周卓然医生您的台下功可过硬？"穿着蓝布衫的演许仙的姑娘也专注着，直截了当地发问。

"凡事预则立！"爷爷的谆谆训示也在耳边响起。

"或许周卓然医生能救你的儿子，赶紧去找他！"县人民医院的同道出于信任而推荐。

周卓然心中回答着，我不能辜负你们的期望，我一定要救治"小不点"。

周卓然迅速脱下自己的外衣和帽子，用双手把外衣铺在饭桌子上，帽子对折好，把"小不点"的小脑袋枕在折好的帽子上面，身子躺在平整的外衣上。所有这些做得自然又快捷。目睹眼前周卓然医生利索的行为，"小不点"的母亲泪水直流，双手紧合口中叽叽咕咕念道：菩萨指点迷津保佑我找到了好医生，"小不点"能得救了，"小不点"有救了！

周医生立即进行全身检查，仔细检查小孩的眼、耳、鼻、口及至上下肢，然后左手掌贴在小孩胸部，用右手中指叩击着，叩着叩着，众人个个放下碗筷，屏住呼吸，伸长脖子，睁大眼睛，满屋子只听到周卓然右手中指叩打发出的"笃笃笃"声。手指敲打小孩的前胸与后胸。王小毓看着他从前胸到后背，从左侧到右侧，从上锁骨到胸壁下缘，暗暗佩服周卓然医生娴熟的"望、触、叩、听"的诊疗技术。

霎时间周卓然飞速写了张字条，叮嘱一位小伙子尽快交给当地卫生所，还特嘱咐他借一副大注射器。满屋子的人怎样也想不到他竟从患儿胸腔中抽出那么多黄色脓液，接着又注入借来的药液。这黄黄的黏黏的脓液就是"小不点"命在旦夕的元凶。

满屋子人们亲眼看见周卓然仅凭借手中指敲叩的动作，就果断准确地诊断小孩是化脓性胸膜炎；果断熟练地抽取小孩胸腔中的脓液；果断采用注射大剂量抗生素。这简单的救治过程，其间既没有任何诊疗仪器，又没有助手帮助，就凭着救治患儿的仁爱之心，凭着深厚的医学功底，演绎了一场令在场所有人目瞪口呆的、与死神争斗的独幕剧！

患儿当天傍晚就开始退烧，三天后症状大为好转，七天后症状几近消失。目睹这一切的人都敬仰之至，唏嘘不已。那位说县人民医院误导的同志连声说，惭愧！县人民医院知己知彼，非常了解周卓然医生的医术与医德，是他们的推荐而挽救小孩生命；王小毓佩服得五体投地，敬佩周卓然医生广博的知识与技能，是值得自己终生学习的师长；那位烧饭的女社员则口口声声说周卓然是救苦救难的观音菩萨。

金健民院长知道此事后，赞不绝口地说，中华民族历来有"不为良相，即为良医"之说，"相"与"医"并论！周卓然有大夫之德才！应有"大夫"之品位！从此周大夫的称呼就传扬开去，久而久之，大家都尊称他为周大夫。

三十年后周卓然已经担任了院长，一天，周院长的办公室里走进一位英俊的军官，见面首先是一个标准的军人敬礼！搞得这位院长丈二和尚摸不着头脑，年轻的解放军军官道出了原委，说自己就是院长参加"社教工作队"时所救的小孩。这是后话。

周卓然广博的医学知识和独特的诊疗技术，徒手抢救命悬一线的急难病人，被当地人称为"神医"！广为传颂。一位老先生闻之，书函小诗一首：

濒萎禾苗遇甘霖，枯木逢春展新荫，

因陋就简施妙手，神医美名四乡萦。

若干年后的一个周日的黄昏，医院重症监护室请求周卓然急会诊，此时此刻的周卓然正在卫生间内大汗淋漓，便秘的痛苦折磨着这位年过七旬的老人。然而一听说"急会诊"，犹如战士听到冲锋号，拉起裤子就直奔医院。好一个德高望重的周大夫，凭着名不虚传的真功夫，竟然从胸部抽出 800 毫升的积液，这位病人很快转危为安，然后痊愈出院，重症监护室的主任赞不绝口："神医！真是神医！"

老铁头听了那位烧饭的女社员讲述周大夫徒手抢救命悬一线的小病人的事，连说这在情理之中，敬佩得不得了。根据自己几个月的观察，他认定周医生是一个聪明且又善良之人，自己心中的疙瘩只有他能解开。于是乎当天晚饭后，他对周卓然讲了闷在心的一件大事——

老铁头想批一小块地基，队长说可以，条件是老铁头的儿子强强必须做自己的女婿。老铁头与老婆商量，认为这样交换挺合算！既批了地基又现得了个儿媳妇，还成为队长家的亲戚，一举三得何乐而不为！然而儿子强强说宁愿死也不同意娶队长的女儿！一家人闹得不可开交。后来强强对母亲说了，他已与一位女同学交朋友，父亲死活也不同意，因为儿子不同意娶队长的女儿，使当老子的老铁头丢尽了面子，而且那位女同学的父亲在香港。可是强强非要与女同学在一起，宣称若不能结合，将终身不娶，宁愿出家做和尚。

这个小畜生该如何惩治呢？老铁头请了很多人做说服工作，强强的叔叔、伯伯、舅舅、姨妈……凡是想到的全请遍了，只是没请学校老师与同学，老铁头认定此等事是不好让学校知道的，要影响儿子的前途！他想到周卓然读书多，有见识，准能说服不听话的儿子。实际上，强强早已把自己的事与周卓然医生说得一清二楚，他们互相约定，强强与女同学交朋友不能影响正常读书学习；周卓然也答应要治好老铁头的心病。有意思的是，周卓然预料老铁头准会向自己说起此事的。

果然不出所料，老铁头一五一十地说了事情的缘由。周卓然顺势说：批地基为儿子，有了地基，但这让儿子天天很痛苦，值得吗？以儿子的终身幸福去换一块地基是不可取的。老铁头说，想想也是，这事倒是可以取消。周卓然又说，至于女同学的父亲在香港，香港也有工人阶级，退一万步，如果女同学的父亲真是工厂的资本家，老子是老子，女儿是女儿。大家都知道我们革命队伍中，有很多同志出身于剥削阶级家庭。一席话说得老铁头口服心服，从此父子俩也就互相体谅。

一年后强强被上海第一医科大学录取。老铁头逢人就说，周卓然不仅是一位"神医"，更有一颗关心他人的良善之心，好人一定长命百岁。

周卓然徒手抢救命悬一线的病危小孩在当地传开后，立即有许多村民前来要求看病，周卓然请示了"社教"工作队领导，"社教"队同意每周抽两个半天。这下卫生院可热闹了。卫生院院长可真是个有心人，他抓住这个得天独厚的机会，立即派遣二位年轻医生跟随周卓然左右"偷艺"，周卓然毫无保留地向他们传授自己的经验，还主动提出，抽两个晚上义务为卫生院年轻工作者开设讲习课，卫生院院长求之不得。要不是"文革"开始，"社教"工作队奉上级命令撤回，相信周卓然的辅导课会越办越兴旺。这位卫生院院长直到退休还珍藏着周卓然当时编写的《简明临床诊断手册》，他说后来卫生院举办了好几期《红医班》学习班，均以此为蓝本，学习周卓然理论与实践相结合的宝贵经验，为周边村镇培养了一大批优秀的赤脚医生。他们至今仍不忘周卓然播下种子之辛劳与恩德。

第八章
医术精湛救人命　自认偷钱为患者

　　20 世纪 70 年代，罗城第一人民医院正式改为罗城地区人民医院，接受地委、地区卫生局领导。医院实行党委领导下的行政领导负责制。

　　党委成立后，开始对医院各项工作进行整顿，加强了医院管理；大部分下放干部和医务人员被陆续调回医院，充实了业务骨干力量，极大地提高了医疗质量。医院的宣传窗内、墙上都贴着"不是亲人，胜似亲人""想病人所想，急病人所急"等标语。

　　宋小三被保送高校学习，三年后医学院毕业，来医院报到后，在库房领到二件全新的工作衣。他对着镜子看着自己，中号的崭新白大褂穿着正合身，这左胸前一只小口袋，下面左右二只大口袋，双手插入大口袋中，镜子中的小兄弟神采飞扬！他暗暗告诫自己，必须对得起这身白色圣服。

　　宋小三转眼工作一年多了，唯一感到不足的是，在这一年中既未被评上先进工作者，又没有受到任何奖励。因此他急切地寻找立功受奖的机会。这天在上班的路上遇见了一位似曾相识的中年人。中年人说自己姓赵，曾在东风路住过。宋小三的童年经常在东风大桥一带玩耍，于是说："难怪我们面熟。"这位中年人虽然满脸愁容却仍十分健谈，一会儿两人便称赵大哥和宋小弟了。

一路走来，赵大哥说自己原本体质很好，且是个直性子，自己什么事都喜欢讲出来，不会藏在肚里；别人有什么事也都肯帮衬，从不言劳苦。但前些日子感觉有点头晕，就去医院看病，医生根据临床表现和化验结果诊断为"再生障碍性贫血"。赵大哥说，我只有四十岁出头，上有白发苍苍的两老，下有才读初中的孩子，我是全家的顶梁柱哪，如何能得"上症"的病呢！好多天我一直处在忧心忡忡的状态之中，后来大家都劝我去大医院重新诊断。家属陪着我去杭州、上海请专家会诊，他们看了我的化验单和病历记录，一致认为是患"再生性障碍性贫血"！所以整天都感到很郁闷！身体素质明显下降，如二周前莫明其妙地发热，请了一周病假，服了七帖中药，刚刚好些。前天又发了一身疹子，奇痒难忍，一天不吃不喝。

宋小三倒也是古道热肠之人，他说：

"我临床经验虽然还很不足，但我知道郁闷是不行的，越是郁闷越要生病，要振作，赵大哥！"

不知怎的，一位医生的音容笑貌突然浮现在宋小三的脑海里，他立刻说道：

"我给你介绍一位'神医'！"

赵大哥似信非信，杭州、上海的专家都下结论了，本地的医生真有这么"神"吗？

"真的，赵大哥听小弟一回准不会错！"

赵大哥半信半疑地说："好！"

但昨日医生嘱咐今天还须输液，输完后再去找"神医"。赵大哥说着又忍不住埋怨开了，昨天输二瓶盐水等了足足半天，输液厅座位虽多但找不到座位，今天不知能找到否？走到医院门口，赵大哥不禁又叹了一口气。看到赵大哥一脸愁云，宋小三猛然抬头看到"不是亲人，胜似亲人"的大红标语，心中突然想到今天是自己值班，值班房的一张床位今天我做主。我何不乘机做件好事？

他看了看手表离上班还有二十八分钟，就拉着赵大哥的手，急急地找到昨天接诊的医生，开了处方，记好账，配好药，又匆匆来到输液厅。正如赵大哥所说的那样，人满为患，不要说临时输液床都躺着大人或小孩，找一处座位也不易哪！宋小三等赵大哥挂上液体，帮提着来到夜间值班房。赵大哥一看值班房既干净又清静，不禁喜出望外，拍着宋小三的肩膀连声道谢：

"好兄弟，好兄弟，老哥一定不会忘记小弟给我的照顾，真比亲兄弟还想得周到，今天我的运气实在太好了！"

宋小三为赵大哥调好液体的滴速，垫好枕头，盖上被单，说道：

"我有空再来看你，有事打电话，我们科室的电话号码是'2233'，挺好记的。"

宋小三一心想做好事，却忘了医院的规章制度，因为许多规章和制度往往是鲜血和生命换来的，所以时时、事事、处处都必须严格执行。此为小三终身的教训吧！或许赵大哥一直乐于帮助别人，老天也怜悯他。那天，赵大嫂因为厂区临时停电而休息半天，她就直奔医院来找丈夫，但寻遍了整个输液厅也不见丈夫的踪影，赵大嫂顺便向输液厅的护士询问早晨赵大勇是否来输液，一听说赵大勇的名字，一位剪着齐耳短发的护士立即说："有！有！是本院职工宋小三陪来吊针的，去问宋小三就行。"宋小三与赵大嫂一起来到值班房，打开房门他俩大吃一惊，赵大嫂"啊"的一声，立即大哭起来：

"大勇，大勇，你咋样了！"

宋小三还算机灵，二话没说，直奔急诊室，医生与护士马上就地抢救，迅速将其送入抢救病房。一周后，赵大勇花费治疗抢救费四百一十五元。赵大嫂坚持要向医院党委反映，要宋小三承担医疗费，但是赵大勇死活不答应。赵大勇结结巴巴地说：

"宋小三出发点是好的，他是为帮我才犯错，他真做到了像医院墙上所贴着'不是亲人，胜似亲人'。'想病人所想，急病人所急'，是个好人，只是他缺少经验，如果将这样的好人委屈了，以后我如何

杏
林
儿
女

去见人!"

事后，宋小三受到医院的通报批评和延期"转正"的处分。赵大勇又将四百一十五元钱退还给宋家，但小三的爱人又亲自将钱送到赵家，同时十分动情地对大勇夫妇说——

"我也在医院工作，'想病人所想，急病人所急'是每一个医务工作者都在努力地实践的，如今能得到你俩的理解，我们感到很欣慰，愿小三在医学的道路上能吸取教训，既能严格遵守规章制度，又能想病人所想，急病人所急，真正做一个合格的好医生。"

一来二去，赵家与宋家就成了比亲戚还亲的两家人。

宋小三借床风波刚刚平息，在医院中又传扬着一件奇事，说一位名医偷了病人的钞票。名医是谁? 怎么会去偷钱? 这位被人们称颂为名医的就是中医科的上官正铭医生，业内人士赞扬他敢闯医学禁区，有人说他敢于担当。说是"担当"还是他父亲言简意赅的教诲。上官正铭还不到十岁时，发生了一件事，令他一辈子也难忘。那天他与小朋友一块儿玩，突然一个小男孩不小心，掉到河里去了，众多小孩子大惊失色立即各自往家跑，小正铭见了立即朝小孩子落水的地方跑，大喊着"我来救你! 我来救你!"跳下河去。小正铭根本没想自己不会游泳，是因为小正铭的大喊和跳河动作，被远处的大人听到和看到，他们终于把两个小孩救了上来。

事后，小正铭的父亲并没有像其他家长那样，带有威吓或措辞严厉地教训他，而是跷起大拇指夸奖自己儿子是敢于担当的小男子汉。"担当"的种子就在他的心田中扎根! 从此，"担当"贯穿了他一生，为"担当"他勤奋学习，为"担当"他博览群书，为"担当"勇于探索! 用自己的话来说，"担当"是医生一种责任。

他擅长肝胆、肠胃疾病治疗和调理，对神经科、心血管科和各种疾病具有独特的诊疗方法，救人无数，被人们誉为华佗转世。他敢于医治其他医生不敢接手的病人，专治其他医生治不好的病人。他救人的故事一直为人们津津乐道——

有个患者毕业于中医学院，本身就是学中医的，后又学习西医，有一天早晨，这位医生在家里起床后突然大喊一声后倒地昏迷。他爱人急忙把他送到医院抢救，被诊断为颅内大出血、中风。经过多种方案的积极治疗，疗效甚微。许多医生根据临床经验断定，他即使活下来也是一个植物人，表示爱莫能助。但只有中医科上官正铭医生一人没有放弃，他开了方子，用鼻饲喂汤药。可6个月过去了，这个医生还是昏迷不醒，一直没开过口。医生家属无奈之中也打算放弃治疗，出院回家。

上官医生急了，就匆匆赶到他家里去，查看后发现体征等都没问题。于是上官对这个医生说，"你要好好想想，你爱人长得非常漂亮，如果你再不醒的话，就有别人要了。如果你不愿意，就眨眨眼；如果你同意就别动……"话还没说完，奇迹发生了，这个病人的眼皮动了动。"这就成了，有治了！"善良直率的上官医生一拍自己大腿，高兴坏了，"因为眨眼皮说明他有意识了，而他又是非常爱他爱人的。"果然不出上官医生所料，经过10个月的中药治疗，这个医生的病竟然好了。

曾有学术报告称，上海有医生通过中医治疗，把昏迷了24天的病人救了过来，创造了奇迹。然而他把一位家住城郊，得了结核性脑膜炎，昏迷56天的病人通过中医治疗获得成功作为例子，写成学术论文，发表后引起业内人士高度关注，创下了一个全国纪录。另外把被判了"死刑"的患者从"阎罗殿"硬拉回来的病例也不少。

家住市区卖扇桥附近的70岁沈姓老人，突患脑溢血、中风，送到医院抢救，最后医生说没法治了，让家属抬回家。抬回家后，家人一方面安排他的后事，另一方面又不死心，于是找到上官医生，当晚8时许，上官医生赶到沈家，看到他鼻饲还插着，于是经过诊断，开了中药方子，并说如果今晚他能通便，就有可能救活。家人将信将疑，熬了药，喂下。当晚，沈姓老人大便通了。次日，家人又来找上官医生，他又开了几帖药，继续服用，没多久，老人康复了，又多活了 17 年。

事后，他的学生好奇地问，"别的医生都判了'死刑'，您怎么还敢接手治呢？"上官医生说："我到沈老太公家里时，注意到了他眼角挂着一滴泪珠，说明他还是有意识的。再说，人有七窍，窍窍相通、相关联。我给他用药就是为了通窍。窍通了，气顺了，人也就有救了。就这么简单！"同道们既佩服他的医术，也敬仰他直率、坦荡的个性。

上官医生医术精湛，誉满古城，许多群众都喜欢请他诊治。他医德高尚，"有一号难求"之美誉，许多病人要起五更来排长队挂号。为了不让病人多等候，上官医生宁愿自己饿瘪肚子；他对病人一视同仁，不管是富是穷，是干部或普通老百姓，都按号看病。

那天是盛夏时分，一只老得掉了牙的吊扇有气无力地转着，诊疗室里三层外三层，虽然喊号护士喊哑了喉咙，"请不要围在医生周围！"但众人就是喜欢围在一起，小诊疗室里充溢着众人身上散发出的汗臭味、口腔中呼出来的各种异味，天天如此，年年重复。医生名气越大，那些不好闻的气味则吸得越多，这也是名医生特别练就的本领。

早已过了下班时间，挂号的病人已经诊治完毕。上官医生喝了口茶，刚想脱下白大褂。然而诊疗室匆匆跑进一位两鬓花白的妇女，一屁股坐在凳子上，上气不接下气地说：

"我……我母亲……一天一夜拉不出小便了，肚子鼓得像个篮球，难受得讲不出话来，可死活不愿上医院来导尿，因为在她老人家看来，导尿是十分难为情的事。"

这位看上去大概六十岁左右的妇女喘着气结结巴巴地说着，她还说：

"已经求了好几位医生了，她们说要服三副中药后尿才能出来，那不是要憋死了。现在幸亏先生还在，求您了！"上官医生一边拿起笔开处方，一边又问了姓名、年龄及病人的其他一些情况。

开完处方后上官医生对她说：

"放心去吧，病人服了药，两小时左右会拉小便。"

这位妇女买回药给老娘服了以后，不到两个小时，果真如上官医生所说那样小便通了。老娘连说：

"上天派出神医救了我。"

一位年过古稀的老阿太，四处就医而未愈。闻知这位上官医生治愈不少疑难杂症，慕名上门就诊，老阿太的儿子也的确有孝心，为母亲起五更排队挂号。上官医生怜悯这对外乡母子，住旅馆治病花费大且辛苦，与住院部商量后，同意老阿太住院治疗。上官医生为何会出这个主意？或许因为听说过一位出差人员住院的往事而受到启发吧。

这位出差者正当壮年，身体素质极好，不要说头痛身热，就是小小的痱子在他的记忆中也未曾生过一颗。可是天有不测风云，一天深夜突然腹痛如刀绞，疼痛得他喊爹喊娘，旅馆的工作人员倒很有见地，不贪图方便就近送入卫生院了事，而是不辞辛劳，七手八脚用椅子抬着把他送入市立第一医院。天刚露白，他就被推出手术室，医生告诉他患的是急性阑尾炎，因为送得及时，阑尾没有化脓，大概七天即可出院。这位病人第三天就已若无其事，与医生、护士谈笑风生了，第五天就忙着处理自己的公务。第六天、第七天、第八天……同室的病人见他白天三餐都在医院吃病号饭，上午八点离院，中午吃好饭睡醒后就走，下午五点准时回院就餐。晚上天天回病房睡觉。

医生开出了出院通知单，但被静静放在床头柜上没有去理会它。护士碰见他，请他办理出院手续，但他摸着肚子，说还在隐隐作痛，还得继续治疗！这样的"治疗"持续了一月有余，医生、护士都拿他没有办法。事后，他悄悄告诉邻床病友，说医院的床位费是旅馆住宿费的十分之一，医院的菜饭既卫生又便宜。说谢天谢地生了阑尾炎，找到了如此称心如意的旅馆与饭馆！

经上官医生十天治疗后，老阿太的病情大有好转，老娘舒服，儿子高兴，名医也开心。母子俩准备出院回家。可是就在准备办出院手

杏
林
儿
女

续的这一天，老阿太突然发现自己的五十元钱不见了。不见这五十元钱，如同丢了魂，说儿子每月的工资才五十多元，怎能随便丢失？一阵哭泣，一阵自怨自艾。儿子劝说不听，护士劝慰无效。最后老阿太一口咬定是上官医生偷了这五十元钱。"因为只有他走得最勤，为我把脉，为我量血压，为我听什么心肺，从来不要其他医生帮忙，为的就是接近我，分散我的注意力，乘机偷走我的钱！比样板戏中的座山雕还坏，比鸠山还奸，是真正的坏分子！"大家越解释她越激动，大家越劝导她越哭得伤心，看着她上气接不了下气，嘴唇苍白，两颊血红，上官医生走到床边，大声对她说：

"老人家，您别生气了，钱是我偷的，我错了。"

老阿太立即对屋里人说：

"我说是他偷的，不相信？这回你们听见了吧！"

"那立即将钱还给我！还给我！"

上官医生连说，"是，是。"一边拿出钱夹子，给老阿太五张拾元的钞票。

老阿太说：

"不对，拾元的钱四张，还有两张是五元的。"

上官医生忙说，"对！对！"

边说边对身旁的年轻实习医生说：

"麻烦你到挂号室去兑换一下。"

年轻医生紧绷着脸说：

"老师这又何苦呢！"

上官医生坚决地说，"快！去！"

霎时整个病区传得沸沸扬扬，有人称奇，有人相信，有人怀疑。俗语说，"好事不出门，坏事传千里"。主管局的领导竟也很快听到传闻，显得十分不悦地说，医院的"一张床"已快要打官司了，再是这"几张票"定要闹得满城风雨。领导迅速派人前去调查。其实多数人觉得这事子虚乌有，但领导认为宁可信其有。当医政科的同志来院问及此事，上官医生笑着说：

"我不承认，老阿太很可能会出事，当时她认为丢失五十元钱是天大的事，情绪十分激动，她的手脚都在颤抖，脸颊血红，毫无疑问血压已升得很高。当时我是有过片刻的犹豫，承认了，可能会背上一个做贼的臭名，以后有些麻烦。不承认吧，老阿太可能顷刻会出大事，经过几天治疗，我最清楚她的疾病和秉性。人命关天，一个不该死的病人顷刻倒在自己面前，将会使我悔恨终生！一个骂名换一条命，值！我认了！"

医政科的同志紧握着上官医生的双手连声说，"今天我实实在在看到您这位大仁大爱大医家，上官医生真有割股之心！"

上官医生自认"做贼"的第二天上午，老阿太的儿子来到上官医生的诊疗室，一见就连连鞠躬作谢。上官医生连说：

"不敢当。"老阿太的儿子说出了前因后果，说是您拿我姆妈的钱，正常思维的人是不相信的，但那时我妈当时的情况，我也不敢说什么。原打算瞒着姆妈来还钱的。今天准备出院，在整理床铺时，在床褥底下发现了四张拾元，二张五元的钞票。姆妈也惭愧不已，说是要来当面谢罪，因担心老人家又会太激动，还是由我这个儿子代表全家前来道歉致谢。老阿太的儿子情真意切地说：

"为我母亲治好了病，您的医术非常高明，因为我们已跑遍了全国著名的大医院。而且为了病人安全，竟愿承担'贼'的臭名，仁爱之心已经超过了自己的亲人，您的高风亮节是我们一家人学习的楷模，大恩不言谢。"当天下午，老阿太的儿子送来锦旗，上书："不是亲人，胜似亲人。"周围的人也都唏嘘不已。

到此为止，上官医生偷钱的事该画上圆满的句号了。谁知上官医生一到家就受到爱人的严厉批评：

"干吗去做这败坏名声的事，不仅仅你当事人无地自容，而且一家人也都跟着蒙羞。"

上官医生分辩说：

"现在不是一清二楚了吗。完全子虚乌有！"

"相信堂堂正正的医生为区区五十元钱去做贼！天底下的人除非吃错了药患上精神病才会相信！"

爱人又气愤告知："现在又有人说是欺世盗名，借古稀之年的老阿太为自己制作崇高品质的花环！这种言谈才是舌头下面压死人呢！"

上官医生显然是有点被激怒了：

"欺什么世，盗什么名，我这个人对名利看得很淡。许多人都知道组织上决定让我出任市中医院院长，但我找到领导，坚决辞去即将任命的院长职务，而要求继续留在市人民医院当我的临床医生。还希冀什么名与利，天大的笑话！所以说，有些人求取不得的名誉与地位我不稀罕，五彩缤纷的花环我也不要，我只希望将学得的医学知识认认真真为患者看病，用所得的工资平平安安过着每一天。"

在年终表彰会上，院长在总结报告中说，我们众多工作人员在执行"不是亲人，胜似亲人""想病人之想，急病人之急"的行医准则，不只是挂在嘴边，而是自觉落实在点点滴滴的行动中，涌现出很多的好人好事。医院收到许多表扬信和锦旗，病人言之凿凿，充满感激之情，一封来信说普外科张医生利用早晚休息时间天天上门为一位褥疮病人换药，溃疡褥疮发出阵阵臭味，自己的儿女都躲得远远的，可他每每脸带微笑，弯着腰、低着头，细致地进行消毒与包扎，没有丝毫反感与嫌弃，先后上门近一个月，病人如今已经行走自如。一家人没齿难忘张医生的大恩大德，非常感谢这位不是亲人胜过亲人的医生。一位女青年特地来到办公室表示谢意，说她的父亲因脑溢血，每次来求医，不会走扶梯，每次都是医院工作人员背他上楼的。这里特别要说的是一位中医科医生为患者而勇闯医学禁区，从"阎罗殿"硬拉回来的患者不计其数，深受病人爱戴，被传为一号难求的"神医"。然而享有盛誉的他，为了病人的健康，不顾惜自己的尊严，自认是偷钱的贼人！这已远远超出"胜似亲人"的道德观，是敢于担当，是医者大智大勇、大仁大义的真正体现！他是名副其实的白衣天使！是我们永远学习的榜样！是杏林精神的真正体现！在此，我谨代表台上的同志们向杏林优秀儿女致以崇高的敬意！

杏
林
儿
女

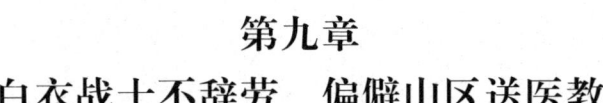

第九章
白衣战士不辞劳　偏僻山区送医教

20 世纪 70 年代，医院荣誉室内增加了不少县、乡政府赠送的锦旗，上书"送医送药下乡，便民爱患功高"，"送医进山，功德无量"，"卫生工作的宣传队、救人治病的战斗队，医学教育的工作队"……这一面面锦旗背后有着说不完的动人故事——

那天是一月二日的清晨，七点钟还不到，第一支医疗队的一十六名同事胸前别着大红花，早早地集中在医院办公楼的前面。其中有家人相送，使人不禁想起当年送郎参军、送儿上战场的情境：一对年轻恋人正在互为对方拭泪擦汗；看上去四五岁的一位男小孩，紧紧抱住别着大红花母亲的脖子不肯松手，哭着喊着说：

"我要跟着妈妈一块儿去！"

坚强的母亲也是珠泪盈眶，她快步来到汽车的另一侧，借此躲避人们的视线，她不愿同伴们误解。然而儿子哭泣是天性，母亲流泪是骨肉情怀，任何人不会责难，也不会说三道四！

七点正，党委书记等领导前来送行，书记站在人群中，高声说道：

"你们将党的温暖直接送到边远地区贫下中农的心坎里！我代表全院三百多名职工，向你们致敬！祝你们胜利完成党交给你们的光荣任务！同时也希望你们注意身体、互相关心、互相爱护、共同努力，争取更大的胜利！同志们，再见了！"

医疗队队长金健民也表示，不会辜负党委和全院同志的重托，同时也向留院同志道一声辛苦！同志们纷纷握手道别，相互勉励！

在医生的职业生涯中，特别是市级以上医院，有送医送药上山下乡特殊任务，就是离开原来的单位，背起行李到农村去，到偏远的地区为当地群众服务。其服务内容、地点都不是医务人员本人所能挑选和决定的，全是组织上的安排和指定。服务时间有长有短，短则几天、数周，长则一年半载。甚至还有数年、十年、二十年的。

金健民带领的医疗队坐着救护车颠簸了三四个小时，来到全市海拔最高的山村。就是这群中国的知识分子，他们顾大家弃小家，顾大义而忘自己！多可敬可爱的白衣卫士！到了罗城地区最边缘的山区清水镇。村前一条清清的溪水，欢快地流淌着似在歌唱，四面青山上嫩绿的秀竹摇曳着似在频频招手，天上白云似翩翩起舞的少女婀娜多姿。见到此地青山环抱，风景秀丽，与清代文人俞玉山《横路赋》中"水迢迢兮若带，岭面面兮如关，松郁郁而苍劲，竹青青而幽娴"一模一样。同志们都觉得青山绿水也在欢迎我们，果真一条大幅标语横空而出，上书"热烈欢迎地区医疗队！"同仁们路途的劳顿瞬间荡然无存，年长的在笑，年少的在唱。欢声笑语荡漾在偏远的小乡镇里。

医疗队在稍作休整后，当晚与卫生院的同志们开了个联席会，会上卫生院领导首先向大家介绍了清水镇卫生院的情况，虽说是区级卫生院，实际上仍非常简陋，最高档的设备是一台 15mA 的 X 线诊断机。工作人员十名，多是一身兼数职，医生四名、护士二名，助产士一名，药剂士一名，检验员一名，会计财务一名。院长既管行政又是诊治医生，四名医生内、外、儿、妇"统吃"，还兼职放射医生。药剂士兼任收费员。炊事员和门卫传达是临时人员。一所名义上的区级卫生院依靠十名工作人员在运转，其力量之单薄可想而知。难怪卫生

院院长晚上召开会议时，卫生院的同志老是跑进跑出，门卫不时高喊，

"外科有病人，请接诊!"

"儿科有病人，请接诊!!"在中午就餐时，医生、护士也不时放下碗筷，去处理事务。卫生院领导简明扼要介绍了当地的情况，说清水镇是当年抗日的红色根据地。由于清水镇地处穷乡僻壤，交通闭塞，目前却成了全地区的特困镇，广大的贫困山民就医十分困难，跳大神的现象在当地普遍存在。落后的接生方式使许多农村妇女产后得病，婴儿死亡率很高，导致不少村民因病致贫。医疗队的同志们听了以后感慨万千，因此，有同志提议更实际地为老区和广大贫苦农民服务，但怎样才能更实际地服务？大家七嘴八舌地各抒己见，有的说我们可以化整为零，多组几个医疗队下乡上山，尽责尽力多为贫苦农民上门诊治疾病。有的说我们可以利用星期日到人口比较集中的村镇设摊诊治并进行卫生科普宣传活动。

金健民与卫生院院长低语了一阵，卫生院院长连连点头，当场就决定试办赤脚医生培训班，"培训赤脚医生"这个主意好！立即得到大多数同志的赞同。为老区人民培养一支永不撤离家园、扎根在乡土里的医疗队伍！并将此作为医疗队的工作重点进行安排。经大家反复讨论后，医疗队果断地向卫生局提交报告，将原先与山区贫下中农的同吃、同住、同劳动，即"三同"方针改为以"送医、送药、送温暖"的"三送"为主，辅以举办赤脚医生培训班。这势必要增加医疗队、卫生院的压力，然而却得到大多数同志的积极支持。

当晚会议一直进行到深夜，要求每位队员结合自身专业，拟订带教方案和包教包会的带教方式。在培训赤脚医生工作中，最棘手的是教材，要在最短的时间内教会他们最基本的理论知识和操作技能。以医护人员自己的亲身经历，三、五年时间的理论课学习也须十分抓紧，要用六个月时间学那么多课程，真难啊。然而一周后金健民的一份简易培训赤脚医生教材已交到每一位兼课老师手中，卫生院的陈

真医生先给开讲内科的一堂课，浅显易懂，条理分明，真使人茅塞顿开！基层医院的医生不简单！

说起这位陈真医生，可叫人敬叹不已。陈真医生老家在西湖边，当年以优异成绩被上海第一医学院录取。他身材修长，举手投足文雅，且多才多艺，校内许多女同学十分倾慕他。二十四岁的陈真独独钟情于同班的女同学肖兰花，肖兰花五官端正，说一口流利的普通话，当时能说标准普通话的人不多，因此肖兰花五年的大学生涯中一直在校广播室当一号播音员。因为这项业余工作繁忙，有时免不了会拉下几堂选修课，完不成老师布置的作业，每次陈真总是不显山不露水地为她补完。肖兰花大大咧咧的个性，正巧碰到事事细密周到的陈真，个性完美互补，难得！

转眼到了毕业时节，在填报分配去向之际，陈真放弃留母校任教的机会，随肖兰花回罗城的医院工作，但天不遂人愿，陈真被留在地区医院，肖兰花却到山区卫生院。这一分配方案始料不及，最后经陈真再三的恳求，两人互换了分配单位，肖留在市区，陈赴山区卫生院。两人三天一个电话，五天一书封信。每逢十二号那天，即发工资的第二天，陈真总是不顾三四个小时山路的颠簸，风雨无阻地来到肖兰花的医院。那时最开心的除了他们俩，还有肖兰花的同伴们，她们分享着陈真每次带来的笑语欢声，还有当时最精美的食品，例如一吃忘不了的桂花糕和麻球王、又脆又香的麻酥糖与麻片糖，所以姑娘们特欢迎陈真的到来。

那时候，物质匮乏，什么都得凭证凭票，即使一只大饼一根油条，需付钱还得给粮票。同伴们说："小伙子真是知心知底到了家！"但她知道这种糕点都是他母亲从杭州寄给儿子吃的，犹如当年给孩子大包小包买吃的一样，肖兰花感激他母亲更感激陈真，他捧来的不仅是她爱吃的零食，更是深深爱她的一颗灼热的心。每每她总是悄悄地说，别多花钱了。他说在我那里生活水准很低，二三毛钱能就打发一天，只要你好我就开心！细心的他见她的雨鞋旧了，下次便买来女式半靴雨鞋；见她围巾褪色了，马上托在上海工作的同学捎带新式羊毛围巾。凡是她想到的他就给做到了，同伴们羡慕得了不得，认为肖兰花实在太幸运了，找了位点着灯笼、穿着铁鞋也难觅的好郎君。肖兰花听在耳内，甜在心里。然而陈真做梦都未曾想到肖兰花的母亲坚决反对这门婚事，主要原因就是陈真的工作在穷乡僻壤。

一对情侣只能挥泪而别。陈真曾回母校递交过遗体捐献志愿书，曾到天台国庆寺院内借宿过；在钱江大桥上徘徊过！然而他父亲的一句话："你立志当人民群众喜欢的良医，还是沉浸于卿卿我我的宝二爷式的生活中？"一言如惊雷，他刹那间醒悟，从此全心全力地投入为山区人民救死扶伤的事业中。由于医学基础知识扎实，而且有极好的悟性，小到伤口的清创，大到开腹手术，做得干净利落，得到同行们的一致好评。周围群众称之为"伢山坳里的救星"。在以后相处的日子里，同志们都亲身体会和亲眼看见陈真医生精湛的医术。改革开放以后，陈真被上调任县医院院长。这虽是后话，也印证了"金子总会发光"的俗语。

陈医生讲的课，浅显易懂，将许多实用知识联系在一起；一张简要的课程安排表，侧重基础，各课兼顾，特别适合短期培训。一位外科医生说出了大家的由衷之言，到山区支援，我们并不是先生，应该虚心向基层工作同道好好学习才行！在实施这项培训的过程中，还出现了大家津津乐道的传奇式的人与事呢！

培训班中最受欢迎的老师是谁呢？肯定是正规医学院校毕业的内科、外科、妇产科医生，他们能把发热、感染、传染病讲得头头是道，分析病例病案也是得心应手。但是学员最喜欢的却是"半路出家"的中医高医生！高医生主讲的是中医药和针灸课，他设定的授课内容独具匠心，每节课不是教者一讲到底，独角戏唱完整节课；而是设若干个议题，教者与学者共同互动完成，课堂上学员不是被动的听课者，而是主动的参与者。可以参与问题的解答，可以提出疑问，可以是正向的，也可是反向的。教者往往语言温和，目光饱含期待，脸带笑容不时地点拨着，点拨着。众多学员均产生跃跃欲试的愿望，总之人人会动脑，个个挺用心，把整个课堂激活了。

除讲授学科的理论知识外，高医生讲得最多的是祖国医学源远流长的精髓"医乃仁术"！他自己悟这个"仁"字，写这个"仁"字，实践这个"仁"字。他曾经对学员说过，"仁"是"人"字旁一个"二"，即二个人。医生要把病人当亲人，病人要把医生当家人，病人从医生那里得到救治，医生从病人那里得到经验，病人就是医生的老师。医生只有竭尽全力为病人，才能体现仁术，自己只有一个人，光着眼自己就不是仁术。

学员们喜欢听他的课，仰慕他那颗赤子之心！他课余还为大家兴致勃勃地讲过"坐堂医生""杏林春暖""第三扁鹊""五禽之戏"等故事，人命至重，有贵千金。一方济之，德逾于此。中国历代名医名家精湛的医术、高尚的医德悄无声息地滋润着年轻人的心田。在青山镇的行医中，他把山区病人当亲人，病人当然也就视其为家人。有小诗为证——

> 拂晓攀缘悬崖，出岫的白云，牵扯着我的衣襟，薄暮归宿山村，栀花熏香我的发丝，老农笑脸相迎，陈柴新茶清泉水，肥芋嫩黍寄深情，访病不怕山高，足迹追逐苍鹰，人若有情应忘老，救人何辞千里行，心阔一身轻。

高医生的课堂设想内容是他智慧的结晶，他曾说过，大凡事情，只要用心去做，大多都能成功！这正是他人生的写照。高医生本人就是一个传奇式的人物——他是河北盐山人，1924 年出生。1942 年参加革命，刚参军时便担任侦察员，这位小小年纪的侦察员着实不简单——

> 黑色粉嘴小毛驴，只有八仙桌高，一把花口手枪，比玩具不差分毫，小侦察的脸蛋，谷墨抹得一道道，小兵胆大心细，贴近鬼子营盘，毛驴拴在树荫，纵身跳入河湾，两眼溜溜清点炮位，双手与孩子们水中激战，向团长打个正规化敬礼，"侦察员向您报告"，"小鬼，

你清晨送来情报……"团长手摸络腮胡子微笑，"是我粗心大意，少报一门迫击炮。"

他的青春在抗日战争的枪林弹雨中得到磨砺，他的机敏勇敢成了克敌制胜的法宝，不久被提升为侦察排长。

后来他担任过编辑、记者、宣传部长，发表了很多文学作品。"文革"期间被下放基层，他选择了坐堂问诊。一首小诗记述当时的情境——

"脚划的乌篷船，带着去鲁迅故乡，扔掉毛笔皈依岐黄，望闻问切，阴阳表里，虚实寒热，治病救人，老死于涪水。"

他在地区医院当了一名中医大夫。每天找他看病的患者很多。大家都尊敬地叫他为"高医师"。

金健民院长主讲的解剖学是学员最难以忘怀的学科，他上课就带一支粉笔，讲消化器官就从口腔、食道、胃、上、下消化道画到肛门；讲运动系统则画人体骨骼，上、下肢及脊柱，所画的图简洁逼真，易懂又易记，很适合初学者。他讲人体宏观结构的大体解剖学，还结合解剖学知识介绍一些行之有效的外科手术，大大拓宽了解剖学的理论内涵和应用范畴。因为他是非常卓越的解剖学画家，早在美国留学时，他就出版过《外科手术图解》一书，难怪有几个学员跟着上课之余，还说着学医更想学画画呢。

经接受赤脚医生培训的学员，掌握了一定的医学知识，可以治疗一些常见病和传染性疾病，能为产妇接生，有效地降低了婴儿死亡率。他们中还真出了不少人才。

有的学员在高考恢复后，被医学院校录取，毕业后成了医疗卫生战线上的骨干力量。

培训班培养了一批既会种田又能医治常见病、多发病的乡村医生，使每个村的合作医疗得以长足进步。为此医疗队还得到清水镇政府授予的"赤诚支农，授人以渔"的锦旗和地区卫生局的通报表彰。

说实在，医疗队工作的确比较辛苦，但苦中也有乐，这乐在哪里

第九章　白衣战士不辞劳　偏僻山区送医教

呢？大家觉得最大的乐趣是付出的辛劳能得到认同与尊重。当时一身数职的队员们自诩为救火兵。每逢农历三、六、九日，系清水镇集市日，四周的乡亲们前来参加交易买卖，卫生院也分外热闹，病人也是里三层外三层的，因为没有喊号的，就诊者也不知道自己是哪方面的疾患，拿了本挂号簿像无头苍蝇乱撞，全靠医生自己维持秩序，有时还必须自己做向导，如将其直接带到放射室、心电图室，否则他转了一圈，往往又重新站在医生旁边。而且围绕在一处的就诊者，仍须一遍又一遍地重复叮嘱往哪里付钱，去哪里拿药等。这些就诊者中一字不识的实在太多了，有的一辈子才第一次走出大山，跑到集镇进医院就诊。有位三十多岁的妇女，来到医院门诊转了半天，一个科室一个科室张望，她不敢问穿白大褂的男医生，女医生又那么忙，女医生身边要不有男患者，要不就有男同事，因此只得东站一会儿，西站一会儿，直到快十一点时，门诊显得空荡起来，医生和护士可以站起来为自己倒杯开水。她才快步来到一位女医生前面，悄悄地说：

"能不能给我看看病？"

"好啊，哪里不爽快，"女医生竭力模仿山里人的口气轻声问道。她未开口脸先红了起来，低头不语，只是用手指指下身。女医生心领神会，准是妇科疾病。二话没说，给她领到妇科门诊。她低着头，羞羞答答地回答说，下身奇痒已有数月，但能对谁说呢，对丈夫，不能说！对母亲，不敢说！对其他女人更不好说。因此只能忍，白天干活累极了，稍稍好受点；到了夜间只有用手挖，直挖得双手都是血，剧痛代替奇痒，才能稍微合上眼。女医务人员听了，只能用两个字概括："同情！"

女医生十分真诚地告诉她，女子的隐私部位也是人体的一部分，这部位不舒服，与其他部位如背部、胸脯都是一样的，都应该就诊，不是羞耻的事。在开完处方后还教其自我护理的简单方法。在离开妇科门诊时她简直要下跪拜谢，吓得同志们连声说，不要这样！她临走时一个劲儿地说：

"菩萨会保佑你们这些善心人，好人总有好报。"

此时她感恩，其实作为医者内心也是感触良多，做了份内之事。病人对医务人员认可，还有什么比此更心满意足的呢！正常的集市日门诊，训练有素的医务工作者还能对付，但有时突如其来的出诊急救，也真恨无分身之术。

一天，突然一位年轻人急如星火冲进卫生院大门，只见他全身淌着汗，喘着粗气断断续续地说：

"我……老婆要死了，救救她吧，救救她吧。"

"你老婆得的是什么病？"

"我……老婆，刚生了儿子，血，全是血，快！快！村里人说死定了！但我不死心，跑来请求医疗队去急救。"

"可能是位大出血病人，必须迅速前去！"队长嘱咐妇、外、儿三科医生带着必需的抢救物品立即出发。

山岗大队离卫生院少说也有十里山路，坑坑洼洼的羊肠小道，不要说开汽车，就是两个轮胎的自行车也不能平稳骑着，有很长的路还须扛着它，难怪这位小伙子拉着医生就走。这十里山路对三位医生，特别是队里的妇科女医生郑红确实是个考验，刚才工作已整整一上午，早已饥肠辘辘，所以也是虚汗阵阵，哪怕只喝一口水也好。听人说，山区多的是清澈见底的溪涧，溪水潺潺地流，小鱼摆尾在追，有诗曰，"明月松间照，清泉石上流"。可是眼前却是黄土高坡一片，黄岗黄土黄石头。当然能嚼一颗糖更好，但前没有店，后没有村，只能咬紧牙关坚持，走了一程，小跑一程。当时小伙子几次提出要背郑红走，但她喘着气婉言谢绝。突然外科张医生高声说道：

"看前面一片梅子林，多大的梅子啊！"

儿科李医生忙着帮腔——

"真的，梅子真多，真多！"

"梅子，真有梅子？真有两下子，在玩曹操望梅止渴的把戏！"机灵的女医生一语道破。

说着张医生又向前跳了几步，采来了一根野草，比画着说——

"要不，本医生再给你们画个饼，充充饥，嗨，女士优先，请问画个什么饼？园的，方的？甜味的，咸味的？肉丝的，豆蔻的，本作坊应有尽有！你们尽可挑选！"

儿科李医生抢着说——

"你自己赶快吃饱！这个是猪肉馅，那个是豆沙馅！吃！吃！"

郑医生正经八百地说：

"还是来碗佛跳墙吧，有诗为证，'坛启荤香飘四邻，佛闻弃禅跳墙来。此菜香味太诱人，连佛都会启凡心。'来！来！别客气。"

沉默一下子被打破后，大家你一言我一语的，小伙子不时也插上一句，在互相简单的对话中，医生们也不忘对病人病情进一步了解。

真是一路马不停蹄，大致一个小时后，到了小伙子家中，一踏进病人阿花的房间，病人已无呻吟声，脸色苍白，眼睛无神，呼吸急促，脉搏微弱，命系一线！医生们的疲劳、饥饿一瞬间全然消失。测血压只有 70/40mmHg，经检查，她的产后大出血系胎盘残留所致，医生们各就各位配合默契，有效的抢救，病人终于脱离了死神的魔掌。阿花已安然地接受输液，郑红一屁股坐在病人床前的地上，而两位男医生直接躺在地上，哝哝道："先让我躺一分钟！一分钟！"阿花的爱人回到房间见此情景，大惊失色，误认为他俩昏倒在地，吓得惊呼：

"娘，快来！"

"病人又怎样了？"这一惊一叫，三位医生本能地一下站了起来，齐刷刷地到了阿花身边。

小伙子知道了原委，双眼微微发红，一家人不知怎样说才好。三人整理好医疗用品，准备告辞。外间桌上已摆上了碗筷，阿花家人拦在门口挡住去路，说一定要吃了饭才能离开，端到每人面前的大碗，每碗十只糖汆鸡蛋，让三人目瞪口呆。那时生活水平低，三十只鸡蛋几乎是农家几个月的生活费，三十只鸡蛋可能是阿花生小孩坐月子也舍不得吃的营养品。怎能如此奢侈，但是小伙子和他母亲一定要他们吃下去，三人好说歹说，最多的吃了四只，最少的也吃了两只。还有一碗腌制的猪肉，一盘风肉炒榨面，至今仍回味无穷。想不到在物质极端匮乏的日子里，竟在穷乡僻壤中，品尝了人间最美味的食品。

还未吃完饭，屋檐下已聚集了不少人，慢慢地人越聚越多，原先还以为大概也是看病来了。诊治疾病是拿手活儿，反正儿、外、妇科均有，再工作二三小时，笃定！吃完饭三人商量给主人留下拾元钱，可是小伙子一家死活不肯接受。门外早早放着三顶轿子——两根杠上安装着可移动的座椅。显然是抬三人下山用的。小伙子家人对村里人说了抢救阿花的过程，村中人唏嘘不已，扶老携幼前来拜望华佗转世的神医，几个年轻人则组成抬轿班子送三人下山。从体力上说，那天确实非常倦怠，但理念上认为不应让乡亲们抬着走。那位德高望重的老村长说了一句话，使队员们永铭心腑：

"伢山区人见少识浅，只知滴水之恩，涌泉相报。"

其他人也七嘴八舌地说，

"把阿花从死里救了回来，等于救了她全家，我们村里人都感激着呢。"

大山里的乡亲那种"涌泉相报"的淳厚情感，深深感染着医生们。坐在颤颤悠悠的软轿上，印象中只有儿时得到父母的宠爱才有类似这种爱的享受，那时两手搭在父母的肩上，两脚跨坐在爹与娘用手臂搭成的人工轿上，有意一上一下的，当心！当心！上山坡了，当心！当心！下山来了！人世间只有互相帮助、互相体谅，才有无尽的温馨。在医疗队的日子里，被人尊重，受病人爱戴，此为最大的快乐！那次从阿花家回来，他们三人凑了点钱，给她买了块"的确良"布，据说阿花用这块布做的这件新衣，平日舍不得穿，过年过节或做客时才穿上，她指着衣裳总说：

"是医疗队医生买的，我的命也是他们救的，我一辈子都不忘记他们。"

一位赶集人对医疗队的同志说，离镇最远的镜屏山江丰大队有一位董彩凤老太太，已失明好多年了，家中没儿没女，不能下山治疗，医疗队同志翻越了几十里山路来到她家诊治，发现她因为双眼翼状胬肉遮盖了整个瞳孔，为她在小茅房里进行手术，使她重见了光明。此外，最为让人传颂的是为越峰公社相乐大队的尉水金治愈了不治之症——老烂脚。尉水金患肢溃烂已二十余年，终日流脓不止，臭味难闻。起先村里人有意无意地都避着他，不愿与他面对面地说话；后来一家老老少少、爹娘都讨厌他。他唯一能做的事情就是拔野草，饲肉猪。春夏秋冬他只能一人住在猪圈旁，一年三百六十五天都是老母亲递给他一碗饭菜。若要讲话只得对着那只老母猪诉说自己的苦衷。他也曾经四处就医，无奈溃烂面积大，中西药物均无效，溃烂面积越来越大，脓液越流越多，臭味越来越重。他甚至跳崖自杀过，想一了百了，却意外被树冠挡住，只伤了皮肤，反被生产队大队长一顿臭骂。他想活着，却生活不好，宁愿死，又死不了，他饮恨吞声，只怪自己生了如此可恶的疾病。医疗队同志精心为他治疗，克服了设备条件上的困难，为病人开刀植皮，治愈后病人回归正常的生活。他说，医疗队医生是他的再生父母！

医疗队同志们这几天在做回院准备，因为过完这一周，支农医疗工作就要结束了。

这天上午还未到上班时间，医师和护士正在打扫就诊室。儿科门诊就来了一对夫妇，他俩满面通红，一头汗水，两裤衩沾满泥浆，那个男的怀抱一个红色的褓褓，进了门以后，女的就接过那个红褓褓，未开言，眼泪就流了下来，呜咽着说：

"请医疗队的医生一定要救救我们的孩子，"边说边解开红褓褓。

医师一听就知道，是个急诊患儿，迅速放下抹布，立即洗净双手，戴好口罩，拿起听诊器，拉开遮挡在小儿脸上的红遮布。

不看不要紧，一看吓一跳，卫生院的儿内科医生虽然也知道兔唇这种疾病，但从未见过如此之唇裂，唇裂程度之严重，内科医生见所未见，拿在手中的红遮布还高高地擎在那脑门前。敏感的小儿母亲见了这位年轻医生的惊愕之情，立即大哭起来，哭声飞出门诊小儿科，传到小小卫生院的角角落落，引来不少医生与护士。有经验的口腔科医师见到了患儿的情况，立即对小儿的父母安慰说：

"你们的小孩患的唇裂，俗称兔唇、缺嘴，是口腔颌面部常见的先天性畸形。要动手术，能治得好的。"

小孩的母亲立即说：

"我终于听到您这句吉言了，真治好了，我准给你磕头。听我们村里人说，镇上来了最高级的医疗队，来了技术最好的医生，我们村庄里许多奇奇怪怪的疾病都给治好了。所以今天一早我俩特地不出工，也匆匆赶来，专为小儿来看病。"

口腔科医师又接着说，

"但是，现在还不能动手术。"

"为啥？为啥？为啥?!"孩子的父亲显然是个直肠子人，一连串的提问，是就诊心切最直接的表示。

"既然来了，那就安心住下来，等我们请示领导后再说吧!"

就这事医疗队与当地卫生院立即召开会议。

当时在会议上形成两种意见手术与暂勿手术，通常情况总是一方正确，一方不正确，泾渭分明。可是这个会议上的两种意见，都有道理，都可执行；但也有不执行的合理理由。

为什么呢？

首先，出席会议的全体医务工作者一致表示，手术治疗，救死扶伤是医务人员的神圣职责!满足病人家属要求，天经地义，但是小患儿唇裂范围大，其修复是一种要求很高的手术，手术效果会直接影响小患者的身心健康与生活质量，故需精心准备，制订周密的手术计划，方可获得手术成功。其次，小患儿未满四个月，这种手术当地卫生院从未做过，风险很大，除了精心设计与准备，还须经有关领导批准；再者，缺乏重要的设备仪器也是很大的难处。

所以为了小患儿的安全着想，以暂且不进行手术为妥。

但是，当时，最重要的是医疗队与卫生院主要领导都背负着全体医务人员的安全。

此时金健民内心十分矛盾，非常同情小患者的父母，如果是当年，他又会说风险全部由他承担责任，但目前涉及医疗队与卫生院两个单位，他无可奈何地说了一句暂缓手术。

全面分析当时的医疗条件后，会议要求全体医务人员做好二个准备，一方面积极准备手术，另一方面安抚好患儿家属的思想和全面做好患儿的术前准备，如加强营养补充，防止呼吸道感染、消化不良等，注意避免面部湿疹、疮疖等皮肤病的发生，努力动员患儿家属随医疗队一起返回医院再行手术。

但是经治医师还未讲完医疗队与当地卫生院联席会议的精神，孩子的母亲已哭倒在地，父亲抱起孩子就跑到卫生院的一口三眼井台上，说要把孩子溺死在水中。众人七手八脚地拉着他，七嘴八舌地劝解他，他泪流满面，倦坐在井台下，抽泣着，断断续续地说道：

"这次我们抱最后一线希望而来，生了这样一个残疾小孩，实在没有面子，三个多月来，不敢探亲访友，不敢走出房门，别人一看到立即会吃惊地叫起来。如今孩子还小，今后长大了，不能读书，不能与别人一起干活，长大后也肯定很难活在世上！因此不如早了断早省心。"

孩子的母亲也哭哭啼啼地说着：

"我们前村名叫周志喻的，被雷电击中，呼吸、心跳已经没有了，医疗队同志闻讯后立即赶到那里，既口对口吹气，又按压心脏，几位医生个个都汗流满面，气喘吁吁，说是人工呼吸一直进行了二个小时，使病人死而复生。死了的人都能救活，硬是把他医好了！其他医好的人还多着呢！我们的缺嘴却医不好，只好认命了，让他去死吧，或者让娘陪他一块儿去。"虽然大家一再劝导与解释，但总是无济于事，这对认了死理的夫妇觉得，医疗队的医生不能马上治疗，以后也没有希望，因此也铁了心，觉得唯有一死了事。

最后，请示当地领导决定为小孩手术。

这天，手术室"外松内紧"。

医疗队队长返院后，在汇报半年医疗队工作时，对党委书记道出原委，唇裂修复手术二个多小时，一颗心始终悬在半空中，如果进入手术室直视现场，担心医生护士会产生更大的压力，只能在手术室外踱步，一共走了近万步——只有计步数才不会走神。手术结束后，才发觉汗水已浸湿外衣。

这支医疗队被当地政府誉为"卫生工作的宣传队、救治重病的战斗队，医学教学的工作队"，受到当地人民群众的好评。几乎所有的下乡医疗队都受到广大人民群众的欢迎，因为医务工作者为此做出了超乎寻常的努力，甚至付出了重大的代价。

第十章
生老病死无可卜　病魔无情人有情

　　20世纪70年代末，各项工作整顿后，提高了医护质量，改善了服务态度，医院走上发展振兴的道路。儿科主任封学华上午忙完了林林总总的事情后，急匆匆地跑到厕所，不知是厕所的味儿不好闻，还是刚才吸了一口冷空气，似乎一阵恶心后有一口似痰非痰的液体涌了上来。她下意识地吐在卫生纸上，不看不要紧，一看吃一惊，不由自主地倒抽了一口冷气，痰液中伴有血丝，且是红红的、浓浓的，最好的预判是支气管扩张出血，肺结核似乎不大可能，最糟糕的则是肺癌，作为医务工作者的她自然明白出血的意义。倘若是肺癌，已绝非是早期，而医学科学告诉她，早期的治愈率为百分之九十九，晚期的死亡率为百分之九十九。但理智告诉她，当前必须稳定自己的情绪，她努力地告诫自己，镇静！镇静！

　　自己经历过艰苦卓绝的抗日战争，经受过九死一生的平津战役、淮海战役和渡江战役，难道还惧怕这小小的肿瘤？！虽然她还是按部就班地处理科室的医疗事务，但细心的护士长还是发现她近乎苍白的脸色和心神不定的情绪，把她拉到僻静处，低声地问她："遇到什么为难之事？"

　　一开始她犹豫着，认为究竟是什么样的疾病还缺乏根据，无非是

杏
林
儿
女

一个现象，冒冒失失，犹如谎报军情！但她对视着护士长坦诚亲切的目光，似遇见了当年时时处处呵护关心自己的洪军医。于是，她说了刚才的情形，坦言了自己的想法。

护士长说，今天无危重病人，且上午的主要工作已基本完成，将手头工作交给组内同志，我陪你先到放射科检查。果然不出所料，放射科的片子很快就出来了，报告上写着人们都不愿见到的结果：右侧肺门处有一阴影。内科大夫的意见是立即住院接受治疗。

科室的同志们帮她办好住院手续，她当天便住进医院，经必要的辅助检查后，主治医生的首选方案是"抗炎抗结核"治疗，一日二次的青霉素和链霉素注射。她自己非常清楚，目前最可能得的是肺炎、肺结核或肺肿瘤，当时杀灭肿瘤尚无有效的药物，链霉素针对抗结核菌，青霉素对抗肺炎。想当年这青霉素是何等珍稀的药品，许多负重伤的年轻战友，如果能用上它，准能挽回宝贵的生命。

她真心实意地与当年并肩战斗而英勇献身的小伙伴比幸福。她曾多少次梦见与昔日的年轻战士一起带着小板凳坐在老乡的晒麦场上听"抗日战争中国必胜"的报告，会场上下热血沸腾，同仇敌忾！梦见在行军途中互相照顾紧跟队伍的情境，信心满满，共同向着胜利前进；梦见战斗处于白热化时小司号员重伤后叫着，水！水！悲怆的情态永志不忘，往往一觉醒来泪湿枕巾。想起他们，想起他们英勇献身，就告诫自己，活着应当多干革命，别无选择。

住院的第二天一觉醒来，首先映入她脑子的是23床的小孩腹泻治疗已二天了，还是不止，不像食物不洁或消化不良引起的拉肚子。对！应该开张化验单注明找阿米巴滋养体！而且必须请检验科的老主任亲自检查，我应该自己带小孩刚拉出的大便找老主任去检验！她想着去开化验单……可是一睁开眼睛，思维即时回到现实——自己是一个住院病人呀！正在接受规范的抗炎抗结核治疗，怅然若失的感觉涌上心头。

"醒来了，昨晚我感觉你没睡好，老是在翻身，刚住院是不大习惯，我第一天也是整夜未成合眼，但第二天就好多了，第三天就呼呼睡熟了，即使有人把我扔到河里去也不晓得呢！因为在医生的开导下我想通了，想通了便安心了！而且医生也说了，只有这种心态，病才会好得快一些！"

同室三床是心直口快的农家王大嫂，见新病友醒来，热情地诉说着自己患病的简短转变经历。

听了这位同室病友的讲述，自己觉得有点儿难为情，觉得作为医生的她曾经也是这样指导病人及其家属的，看来凡事嘴巴上"说说"与实际"做做"还是有距离，她对自己说，也必须尽快地转换角色，当好病人，积极配合治疗，争取早日出院。

正当漱口洗脸完毕之际，大女儿手捧一只不锈钢保温杯，走得气喘吁吁地已来到眼前——

"妈，奶奶给您包的荠菜馄饨，奶奶说是您最爱吃的。"

"这么早就做好送来，太辛苦了。"

"奶奶说馄饨内虽然肉不多，但是用很新鲜的猪肉包的，鲜猪肉是爸爸起了个大早从农贸市场上买的。奶奶说馄饨必须放小葱，再稍稍放点猪油，才是一碗上等的美味馄饨。奶奶还说要趁热吃！"

她打开保温杯，白白的馄饨，青青的小葱，诱人的香气立即扑鼻而来。

"色、香、味俱全的早点呀！"她情不自禁地赞了起来。

"真香，真香！我也闻到了。短短几句话中，你女儿竟连说了四个奶奶说。听话听音。一碗馄饨道出了你们家的和谐关系，好婆婆、好媳妇、好丈夫和好女儿，你福气真好！"

三床的大嫂真心诚意地点评着。

瞬间一丝歉意涌上心头。她曾抱怨过婆婆，那是还在部队疗养院工作时，疗养院主要是接受抗美援朝的志愿军伤病员。那时条件比较差，医疗设备也简陋，医疗模式单一。第一个孩子出生时，也就是眼前的女儿，从分娩室回休养间，孤孤单单地躺在硬板床上，半夜口渴得要命，也喝不上一口开水，只会流泪，总认为是自己没生儿子，所以婆婆不问不闻。现在想来，那时客观条件差，出院以后一定加倍地回报婆婆。看着走得脸红气喘的女儿，自然而然想到对儿女们关心太少，自己脑子里整天想的是医院工作，心里考虑的全是如何尽快帮助病人恢复健康。在自己的记忆仓库中从未储存过细致入微的母亲关心，从来没有与儿女们一起到公园去玩玩，没有带女儿到商店挑选一件合身的衣服。自己一年到头都穿着清一色的列宁装，女儿们也只是穿着蓝色的开襟衫。倒是细心的护士长首次为自己女儿代购了"的确良"的花衬衫，女儿们穿在身上甭提有多开心了！

"明天别做早点了，也别送了，食堂的饭菜不错的，我早已习惯蒸笼饭，大锅菜。"

"明天奶奶做什么，我送什么，一切听从奶奶的，一切从实际出发。"女儿朝她做了一个鬼脸，并趁势俯下身来亲吻了妈妈的额头。刹那间她似一阵触电般感觉，一阵暖意从额头急速传到心房！她又一次心暖暖的，醉醉的！平日似乎很少有家庭观念的她，此时此刻分外惦念温馨的家。这个家虽然没有精致的家具，没有宽敞的客厅，却有无穷大的自由度和信任感。例如盛夏季节爸爸与儿子可以只穿短裤子，穿梭在家人面前，不脸红，不心跳；一家人围坐在饭桌前谈天说地，论古道今，不必忌讳自己的观点，不必讲假话、奉承话、套话，不会打棍子、扣帽子；儿子特喜欢待在自己的家，即使是到叔叔、姑姑家，他们照顾得可好呢，给吃他们自己也舍不得吃的食品，例如风肉酱鸡、鱼干、腊肠、莲子汤，特美味！晚上给盖上藏在箱子里的新棉被，松松的、软软的，特舒服！可是他还是惦念着自己的家，住不到三五天就想往自家跑。因为家中有爸、有妈、有骨肉同胞姐妹。这个家有如此的吸引力，今天与儿子的思念如出一辙，好想好想那个温馨的家！

住院已经七天了，除了打针、吃药和接受辅助检查，就是躺在床上睡觉。说起睡觉，能舒舒服服地、静静地躺在床上，没人打扰，没事纠缠，这是封学华梦寐以求的。在上班的时候，因为科室人少事多，要完成任务唯一的办法就是加班，周日加班，节假日照样上班。想那春节、国庆假期虽说有三天，科室安排轮休时一般多照顾外地或夫妻分居两地的同志，当然在恋爱之中的年轻人也喜欢节日休息。因此，那些说"老"还排不上、说"小"又凑不了的同志，理所当然地坚守岗位。医院中，这帮"大叔大妈"们都觉得帮助别人就等于帮助自己，更何况是与自己朝夕相处的同道，因此节假日多是"大叔大妈"在忙乎着。然而越是节假日，病人却越多，"大叔大妈"越是忙得不亦乐乎，但"大叔大妈"自侃着，一为治病救人、二为同道送温暖，三为自我价值的体现！一举三得何乐而不为！

护士长曾无不自豪地说，我们这辆小车，只要不倒尽管推！推它五十年吧！因为我心甘情愿！因为我乐意！甚至于窗外鹅毛大雪，自己急着处理成堆成堆的事务而汗流浃背。但仍没有坐下来喝一口茶，歇一口气的时间！一位护士同志曾经计算过，双脚不停每天行走路程不少于五十里，脚肿、背痛，过度的疲劳阵阵袭来，自己唯一渴求能不受干扰，在床上安安稳稳地睡上一天，要不然，半天也行！那时身不由己呀！

可如今整天都躺在床上，但是没一天睡得安稳，没一天睡得舒服。医生查房时也嘱咐她到户外散散步，晒晒太阳，看看风景，咋舒服就咋办。子女们轮流陪着她，找很多开心事逗她。二女儿似换了专业的势头，不知从什么时候开始学会讲故事说笑话的本领，每次都引得大家捧腹大笑。爱人每次来病房总是怀抱不少书籍，有最新的医学杂志，也有著名医学科学家的专著；有科普的、有学术研究方面的。她觉得书中许多内容好像是针对她说的。科室同志也不时来到床边，不谈科室繁忙，专说科室的趣事。她也感到一种被众星捧月的感觉，不似上班时那样繁忙却又愉悦。

幼时常听外祖母说，"吃吃不如鸡，做做不如戏"。五六岁时去外祖母家，偶尔得到一块鸡肉尝尝，好吃得不得了，鲜得美不可言；

没日没夜的操劳后，偶尔放松自由自在地玩耍，当然非常快乐！可是眼前对科室那种留恋，对工作那种牵肠挂肚！自己问自己，为何不愿"戏戏"，宁愿"做做"？有时累得双脚浮肿，浑身没力气，但未等双脚退肿，稍稍恢复体力，马上直奔科室，又马不停蹄全心力投入工作。虽然有时也会抱怨，但仅仅是盛夏时分的雷阵雨，霎时马上就晴空万里。

细细观察周围同道，十有八九是这样的。现在静静地躺在病床上才似乎悟出三个字"成就感"！哲人说过，闻道有先后，但也为能悟道而自慰。单位是每一个月都会付工资，但这份工资报酬并不是工作的全部价值，当没日没夜投入抢救，把病人从死亡线上拉回来，当其微弱的眼神又变得明亮有神，感激的目光首先投向在病床边忙碌的医生；家属由欲哭无泪立即变成满面春风，笑靥一直围着你转。其情态变化之快真如小孩脸，如同三月的天气，阴云密布马上变成晴空万里。这就是医务工作者的价值！是医务工作者的"成就感"！无数个患者及他们的家属与自己结下不是亲人胜似亲人的情谊，历历往事似乎发生在昨天——

记得那天是星期天，排班表上封医生"休息"，喜欢说谑言的二女儿说："封医生，难得！"医院多是排班轮着休息的，休息日正碰巧在周日，是难得啊！全家都感到高兴，不管封医生在岗位上如何风风火火，但在丈夫、儿女面前，她是柴米油盐的家庭主妇，是关怀备至的母亲。

这天，这位家庭主妇打算上午打扫卫生后，为孩子们自擀面皮包饺子，因为孩子们觉得老是食堂打饭，吃腻了大师傅做的菜，他们说特喜欢母亲做的咸菜香菇肉饺子，一口咬下去，满嘴都是可口无比的美味，油而不腻，咸淡有度，这是母亲的绝活。这天家中少有的热闹，大一点儿的帮母亲切肉擀面皮，小不点儿也窜进窜出地忙碌着，当然免不了添乱，一会儿酱油瓶子弄倒了，一会儿把糖当作盐倒在面粉上了，搞得姐姐又是笑又是说"真讨厌"这样的戏谑话。嬉嬉闹闹，融融乐乐，和谐家庭天伦之乐，千金难求！

封医生不知不觉地想起孩提时围着厨灶烧猪大肠，居然把厨灶也攀倒的情境，情不自禁地又想起自己的娘，如果娘还在不知有多高兴！止不住眼泪要下掉。眼尖的大女儿一见忙问：妈怎么啦！封医生忙说：是高兴呐！口快的二女儿不假思索地言道："坚强的新四军战士也会掉眼泪，少见！"一边也在包饺子的爸爸声音不大但严肃地说道："别没大没小，注意自己是姐姐身份。"

正说着，调侃着，突然"叮呤呤"电话机响个不停，二女儿迫不及待地说："又有新战役打响，新四军战士冲啊！"封医生嘴上说："谁会把你当哑巴！"心里想：莫非又有抢救任务！但愿不是我的电话。但是，还是三步并作两步来到电话机边，拿起话筒，"知道了，我马上到！"封医生放下话筒，边解围裙边说："有病人，病情很重，我得赶快走，时间就是生命！"

"能不能吞几只饺子，我马上去煮，几分钟时间，要不拿走也行。"爱人轻轻说着。

"不啦，等会儿再吃！"封医生拉开门，就"咚咚"地跑了。

见着母亲毫不迟疑地离家而去，儿女们隐隐感到有些失落，觉得母亲似乎有点舍亲求远，不十分喜欢自己的孩子，而为别人的孩子想得多。爸爸边包饺子边说：

"给你们讲个故事吧！"

"又是个忆苦思甜老掉牙的故事吧？"

"讲一个上帝的故事。"

"军人也讲上帝的故事？闻所未闻，亲爱的爸爸快讲。"显然孩子们感到新奇，侧耳细听。

爸爸娓娓道来——

"一天，上帝对一群跃跃欲试的人群道，你们仔细想一想，如果下辈子重新做人，喜欢来生总是得到，总是别人给你，你总是不必给别人，总是占便宜；还是喜欢总是付出，一辈子都在为别人服务，总是吃亏。你们可以自由选择，回答后一定能如愿以偿。结果昭然若揭，大多数都欢欢喜喜地选择了前者。孩子们，你们的选择又是怎样的呢？"

儿子年龄虽小，但脑子动得最快，迫不及待地说：

"别人给予，别人给予。"

爸爸笑着问其他孩子——选择前面的，还是选择后面的呢？

女儿们调皮地说："还未想好！后来大多数咋样？"

爸爸不紧不慢地说着——

"只想得到的后来果然一辈子全都是得到，他们是乞丐，整天伸着手向别人要；一辈子专为别人服务的，是当上皇帝，一辈子为天下的人民考虑生计，竭尽全力使自己国内老百姓安居乐业。你们的妈妈就是第二种选择的人，她觉得为别人贡献自己，活着就是快乐，为使许多病人脱离病魔的折磨，再累再苦，她感到莫大的幸福与快乐。"

孩子们不由自主地低下头，各自开始了沉思。

封医生未到病房，便听到嘈杂的讲话声，一进儿科室便见抢救室门前里三层外三层的人在那里围观。

"多可爱的小孩，看来已经在读书了，父母养到这么大多不容易啊，可怜可怜！"说话的大妈说着说着，眼泪也流了下来。

"小孩只有出气，没有进气，看来凶多吉少，若要治好，除非华佗转世！"

"唉，看来是农村的小孩，一定要到命悬一线，才肯送医院，怪只怪小孩的爹娘送医院太迟了，耽误了病情。"

"谁说小孩的爹娘送医院太迟了，耽误了？是病情太急，早晨还是好好的，一个时辰前才发作的，儿子肚子痛得打滚，额头上直冒汗珠，嘴里直喊爹娘救我。我们一秒钟也不敢迟缓。呜呜呜。"小孩的娘在急诊室流泪不止。

封医生快步挤进抢救室，经治医生汇报了小病人进院抢救的概况，病人名叫杜金宝，男，十岁，杜家村人，十点钟送医院，因腹痛症状明显，疑似阑尾炎先进入儿外科，十点四十分外科医生初步排除外科疾患，急送儿内科。蜡黄的脸色，非常痛苦的面容。刚才还在喊"痛！痛！难忍！"此时患儿已不再哼叫，处于半昏迷状态。目前采取抗感染治疗！

封医生全神贯注地听取值班医生叙述的诊治过程，一边仔仔细细观察患儿的周身情况，一边拿出听诊器正准备全面体检。突然，冲进两个鲁莽的男子，其中一位年长的朝着封医生就下跪，吓得封医生连忙双手一把扶起，连说：

"老哥，老哥别，别这样！我们一定会尽责尽力的。"

"大医生，大医生，一定得救救我的孙子，我家已三代单传！三代单传哪，你们是救苦救难的活菩萨，我们终生不会忘记你们的大恩大德。"

经治医生指着那位较为年轻的男子说：

"他是患儿的爹。"

年轻的男子也几乎要跟着下跪，嘴上一个劲儿地说：

"各位医生务必救救金宝，我们的金宝是很懂事的孩子。"

封医生快刀斩乱麻地说道：

"抢救孩子是我们的责任，尽管放心，现在最重要的是抢救小孩，有关病人的情况我们会随时通报。现在小孩的爸爸暂时留下有病史要问，其他家属请离开抢救室，倘若有别的事可跟护士长联系。"

在场的医务人员都诚心诚意地劝慰他们父子俩，他俩刚才脸上的愁云似乎散了许多。

要治病首先得会看病，看病就离不开"望、触、叩、听"。封医生开始全面体检，专心致志地"望、触、叩、听"花了不少时间。封医生在省儿童医院进修时，得到著名儿科教授望、触、叩、听的言传身教，回院后越来越重视这个物理检查。所谓"望、触、叩、听"，望就是看，察看患者的体表特征，正确分辨正常与非正常之间的细微区别；触就是触摸患者有什么异常，尽可能摸得仔细，再以现

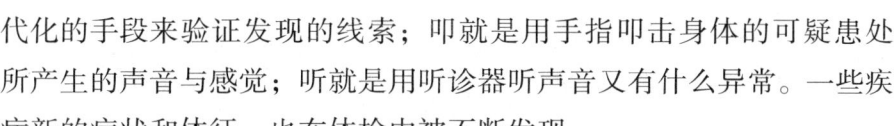

代化的手段来验证发现的线索；叩就是用手指叩击身体的可疑患处所产生的声音与感觉；听就是用听诊器听声音又有什么异常。一些疾病新的症状和体征，也在体检中被不断发现。

此时，患者面色苍白，四肢冰凉，皮肤出现青紫色花纹，心率增快，心音微弱，血压下降。坐在旁边的患儿爸爸感到医生对自己的孩子真是十分重视，而且隐隐感到孩子经这么好的医生的诊治后，一定能转危为安，恨不得飞奔出去，告诉孩子的爷爷，孩子有救了。

是的，老一辈的医学专家认为望触叩听不仅是医生诊病的一种手段，也是患者与家属的一种心理需要。大部分患者都特别愿意让医生仔细检查，因为他们认为看病就应该是这个样子。如果医生能认真听他倾诉、仔细为他触摸听诊，他就会觉得这个医生确实会看病，应该很有经验。同时触诊也是医生和病人的第一次"亲密接触"，认真查体是医生对病人关心和在意的表现，它会使患者更加信任医生，而这种信任将直接关系到疗效。望触叩听在建立良好医患关系上具有重要意义。专家认为，到医院看病，患者期待的不仅是技术性的对待，还包括有效的沟通和心理的满足。很多医生总以为是刀和药治好了疾病，殊不知医生治病的看家本领还包括自己的态度，医生应该把自己看成刀、当成药，使自己成为一个能够影响病人、促进疗效的辅助剂。

突然，封医生发现患儿的牙齿紧咬着。

"快，拿舌压板，防止牙齿咬破舌头！"封医生高声下达医嘱。

高热惊厥病人很可能有自伤现象，即咬断自己的舌头。

在肛检的时候，发现了血便，同时患儿爸爸看到封医生用手指检查孩子的肛门，其手指上全是粪便，而且拿到眼前细细观看，竟然还用鼻子闻其气味。患儿爸爸突然感到医生为救病人胜似亲人，眼前封医生关爱孩子就胜过自己。这位爸爸说，最不愿意料理臭烘烘拉大便这件事，但医生不离不弃，真所谓不是亲人胜似亲人，不是母亲胜过母亲。患儿爸爸顿时热泪盈眶，连声说——

"您真是我们的亲人！"

"医家，自古有割股之心。"封医生既像是对患儿爸爸说，更是对自己郑重的叮咛。

"小张快把金宝的肛检标本送去检验科，再做一项'培养加抗敏'试验，化验单上盖上加急的印章。"

经医生和护士一系列的抢救，采取一整套的抢救措施，到了傍晚时分，患儿仍处于昏迷状态。父母惊魂未定，封医生和医务人员的心里更是紧张，昏迷状态不能再持续下去了，因为昏迷时间过久，可能引起小儿脑子损害、智能不全、失明、失聪、肢体强直或瘫痪等严重后遗症，甚至可因呼吸衰竭而死亡。

这天夜里，医封生又守在抢救室。

晚餐时候，患儿爸爸突然记起一个生活细节，昨日好像孩子曾经与同学一起去野营，吃过自己烧烤的食物。

封医生听了连声说，太好了，提供了很有价值的诊断资料，有不洁食物史，可能是因吃脏食物引发，再结合临床腹痛、惊厥等症状，考虑为中毒性菌痢。

真是山重水复疑无路，柳暗花明又一村。

"两路输液！"封医生又迅速开出医嘱。

年轻医生小张还建议："口服云南白药！"

到了凌晨一点钟，金宝见到坐在床边写病历的封医生，开口喊了声"妈妈"。

"金宝，现在还有哪里不舒服吗？"封医生摸着金宝的小脑袋，轻声细语地问道。

小金宝轻声答道，"没有。"

患儿爸爸喜极而泣，泪如雨下，连声说：

"是医生给金宝第二次生命，封医生胜过亲生妈妈，是我们全家的救星。"

患儿爸爸向在场的医生深深地三鞠躬。

杏
林
儿
女

对症治疗，获得首战胜利！

五天后，小金宝高高兴兴地出院。小金宝的父亲给儿科送来一面大红锦旗，上书：医术高超，医德高洁。

眼前自己接受治疗已经一个月了，在 X 光片中仍有小核桃大的阴影，内、外科医生会诊的结果，建议手术治疗。手术切除说明这颗"阴影"不是良性的瘤子，就是俗称的恶性肿瘤。她隐约感觉到自己患的不是寻常小毛病。人都说病人的感受是极其敏感的，更何况她自己是学医的。尽管她多次提醒过自己，与当年战友相比已经满足了，死不足惜！更何况，肿瘤也不是不可治的！然而心中仍似十五只吊桶七上八下的。虽然不尽是担忧肿瘤，人到了这个地步思维也是最活跃的时候，这项开胸劈骨的大手术能禁受得了吗？手术开到最后无法切除咋办？手术后告之结果极差怎么办？

一边想象手术时的情景，一边看着窗外医院篮球场上投球者优美矫健的跳跃姿势，不由得想到托尔斯泰，在他垂暮之年，看到骠骑兵骑在健壮的马上，感叹地说：年轻人，多让人羡慕呀！此时此刻坐在病床上一种念头油然而生，倘若恢复健康后，必须多参加跑跑跳跳的运动，如登山、游泳、打球、跑步之类，眼前都能办得到的，以前怎么从未想到？那个从医院到家二点一线的模式或许不是全对的，如果不是定向划一的生活规则，或许身体素质会好得多！但定式的生活习惯能否改变，却是后话。

心猿意马地看着窗外的景色，杂乱无章地想心事，直到经治医生拿着手术通知书来到床前，才把封医生从思绪中拉了回来。经治医生告诉她手术方案和手术时间。

奇怪的是，确定了手术方案和手术时间后，她心情反倒平静下来，晚上也睡得好好的，心率、血压、脉搏、体温不再忽上忽下，而且处于正常范畴。她考虑着手术也无非两种结果：切除肿瘤，预后良好，此为所希望的；第二种结果正好相反，预后极差也是应该正视的。采取了积极措施并没有达到预期目的，也无怨无悔！

她心静如水，着手书写一纸留言。不知怎的，她首先记忆起科室近期在拟订五年发展规划，自己那腹稿是否要书写出来交给后任？但是自己又马上给予否定！不要太多干预，不要太高估自己，如果比较有参考意义，相信别人也能想得到；如果没有多大意义，使对方左右为难，不执行不尊重老主任，执行却又误导了，谁之过？岂不让人家背黑锅！她暗自警告自己，长江后浪推前浪，一代更比一代强！

　　她忽然想起在科室的抽屉中自己有二百多元钱的"小金库"，此为她几十年来省下来的夜班费，想在不便开支时作应急之用，一生之中就这么点自由支配金，一生之中就是这么点小秘密。但说来也很惭愧，如此大大咧咧的人，也有如此小算盘。拿来给儿女们买点纪念品吧，她想来想去不知买什么。儿女们心爱什么，她不得知！儿女们希望什么，她也不得知！儿女们追求什么，她仍不得知！从这点上讲，她觉得自己不是一位合格的母亲，与儿女们在一起的时间太少，与儿女的亲近太少，与儿女的沟通太少！她觉得对得起病人，对得起自己从事的工作，就是对儿女们关心太少太少！她觉得今生今世或许没有机会了，想到此不免泪湿衣襟。

　　但是她毕竟是位有知识的母亲，很快就从自责的泥沼中走了出来——顷刻之间想起令人敬慕的一位母亲——林肯的母亲"与其留给子女百顷土地，不如留给子女一本《圣经》"，为林肯脱离平庸和浅陋奠定了基础。她为刚才霎时之间，产生身后留下物质纪念品的心愿而感到见识短浅；为救死扶伤大义放弃儿女亲情的感伤而自惭形秽。她打了一盆冷水，给自己痛痛快快地洗了个脸，又用双手来来回回地按摩了自己的头皮，几分钟后觉得头脑思路渐渐清晰，她觉得自己是在与战友们奔赴去袭击日寇的行军路上，是在与战友们参加淮海战役的炮火连天的战场上，又在与白衣战士们一道与病魔开展殊死搏斗。她恢复了"她自己"，而且心情既平静又自信，展开信笺开始书写。

　　第一封信是写给爱人的，着重表述了手术后预后极度不好，如常人所说是最先进的医疗条件仍无回天之力，请求放弃，于国于家于自己都是一件幸事。第二封信是写给医院党组织并转告上级主管部门，如有不测，愿意捐献器官去救治别的病人。她一一收拾好之后，静静地等待手术这一天的到来。

这一天终于来到，但经治医生告诉她一个十分惊奇的消息——今天术前检查的X光片中似小核桃大的阴影明显缩小，说明抗感染治疗卓有成效，因此取消了手术。又经过一周的观察治疗后，她就愉快地出院了。

出院的第二天，她早早地来到科室，她熟悉这里的一切，她热爱这里的一切，开展诊疗工作就如同自己的生命，职业跟生命早已融为一体。如果不参加诊疗活动，觉得自己什么都不是；因此必须工作，人才会快乐。职业的最大收获就是改变她的人生状态，她可以做到心无旁骛。她是一名职业医生，救死扶伤是她神圣的工作。她又开始愉快而繁忙的一天！

在三八妇女节那天，她以这次生病住院的深切体会，向医院的姐妹们讲了自己的故事——病魔无情人有情，愿杏林女儿在医学殿堂上每天站好自己的岗！

第十一章
菊花荷花和梅花　绚烂多姿杏林女

在春节的团聚会上，医院领导来到一桌退休职工前，看到被大伙儿一致公认的老黄牛——秋生师傅，立即来到他的面前，院长举起酒杯深情地说：

"老哥，您是我们医院的第一功臣，您的家风好！医院人都非常尊敬您，大家不会忘记您的。"

秋生师傅连连说，"不敢当，不敢当，我们都是医院的小螺丝钉。"

军人出身的书记，向他敬了个标准的军礼，由衷地说：

"一个老模范带出三个小模范，您是我们学习的楷模。我们当院长书记的本来就是最基层的干部，我们也是小螺丝钉。"

秋生师傅的三个女儿分别叫菊花、荷花、梅花，都是医院的职工，他说过，自己的三个女儿并不出众，既不是什么业务骨干，当不了主治医生，也不是什么领导干部，正如她们的名字一样，不是名贵的花魁，不值得张扬，但是生命力强，是满山遍地都能盛开的花朵。

大女儿菊花是医院食堂的炊事员，记得上班的第一天，师傅就对她说过，民以食为天，是老祖宗传下来的，那是放之四海皆准的真理。现代人说过"吃喝拉撒睡"是每一个人的基本生活需要，"吃"

则又放在第一位。食堂就是料理医院职工的"吃"，所以我们食堂工作是天底下最重要的。再者医院没有休息日，医务人员天天要上班，食堂三百六十五天都须开饭，但要使他们吃得放心、吃得开心。尽我们的最大努力使食堂成为医务人员的第二个家，因为我们也是医院的一分子，也要为医院更上一层楼而贡献自己的一分力量。而且院长早对我们说过"干食堂工作光荣得很哪！"，一席质朴的谈话深深地印刻在菊花的心田里。

而且她亲身碰到一件事使她感慨不已——一位南下干部即将调回北京，临走那天带来一大包北京糖果，特地跑到食堂与大家道别，他一一拉着食堂工作人员的手，紧紧握着久久不愿放开，情真意切地说："来医院工作整整六年中，天天、餐餐在食堂就餐，这二千多天，六千多餐，从未一次吃坏肚子，也未见周围同志发生类似情况。每天看到你们把每一棵菜都洗得清清爽爽，每一只碗都擦得干干净净，真像在家里一样吃得放心。临别之时出于感激之情，道声再见与谢谢！你们的辛勤付出广大职工都看在眼里，记在心头！我特别要说的是我们食堂真好！我们医院真好！今后倘若你们有同志到北京来，请来我家做客，我北京的地址和电话号码都留在人事处。"一包北京的糖果，一次热诚的握手，一席简短的语言，也成了她热恋工作的动力。

每天清晨菊花就早早来到食堂，不管是否是早班，用她自己的话说，反正单身一人，早餐又是食堂提供，蹲在家里磨蹭磨蹭有什么意义，到了食堂干完一件事就是一件事，事情干完了看看舒心，想想开心。用她妈的话来说，女儿跟爹一个秉性，只知道埋头苦干。说到底，食堂工作的内容主要不外乎"烧"与"洗"两个字，菊花并不厌弃这"烧"与"洗"的基本工作。只是因为菊花是个女孩子，夏天骄阳如火，常态下也是汗流如雨，在灶火周围的滋味更是可想而知，寒冬腊月，洗碗洗菜照样必不可少，女孩子每个月的生理期是要紧的时候，而菊花偏又是来潮量多且时间长，其中的苦衷无法用言语表达。这天又是盛夏中热浪滚滚的时刻，她立在炒菜灶前，女孩儿家不好意思言谈的"生理东西"比脸面上出的汗还多得多，额头的汗可以随时随地任意地抹，众目睽睽之下也可以任意地擦，实在太多了还可以用水去冲洗。但女孩子的那个"东西"比额头的汗复杂多了，去厕所跑一趟也得花不少时间。它还不时使你腹部一阵阵痉挛性的疼痛，接踵而至的几天则背痛腰酸难受得很。后来听一个同伴说如果割掉子宫，就能彻底摆脱每个月都要受苦的境地。菊花打算去动手术，星期六傍晚对母亲说了：

"娘，我打算去动手术。"菊花背朝母亲轻声地说。

"动手术，动什么手术？"母亲惊诧地问道，紧接着又急不可耐地说：

"菊花，哪里不爽快？生什么病了，须动手术？"

"把子宫割掉！"菊花轻描淡写地说道。

"把子宫割掉?！为什么？"母亲站不住脚，一下子跌坐在椅子上。

"您又不是不知道我那个'东西'来得多且时间长，挥汗如雨的六月天还在灶火边上烤，难道您不知道吗？"

原以为母亲看到女儿每月受磨难，肯定心疼极了，当然是很同情自己的。

母亲听了女儿这般说，微微松了一口气，拉着菊花的手说，"傻孩子，女子总是要嫁人的，嫁了人总要生儿育女，女子一生最自豪的也就是做母亲，多少年来许多女子就因为子女有出息才享福的。你想想天底下有哪个男子愿意娶没有子宫不会生育的女子做老婆。"

"妈，我受不了那个滋味！别人说度日如年，我是度秒如年呀！"菊花想起来就无限懊恼。

"对了，这件事叫你参向领导去说说，希望将你的工作岗位换一下，老模范一辈子没向领导提过要求，这点儿要求恐也不为过吧！"

"不能说，一是参也不会去说，参只会服从领导安排，不会向领导提要求。二是我也不愿参出面，自己的事自己解决，求张三求李四的事不是我菊花干的。更何况我还是热爱我自己这个工作岗位的，只是我那个'东西'不听话，不听话割掉算了，无非是不嫁人，不生儿育女，没什么大不了！"

"宁可丢了工作也不可割子宫。"母亲斩钉截铁地说。

"宁可丢子宫，不可丢工作！"菊花毫不犹豫地应答着。

母女俩原本低声细语谈话，言来语往，霎时互不相让地争论起来，声频也变得越来越高。母亲觉得女儿稍大了些，什么乱七八糟的事都想得出来，既生气又担心，忍不住眼泪汪汪；女儿这边总觉得每月受磨难，自己母亲都不体谅，因此也委屈得抽抽噎噎起来。

母女俩的争论声惊动了正路过的保健科王医师，这位王医师可说是医院的热心肠，她不仅医术好，更难能可贵的是，她爱"管闲事"，谁家有难事她都会伸一把手，例如夫妻吵架，她会拉着工会干部去调解；有经济困难的职工一时缺米少柴，她会从口袋里掏出钱来，说临时凑合凑合吧；哪位职工生病了，她不知会跑多少趟。据说有位高龄女职工生小孩不那么顺利，产妇一家人急得团团转，她闻讯后，在分娩床边一待就是七八个小时，一直等婴儿落地后才回家，而自己在校读书的儿子因等妈妈太久倒在椅子上睡着了。在王医师的记忆中，菊花家是众所周知的和睦之家，难道发生什么了不得的事了，她赶忙推门进去。心直口快的菊花也不想隐藏什么，停止了哭泣，对着王医师如竹筒倒豆子，一粒不留地全部倾吐了出来。王医师一听拍手哈哈大笑，指着菊花说，不必丢子宫，指着菊花母亲说，不必丢工作。王医师顺势对着菊花母女俩说——

"凡是到医院实施手术都是有原则的，必须有手术指征才能进行手术，像菊花这样的花季少女，跑去摘除子宫，说了她这种理由，我相信我们的妇科医师是绝对不会同意的，即使菊花自己硬着躺上手术台，医师也立马把她拉下来。想患者所想，我们的医务人员可不是嘴上说说，纸上写写，会上喊喊，而必须落实在件件桩桩救死扶伤的工作之中。"

王医师又接着对菊花说了：

"菊花姑娘，对我说实话，你是嫌炊事员工种太辛苦，干食堂工作太委屈，想调动一下？以身体不适为由而想变动工作岗位的大有人在啊。"

"不，我从来没觉得炊事员辛苦与委曲，每天看着许多职工兴冲冲而来，笑嘻嘻离开，我也感同身受与他们一样十分愉快。而且也不想调离食堂。蒸做馒头有技术，制作蛋糕有窍门。我热爱炊事员这个岗位。"菊花认真地说道。

"那菊花你是听了什么样不负责的傻话吧，你父母亲给的器官能随随便便割掉吗？割掉容易，重新要回来就难了！正如常言所说的，泼水容易收水难。我知道你对工作很认真且会动脑子，但对自己身体却不开动脑子，看把你母亲急得直掉眼泪。青春期月经过多，是可以用药物干预的，西药、中药、针灸效果都很明显。要不我先给你开几帖中草药试试？"

边说边给菊花望诊切脉开处方。菊花母亲对王医师千恩万谢，王医师笑着说，"谁叫我是保健医师呢，保健、保健，就是要保证大家健康快活。"一席话说得母女俩破涕为笑。

后来菊花服了王医师开的药，情况真的大有改善，甬提多高兴了，此后更是把全身心投入到工作之中。三年后，她能做出一大排时尚点心，五年后，能得心应手地烧出一大桌丰盛菜肴，成了食堂的掌勺能手。有人指着餐桌上"三鲜汤"中的鱼丸子说，做得比五星级酒店的厨师还漂亮。而且她家左邻右舍的女主人都能做这道鲜美无比的"三鲜汤"，那当然也是她手把手教的。一位老职工说，菊花这个人呀，表面上看是十分平凡，但她实则内敛，心中有磐石般的意志，她老实做人，杰出做事，是一位有顽强拼搏精神的奇女子。

在后来的日子里，有良好工作能力的她被保送到省卫生进修学校脱产学习营养专业，学成回院的菊花工作更是如虎添翼，她和她的伙伴们不仅把院内营养食堂搞得红红火火，还开始建立营养会诊，提供营养咨询服务，开设营养咨询门诊。她还利用休息时间到病区、到社区、到机关、到部队普及营养知识。后来，餐饮部全面开展"5S"管理，营养食堂被评为"市直餐饮企业食品卫生信誉等级 A 级单位"。

时代在前进，医院在发展，爱意浓厚的菊花更没落伍。美丽善良的菊花也是青春永葆。

荷花是医院的挂号员，在家中排行老二，娘生她前一天晚上梦见无比广阔的荷塘，满是盛开赏心悦目的荷花。娘轻柔地抚摸着一朵朵含苞欲放的荷花。含苞欲放的荷花细嫩娇柔，花香四溢，娘欣喜地从睡梦中笑醒，随即分娩的阵痛发作。出生后娘给她取名为荷花，娘说荷花是花神托生而来，她的一生一定会交好运。荷花笑着心里暗自在想：

"神通广大的神仙也是靠自己滚爬跌打苦苦修炼出来的。我的青少年是在十年动乱中度过的，说起数理化，不少同学会把四分之一加四分之一说是八分之二。我的成绩单上记载的虽是优或良，但总觉得也好不到哪里去。"。

那年高中毕业闲在家，眼看就得到农村去，荷花也是一副不以为意的样子，去就去呗，有什么大不了。可是最难过的倒是她的姐姐，后悔当时没有主动去插队，听从爹娘先行安排进了医院，似乎是当姐姐的夺取了妹妹的前程，是自己太自私，因而常自责。是的，当年家境贫寒是实，但是左邻右舍甚至家家户户，家庭经济都困难，那家比这家，无非是五十步笑一百步而已。姐姐能先留城支工，属于千中挑一的奇迹了。因按当时的惯例，一家姐妹几个，必须先支农或支边，以后才能有一个可考虑留城镇的。爹娘只知埋头苦干，没有多大能耐，竟然有先支工后支农的优厚待遇，忠厚老实的爹娘当然是感激涕零的，因此主动地对街道、居民委员会写下保证书。老大支工，老二、老三理所当然得去支农或支边。

荷花人小却乖巧，她观察到爹娘自从姐姐支工后，处处事事都由着自己，好像亏欠金山银山似的。事实上，她也真心实意认为姐姐先支工是正确的，不是爹娘的错，更不是姐姐自私。姐姐上班后，几乎将自己所有工资全交给了娘，家庭生活有了明显好转，姐姐从未留下一分钱，从未在青春靓丽的脸蛋上抹过一点儿香气浓郁的雪花膏。她认为姐姐精神包袱太重，何时能彻底解除姐姐心中的结，仅以言语安慰是不够的，唯有自己每个月都有工资收入才行。可是摆在面前的事实只能是老老实实地下乡务农。

　　于是乎，荷花留意着带些别具特色的日用品，例如买瓶百雀羚，买二块香皂，买三条小手帕。不说她不动声色地做起了下乡的准备，却说一件直接涉及千家万户的大事——实行职工退休、子女顶替的一项政策。几乎所有职工都在认真地议论着这件事。医院礼堂内，秋生师傅听完书记的传达报告后，三步并作二步匆匆赶到家中，向荷花的娘与女儿报告喜讯，当夜一家子热切地议论当然不在话下。第二天凌晨秋生师傅早早来到人事科，他在门口来回不知走了多少趟，后悔不该听信荷花娘貌似有理的话，说什么"早到早领登记表格早安心"。无所事事地等候在此还不如回到科室去，做自己应该做的那些事情，三早抵一工嘛，这会儿时间还能做完不少事情呢，越等待越心焦，越心焦越后悔，越后悔越懊恼。终于办公楼三五成群有人来了，人事科同志来了，开了门，让了座，见了他开玩笑说：

　　"您以为还和60年代排队买猪肉一样，凌晨二、三点钟去排队，排到第一位就能买块大肥肉，先到先买，后面就没有啦。错了！"

　　"没，没，"秋生师傅不知道人事科科长是开玩笑，听了"错"字就慌乱起来，几乎忘记了荷花娘给他的台词。

　　然而人事科科长也在顺着自己的思路继续讲：

　　"职工退休、子女顶替是政策性挺强的工作，我们有许多方方面面的工作要做，昨天我们人事科同志加班一直到十二点呢，挑灯夜战不为别的，只要大家少有意见就好。"

"是，是，忙，忙。没，没意见哪，给一张顶替表格吧？"秋生师傅终于没忘记荷花娘的嘱咐。早早来的目的就是要领张登记表格。

人事科科长按着自己的思维仍滔滔不绝地诉说着：

"一张表格？一张表格能随随便便给的？我们得调档案，摸底排队，建表造册，审查上报，再分别报告各级领导。八字还没一撇，早着呢，更何况谁上谁下，还是 X 啰！"

秋生师傅不知"X"是何意，又不敢直截了当地问，生怕在这节骨眼上掉链子。心想，今天也甭想拿表格了，忠厚人一辈子从未求情于人，此时也只说了几个"好，好"转身向外走去。

"唉！"人事科科长见秋生离去也不说什么，也说不出什么，一声唉气或许既叹自己忙忙碌碌又叹秋生的实实在在吧。

人事科科长的唉气，秋生师傅的急不可待心情，都事出有因。就当时论，年轻人就职说有多难就有多难，即使是去建筑工地上干拌泥沙的临时工，拌一天算一天工钱九毛九分，辛辛苦苦不在话下，千谢万谢后还得送上一瓶酒或一包烟。女孩子在家"咕嘟嘟，咕嘟嘟"纺麻，即便夜色深沉，也要把纺麻车搬到路灯下，"咕嘟嘟"继续着，一天十二三个钟头，一个月挣得十五六元钱。如果年轻人能谋得一份体面的工作，无异于像科举时代考上秀才中了举人一样值得庆贺。要知道谁家没有年轻人闲着，十八九岁了，更有二十几岁，无所事事，当爹娘的心急，待业的青年更是火燎。当医院一传达国家这一政策，有人高兴——庆幸自己已到了退休年龄，家中正担心子女就职无门，机会实在难得，好似祖上坟头着火，预兆好运连连；也有人烦恼，想想自己离退休时间虽已不长，但三五年后还有如此优厚的政策吗？还有人担心，现有如此好的机会，能有自己的份吗？例如秋生师傅就在担心这件事，虽然自己符合退休条件，荷花待业在家，但荷花的姐姐已经支工，而且自己曾经承诺以后两个女儿都去支农，眼看好政策好机遇已经轮不到自己了。荷花娘更是整天愁眉苦脸的。热心肠的同事们纷纷帮着出谋划策，自然地分成二派，有的说准能顶替，因为下了一个，才上一个，是以退休为代价的，所以准能顶替；有的说，难了，因为国家是整体考虑的，多子女的家庭事先已经给安排一个算很不错了，也应让给别人了吧！荷花爹听了两头都有理，心中觉得忐忑不安。等待真是度日如年，然而对这项关系到许多职工切身利益的工作，医院做得相当迅速，二周后，荷花终于也接到了一封上班的通知书。

荷花报到后，按照规定先参加医院的基础轮训工作。她每到一个科室都手勤、脚勤、态度好，得到大家的好评。一年轮训考查优秀后，就被分配到挂号室纳入正式编制。上岗教育时，知道挂号室的工作特点，必须心细手巧态度好，因为其是病人接触医院的第一岗。荷花暗下决心要当一名优秀职工不辜负医院的培养。

一到挂号室，大家突然发现荷花长得那么漂亮，她高高的个子，瓜子脸上长着两道柳眉，柳眉下嵌着一双明亮而又俊俏的眼睛，闪烁着迷人的光芒，就像两颗黑宝石：还有一张能说会道的小嘴；梳着两条马尾辫拖挂肩头上。只要一遇到什么好笑的事情她就会哈哈大笑，你看那样子，用手捂住嘴巴，眼睛眯成一条缝，那样子真可爱！

她每天都打扮得整整齐齐，衣着也比较艳丽。因为她对朋友说过，挂号室是医院形象的第一扇大门，我们衣着得体是对被服务对象——患者及其家属的尊重。她说，这一基本道理还是老师教的。荷花回忆道，教语文的李老师前一天莫名其妙被打得鲜血直流，衣衫扣子掉了，袖子也被撕破了。但第二天仍为我们上课，在他刚跨入教室的一刹那间，进入我眼帘的李老师——头发梳理得一丝不乱，大概花费了不少工夫。双颊虽然显得苍白，但仍双目有神，脸带微笑。上穿折叠得整齐的蓝色中山装，内着洁白衬衫，下穿蓝色西裤，一双皮鞋虽然不是新的但擦得锃亮。传递给我们的是他那么地自信。他步履不快却迈得很坚定，一步步地向着讲台走去。教室内立即引起一阵不小的骚动，几乎每一个角落都在悄声议论——

"今天李老师打扮得像新郎官似的。"

李老师一步跨到讲台前，挥动着手臂说："对！这位同学说今天老师打扮得像新郎官似的，感谢你还叫我一声老师，谢谢了！老师给你们上课，是要打扮得像模像样的，衣冠整齐就是对学生的尊重，好比乘务员衣冠整齐就是对旅客的尊重，医生衣冠整齐就是对病人的尊重。任何服务一方首先须知给予被服务一方尊重，衣冠整齐为第一要素。衣冠整齐虽为区区小事，但小事不小，今天课文中提到的辩证唯物论就是从衣着开始的。"同学们的注意力很快都被他吸引住了，大家睁大眼睛看着他。老师讲起课来滔滔不绝，声音洪亮，讲着讲着激动得脸上放出红光。那时真是佩服之极，这节课是大家听得最认真的一堂课，遗憾的是李老师以后就再没教我们了，据说他是调离本市了。但上岗服务首先要衣冠整齐的教诲，我却牢牢地记在心里。

说也怪，自从荷花来到挂号室后，犹似一缕明媚的阳光直照到那里，先是科室的姑娘们注重打扮了，后来小伙子们也穿着整齐起来，最后科室内一位原来衣着比较随便、不修边幅的老职工也穿得体面起来了。这大概就是人们常说的氛围吧。此后，姑娘们与小伙子们自信力大大增强，一进挂号室首先映入眼帘的是窗明几净，踏进挂号室就感到是热乎乎的人际关系和热腾腾的工作劲头。

或许是良好家风的熏陶，荷花在工作岗位上觉得有使不完的劲，她总是主动找事做。有一次，荷花干了桩不算太大的事情，这是一件病人拍手叫好、领导惊奇、父母担心的事儿。这天，荷花又见到那个穿着白大褂的"漂亮姑娘"，姑娘生得小巧玲珑，脸上经常挂着微笑，荷花觉得似曾相识却又记不得是哪个科室的，"漂亮姑娘"在缴费室旁热心与患者交谈，交谈对象看上去几乎全是来自农村的患者及家属。"漂亮姑娘"来去匆匆，似乎在办什么愉快而又紧急的事。荷花心生疑窦后，不动声色地尾随"漂亮姑娘"进入外二区病房，悄悄地询问了护士长这"漂亮姑娘"是谁，护士长说大概是进修医生吧。荷花又立即跑到医教科核实，再后就到保卫科报告，然后把"漂亮姑娘"请到了保卫科——一起多人受害的诈骗案终于破案了。

原来这位"漂亮姑娘"每隔三四个月光顾一次医院，穿着盗窃来的医院工作服，针对来自偏僻农村患者对医院比较陌生的情况，先是冒充穿白大褂的医院工作人员"热心"为患者"送"方便，等赢得患者家属信任后，接着代为患者缴检查费、住院费、买菜饭票等等，一旦现金到手，便逃之夭夭。

骗取患者家属钱财的案子早已引起医院保卫科的注意，由于作案间歇时间长，作案范围跨度大，很长时间没破案。荷花心细眼亮，忠于职守，为卫生系统消除了一个大隐患。领导表扬她，同志们称赞她，父母既高兴又担忧。高兴的是女儿敢作敢为做了好事，担心的是荷花是个天真无邪的女孩子，而诈骗者是一个奸诈的团伙。荷花理直气壮地说："邪不压正，何惧之有！更何况我是医院的女儿，医院的事就是我家的事！"荷花就这样认认真真做好每一件事，踏踏实实过每一天。

在后来的日子里，她和科室十六位职工在以改善服务态度为中心的劳动竞赛和"优良服务运动月"活动中，个个以白求恩、雷锋同志为榜样，努力做到"五心"，即热心、细心、虚心、专心、耐心与"三满意"，即病人满意、单位满意、家属满意，遵照卫生部关于医疗卫生单位开展以"治脏、治乱、治差"为重点，以搞好清洁卫生、美化环境为突破口，以改善服务态度为中心的活动。

这次活动的显著特色是领导带头，人人动手。堆积了三十余年的瓦砾垃圾山被搬走，多年无人问津的"死角"被清除，阴沟被疏通，堵塞的厕所也得到了清理。在解决"脏"字的同时，还狠抓"乱、差"的治理。人心齐，泰山移，医院职工人人参战，热情高涨，史无前例，非常壮观。大家还利用休息时间，对院内每一寸土地进行改造，挖池架桥，铺筑花径，种花植草，修造花园，义务劳动的结晶，是病人的休养有了花园般的环境，职工也有舒心的工作场所。

在文明礼貌月活动中，医院被地委、地区卫生局授予"先进单位"，挂号室被评为"文明挂号室"。荷花还光荣地加入了中国共产党。

医院紧跟时代的步伐，挂号室也不甘落后，荷花不仅读完了财会专业的大专课程，继而又拿到本科的毕业证书。她无不感慨地说，"我是医院的女儿，我一定要竭尽全力为爱我培养我的医院增光添彩！"

梅花是老三，高中毕业后报考护士专业。提起护士，有人说护士是天使，也有人说护士是保姆。说是天使，因为把人间温暖送给病人；说是保姆，因为护理工作不仅苦和累，且不易被人理解。但用梅花的话来说，"让他们去说吧，我干我的护士工作，我喜欢我的护士岗位，我爱我的病人。"此话朴实无华，真是言如其人。梅花个子不高，略微修饰的齐耳短发，五官端正，面色光洁，黑白分明的眸子里流溢着温柔、善良、坚韧的神采，眉宇间折射出江南女子特有的温暖如春的气质，圆圆的脸庞常洋溢着微笑，一笑一颦之间给人恬静端庄、温文尔雅的感觉。

护士是否苦和累，首先让我们看一看她一天的工作日记——

7月25号，星期一，晴。

七月的早晨，明晃晃的太阳挂在天上，折射出它的万丈光芒，引得柳树上的知了从一大早就"知了知了"地叫个不停。走廊两旁的铁树像是忠诚的卫士守护着整个科室，护理办公室窗台上的映山红吐出一朵朵的花蕾，正朝气蓬勃地努力生长着，显示着它欣欣向荣的生命力。

早上7：15，准时来到了CCU病房（心内科重症监护室），换好白色的工作服，穿上洁白的护士鞋，开始了一天的工作。

7：30，今天的第一项工作——晨间护理。今天主要负责26～31床的病人。我轻轻推开26床的病房门，来到26床李外婆的床边。李外婆因为心衰反复发作，所以住院时间比较长，私人物品也就特别多，床上床下、床头柜上到处都是，窗台上挂满了衣服，整个房间看起来很凌乱。我轻轻地叫了声："外婆，晚上睡得好吗？早饭吃了什么啊？"李外婆一看到我笑得合不拢嘴，连忙握住我的手，连声说"外孙女来了啊，我昨天晚上睡得很好"。我边帮外婆整理床单，并把各种东西归位理到柜子里，边跟外婆聊家常，不一会儿就把病房整理得干干净净了。

8：00，开始测血压。29床是个35岁的高血压病人，在图书馆工作，经常查阅资料，很是担心疾病的预后，所以对自己的疾病比较紧张。今天测出的血压是167/91mmHg。病人听了开始紧张了，他就担心：我吃了这么多的降压药，血压怎么还降不下来啊？我问病人了："刚才你在干什么呢？"病人说："我住院后因为不习惯，好几天没解大便了，刚刚解了大便舒服多了。"我连忙安慰病人："你千万不要紧张，血压可能跟刚才上厕所有关，你好好休息一下，等15分钟后我再来给你重新测血压。"二十分钟后，测出来的血压是138/84mmHg，病人知道后说："梅花同志您又给我上了一课，知道了以后活动后要等15～30分钟再测血压。"我回答道："嗯，你说得很对，以后一定要保持良好的心态，可不能太紧张呵。"

8：30，接下来的工作是挂盐水。来到了31床钟大伯这里，钟大伯因为肝肾综合征导致全身水钠潴留，腹腔积液导致腹部膨隆，并且双下肢重度凹陷性浮肿。根据医嘱，每天要用多巴胺微泵静推治疗。因为微泵静推的时间比较长，钟大伯希望能早一点挂好盐水，早一点得到"解放"。我每次都是第一个给钟大伯挂针。钟大伯用的是静脉留置针，留置针是21号穿刺的，今天应该重新静脉留置了。钟大伯希望静脉留置针能留得时间更长一点，他一方面觉得留置针的静脉还很通畅，另外一方面想少受一点痛苦，并且能省一笔费用。我跟钟大伯说："现在天气这么炎热，多巴胺针对静脉的刺激又比较大，时间长了容易得静脉炎，到时反会增加你的痛苦。而且可以打针的静脉更少了，以后就没地方打针了。"钟大伯想想也有道理，就说："好吧，让这条静脉休息几天，我就换个手打打吧。"

今天挂盐水很顺利，到了9点多一点所有的病人都挂上了液体。

然后开始处理医嘱，把应该处理的医嘱按轻重缓急及时完成，以保证病人的及时治疗。

10：00，开始测量一级护理病人的体温，所有病人的体温都正常。然后开始为每位病人倒上半杯开水，并为卧床病人洗手。

11：00，食堂的阿姨推着饭车准时出现在病区门口，飘来了阵阵的饭菜香，很多家属拿着碗围向饭车。我快步来到30床高外婆的病床边，高外婆已经在拿碗了。今天高外婆的女儿因为单位有急事，到单位加班去了。刚才挂盐水的时候我特意与高外婆说好了，"我会来看你的，你就放心休息好了，中饭也会帮你送过来的"。我知道高外婆的脾气，自己的事情想自己做。我接过高外婆手中的碗，帮她打来了饭菜，给她支起床上的小桌，并且把餐巾纸放在了旁边。等高外婆吃好了饭，再帮她洗好了碗筷，打来热水帮她洗好脸，擦好手。这时，高外婆的女儿办好事情后匆匆忙忙赶了过来，她不放心自己的妈妈一个人在医院，当知道我已帮她的妈妈做好了所有的事情后，连声感叹："我知道你们医院一直在提倡低陪护，我还以为你们搞的是形式主义，一直对你们抱着怀疑的态度，现在我亲眼看到了你们的付出，这才是真正的为人民服务啊！你们有这么多病人，怎么管得过来呢？"我说："我们科室是优质服务示范病房呀，医院领导和护理部的领导都相当重视，给我们增加了好几个护士，为的就是要更好地服务病人。"高外婆的女儿很开心地说："那我以后就可以放心地上班了，把妈妈交给你们，我们家属都很放心。"

12：00，开始吃食堂送来的午饭，今天的菜很不错，两荤一素，梅干菜扣肉加四季豆小炒加包心菜，很合自己的胃口，心想：还是我们医院好啊，5元钱就能吃到这么好吃的饭菜，呵，要是来个饭后水果就更好了。

12：30，病人开始午休，我轻轻走进病房，拉好每个窗户的窗帘，轻轻地带上门，整个CCU病房沉浸在一片宁静的氛围中。然后我开始查看每个病人的检查报告，28床晕厥待查的病人张老师，电解质化验出来血钾只有 3.15mmol/L，张老师的主管医生周医生开出了口服补钾的医嘱。到了 13：55 分，我拿着一支 10% 氯化钾口服液来到 38 床，打开瓶盖，做好了解释工作，看着张老师喝了下去。还嘱咐张老师多吃点香蕉、橙子等以补充钾离子。对检查有异常的病人，我根据医嘱都及时进行了处理。

14：00，开始测所有病人的体温和血压，询问病人的排便情况。今天我管的几个病人的体温和血压都正常，特别是 29 床高血压的病人也稳定。

14：30，开始巡视病房，查看病人的病情变化，并且做好饮食、疾病各个方面的健康教育。来到 38 床晕厥待查的沈阿姨病床边，沈阿姨躺在病床上休息，我轻声问道："阿姨，今天的感觉怎么样啊？"沈阿姨说："今天比昨天好多了，但是起床还是有点头晕，躺在床上感觉还行，就是不太有力气。"我说："阿姨，你不要心急，好好休息几天会慢慢康复的。我今天帮你洗个头吧。"沈阿姨说："可是我一起床就头晕，因为我的头发偏油性，以前人舒服的时候是每天都要洗头的，现在已几天没洗了，真的难受死了。"我说："阿姨，你放心好了，我们可以帮你在床上洗头，保证你洗好后干净舒服。"

在沈阿姨怀疑的目光中，我从库房里推来了治疗车，治疗车上有卧床病人的洗头器、洗发液、梳子、茶壶、吹风机等，一应俱全，茶壶里是调好了水温的开水，可以采用流水冲洗的方法。我和护工同志一起给沈阿姨洗了头，并用指腹轻轻按摩沈阿姨的头皮，沈阿姨躺在床上一副很享受的样子，等到冲洗下来的温水变得很清爽后，用干毛巾擦头发，再用吹风机吹干了头发。沈阿姨笑呵呵地说："感觉真好啊，我觉得整个人轻松了不少，头晕都好多了，真是太感谢你了。"我说："阿姨，你感觉舒服，毛病好得就快了。"

接下来，继续巡视病房，我想：得给钟大伯洗脚了，钟大伯双下肢重度浮肿，蛙状腹，腰都弯不下去，洗好脚应该会舒服很多。我拿起钟大伯的洗脚盆，调好温度适当的热水，太凉了感觉不舒服，太热

杏
林
儿
女

了也容易烫伤。钟大伯泡了 10 分钟左右的脚，我拿上擦脚布帮忙擦干，为钟大伯换上了干净的袜子。

时间过得真快，不知不觉到了 16：00 了，上前夜班的护士已经清点好物品并做好了登记，要开始交接班了。我把自己所管的病人的病情、治疗跟特殊检查结果跟前夜班的护士做了详细的交班。等上日班的护士都跟前夜班护士交好班，并跟前夜班护士进行床头交接班后，时钟已经指向了 16：45 分。

已经到下班的时间了，我跟护士姐妹们拖着一身的疲惫到更衣室换好衣服、鞋子，并进行了简单的洗刷。回家的感觉真好，心底里是无比的轻松，这就是今天一天的工作。

医院外面仍然骄阳似火，伴随着知了的鸣叫声，梅花走在回家的路上，她问自己："一天劳累有意义吗？"回答道："能在平凡的工作中为他人健康服务不也是一种幸福吗？"此时突然想到，今天是母亲的生日，姐姐一定早就做好丰盛的晚餐，对！必须为母亲买些当年父亲为母亲承诺的高级水果，什么苹果呀，梨呀，香蕉呀。高档的买些啥？梅花边走边打手机询问姐姐。手机那边传来姐姐亲切的话语："家里什么都有了，快快回来吧，爸妈说，也要慰劳你这位白衣天使呢！"

不错，梅花这位白衣天使曾先后在骨科、脑外科、肿瘤外科工作，迎来送往的病友，屈指算来数以千计，有白发老人，有垂髫儿童，有走南闯北的企业家，有足不出户的五保户，有著作等身的教授专家，有目不识丁的山村大娘……但没有一位病人不满意她的服务。循她工作的轨迹，探她成功的秘诀，在那里——

接受过她护理的病人几乎异口同声地说："她不是我们的亲人但胜过我们的亲人！是一位名副其实的白衣天使！"

此言出自出院病人之口，其含金量当然高于宣传窗上剪贴的宣言。

最近病区一位患者已办好出院手续，然而留在病房就是不肯离开。问患者还有什么意见尽管说，患者说临走时一定要亲手摸一摸梅花的手。患者说："得到梅花护理是今世的福分，这位同志比闺女还亲，我双目失明，看不见这位好心闺女的模样，无论如何一定要满足我摸一摸梅花双手的心愿。"无独有偶，另一位患者临终时嘱其子女，一定要专程到医院当面向她致谢——原来病人患肠肿瘤疾病，刚一进病房，便带来阵阵难闻的气味，掀开被头一看，简直就是躺在大便堆里，周围人不约而同地退出了病房。她既不埋怨，又不声张，转身拿来盆儿和毛巾，擦呀、洗呀，忙了半天，清洗得干干净净，看着病人舒舒服服地躺在整洁的床上，梅花内心感到极大的欣慰，她对着老人笑，老人望着这位善良的女护士流泪了。

类似的情况并不就此老人一个，有的因疾病所致，如肠道肿瘤、肛门肿瘤、膀胱肿瘤等；有的是因年龄关系，也有的是因心理生理原因所致，引起大小便失禁；不少病人的子女也难以做到，她却默默地做了。梅花是天生"嗅觉"麻木的女性吗?!

记得有一天，梅花去幼儿园为小朋友体检，亲眼看见的一件往事：幼儿园老师亲切地对孩子们说："小朋友，明天是母亲节，说说你的妈妈最爱吃的东西，回家可以告诉爸爸去买……"一位小朋友边举胖乎乎的小手边迫不及待地抢着回答："我妈妈最爱吃我吃不完的剩菜冷饭，是真的!"不少小朋友也七嘴八舌地附和着。老师微笑地回答着："因为母亲太爱你了……"倘若说吃剩菜冷饭是母亲的情怀，那么梅花为病人不怕脏不怕臭就是伟大的人道主义奉献精神。

她在日记中写道：……阵阵屎臭，阵阵恶心，然而一定要忍住，必须忍住，否则就会挫伤病人的心。好一个善良的梅花，她不仅默默地做了有些亲生儿女也难以做到的事情，而且还设身处地为他们考虑。这是一种美，高尚的品格美和精神美!

对于梅花来说，并没有要别人感动或回报的意识——例如病人给她送来感谢信，她反而感到手足无措，病人送来"红包"，她非要护士长立即退还；相反，她为病人垫付医药费，送钱送物给家庭经济困难的病人。当然不能说她不需要别人的理解，不需要单位或组织给予她信任与荣誉。更确切地说，她的行为是源自她内心的需求，洋溢的是真实的激情！不为病人服务就觉得没劲，没活力。这是一种善良人性的自然流露，是一种不计回报的自觉行为，朴实无华。

科主任说："她把丰富的临床经验渗透在点点滴滴的工作之中，把爱心捧给每位患者。"主任还讲了"拍背"的小故事。

拍背，医学术语叫肺部叩打，特别是那些手术后的老年病人，通过肺部叩打，郁积在呼吸道内的黏痰能及早清除出去。每位读过护理专业的姑娘都实习过。或许我们大多数的人也帮助别人拍过背，儿时也为爷爷奶奶装模作样捶过背，老人家虽然仍咳嗽不停，却乐得哈哈大笑。

世上万事，大多相同，入门容易，精通却难，绝顶更难，诀窍何在？用心与否？拍背也是，人人都能，但并非人人都能抓住要领，个个都能得心应手。莫非护士晋升晋级有此项目要考试？没有！莫非护理操作比赛有此项目？也没有！梅花几乎每天都有此项目——病人喜欢要她拍背，经她叩打后有时真比吃药挂针还灵，因为病人注重的是自我感觉；痰液出来了，胸闷气促缓解了。

她拍背从下到上，既不虚张声势，也不敷衍了事，而是认认真真，一丝不苟，口到手到，整个心神都到，她先向病人讲清背部叩打的意义和作用，又要求病人如何配合，然后，她一边叩打，一边"啊嗨、啊嗨"示范性地用力咳着。她一个病人一个病人地拍过去，一个床头接一个床头，一遍又一遍"啊嗨、啊嗨"重复着。

或许喊一次两次觉得新鲜有趣，三次、四次呢，五次、六次会有什么样的感觉呢？更何况一天又一天，一年复一年呢！梅花每次结束晨间背部叩打护理后，嗓子沙哑了，咽喉干躁发痒了。她也曾暗暗告诫过自己，明天不可如此大声连续地"啊嗨、啊嗨"了！然而第二天、第三天，病区晨间还是响着梅花的"啊嗨、啊嗨"的声音。

这"啊嗨、啊嗨"声听起来单调而乏味，倘若是位音乐家，一定要认认真真地为她谱上世界上最美好的五线乐谱，奏出别具一格的"啊嗨、啊嗨"的爱心之歌！

或许梅花并无明确的"舍己为人"的意识，她这样平淡无奇地生活着，也这样默默无声地做着，细看起来，她做的事都非常细微、非常平凡，每一个人都会做，但未必每一个人都能做好！细微之中足见她纯朴善良、忠于职守的美好心灵。爱病人，是她的主要驱动力。有一位著名的医学专家曾说过："衡量一位医护人员的唯一标准，即是病人的满意度。并不是其他一连串耀眼的头衔。"现在体味起来越来越觉得准确万分，细微之中见真情。

团聚会引发高潮，有人激动得落泪，有人频频向秋生师傅敬酒。秋生师傅双耳微红额头发亮，动情地说：

"她们是医院中最平凡的人，没有医院就没有她们。是我们医院的院风滋养了她们！"

院长却十分认真地说，"她们是平凡的人，但是干出了极不平凡的事，她们也是我们杏林中的好女儿。"

杏
林
儿
女

第十二章
一生逐梦护眼睛　光明天使耀汗青

　　春回神州大地暖，杏林儿女们为病人服务的赤子之情更是上了一层楼！许多职工把提前上班视为常事，但倘若有人问起，医院哪位同志上班最早，常理推断值早班的后勤人员定当为先，因为他们在医疗查房以前必须把病区打扫干净，所以应该是早到的清洁工人。

　　其实来得最早的却是医院原院长金健民和分管科研的副院长兼眼科主任甘家荣。金健民每天凌晨是为读外语而来，家中的学习环境还不如办公室安然，此为众所周知的原因。而甘家荣总是踏着快捷的脚步来到办公室，年轻值班人员心中屡有挥之不去的疑惑，他！全国著名的眼科医师，是医院不可多得的宝贵财富，是当地政府不可多得的一张名片。

　　在常人眼中，一位国内颇有名气的眼科权威专家加教授职称，知识分子的名誉地位均已经到了顶级、可以说是应有尽有，眼下只要保养好身体，接待好慕名而来的全国各地的患者，只要按部就班就已信誉满满，赞扬多多。可这天北风怒号，雪花飞舞，他却"啪达啪达"地来了，不过与以往不同的是，脚穿的布鞋变成大皮靴，所以脚踏声比往日响得多，一位年轻值班人员终于忍不住好奇问他：

　　"甘副院长干吗老早上班哟，离规定上班时间还相差几个小时呢。"甘家荣则笑着说：

"我已习惯了，这样既能按时上班又可争取一些零碎的工作时间。"

"我已习惯了！"这短短的五个字，注脚了他的极其不平凡一生，他人生旅途中，正是大量利用这早晨三小时，晚上四小时，他曾对女儿说过，早晚零碎时间充分利用，等于生命又白白的得了一天，无异于延长一倍的生命！天天如此，整整五十个春秋，一来二去凑合近百年呵！对于他来说，这宝贵的时间正大有可为！这些他"白得来"的时间用来读书、学习、完成学术论文和科研课题；"白得来"的时间用于医生—教师—科学家角色的转换。甘家荣一生都在强化自己的思想、精神，乃至生命。职工同志们送他另外一个雅号称之为"三狂"教授——读书狂、工作狂、科研狂。缘何如此，不得不从他儿时说起：

五岁那年，甘家荣随父上山砍柴，路过油菜地时，听到田埂下传来一阵阵呻吟。原来是一位老者摔倒在田埂下。他跳下去与父亲一起扶起老人，这时他才发现老人原来是个盲人。父亲告诉他，因为缺医少药，使不少人得眼病，而陷入有眼看不见世间一切的盲人。小家荣无限忧伤地说：

"他们怎么生活呀？"

紧接着他又急不可耐地问父亲。

"自己能不能长出一双神仙手，只要他发功，这些盲人的眼睛就亮了"。

父亲说，"这双神仙手，只要你努力，练就一双拨翳复明的手是可能的"。

"那你愿意当这样的神仙吗？"他的父亲又紧接着问。

"当然啦！"小家荣毫不犹豫地说。

"常熟有个郎中，去那里就可学到你要的神仙本领。"

继而父亲又提醒他说：

"可是那位郎中很严厉，你可要有吃苦的准备哦！"

"我要医治天下的盲人，要使天下没有盲人，什么样的苦我都不怕！"

小小年纪立下要医治天下盲人，要使天下没有盲人！人小志大！从此，甘家荣真的走上了学医的漫漫艰辛之路。

常熟老中医很喜欢这位长得清秀又伶俐的孩子，更喜欢这位孩子总有问不完的问题，并千方百计地找活儿干，便有心多教他几招。一天，老中医拿出一本彩图《本草纲目》说：

"大自然里藏着许多宝，你对着这些图去找吧！"

于是他爬遍了方圆几百里的山，走遍了他认识和不认识的路，十五岁那年，少年甘家荣已认得《本草纲目》中所描述的大部分草药，又能背出它们的药理功能了，并且还能时常开出一些令人惊讶的药方来。老中医对他的父亲说：

"这孩子是个奇才，送他去省城读书吧，否则可惜了这块料。"

没过多久，甘家荣果真以优异的成绩考上了江苏国立医学院，开始了六年的本科学习。那时战火连天，日本帝国主义侵略中国，学校被迫经常转移。由于与家里联系不上，往往起码吃饭的钱都没有着落，甘家荣求学的路走得非常艰难。有人劝他，你有中医功夫，回乡开个诊所，日子要比四处辗转求学好过得多。甘家荣回答说，求学的路虽然走得很苦，但是苦中有乐，进了医学院的大园子犹如黄牛进了菜园，可以尽情享用大餐美食！而且唯有如此，才能医治天下的盲人。这就是他辗转求学之目的。

医学入门后，他更深知学海无涯，一面学专业，另一方面拼命学外文，时间不够用，开发自己健康的自留地——"凌晨"与"深夜"，在六年的本科生涯中，基本上每天睡觉不超过六小时。他的勤奋好学感动了一位女孩子，她就是他的同校同学曹婷婷。她敬他，她爱他，以后自然而然便成了他的夫人。他凭着坚定的信念，度过了六年的本科学习生涯后，也随即迎来了新中国的曙光。

新中国成立后，甘家荣更是踌躇满志，觉得浑身有使不完的力量，后来随著名眼科教授来到南方大学执教。在大师的教导下，不仅学到了扎实的理论，还确定了自己毕生的追求："立志要成为中国医学事业的栋梁，为中国医学技术赶上国际先进水平而努力奋斗一生！"

经历了中医和西医严格训练的他，认为急需引进西方先进的眼科医学。他浏览西方眼科类丛书，发现《梅氏眼科》无论从理论上或临床实践上都有高屋建瓴之功，是眼科同行不可多得的眼科大全，他着手将它翻译成中文。那时他刚到学校任教，教学与临床工作都很忙，唯一能利用的时间就是晚上。那段时间常常是一包烟伴着他工作至天亮。公鸡报晓，他放下书卷，又去学校了。

《梅氏眼科》翻译完成了，它是我国第一部引进的西方眼科全书，当这部红底烫金翻译类巨著出现在新华书店书架上时，它迅速成为专业工作者必备的眼科类书籍。

甘家荣的名字很快在医学界传开了，人们发现这位年轻人除了对专业有着执着的追求以外，还非常热爱祖国，热爱自己的人民。很快他被指定为专门从事空军飞行员体检的眼科医师。这项新的工作任务使他兴奋，他感到责任重大。不过在担任体检工作的时候，他迅速发现，传统的体检方法随机性太强，准确性和稳定性不够，容易产生误差和漏洞。为此，他又彻夜未眠，查找国内外各类专业书籍并根据自己的临床经验得出了一个结论，通过索食反应和对本体眼睛的自卫行动方式，可以准确而有效地查验出受检人的眼体素质。他将这一研究成果应用在体检工作中，又经过细密而严格的追踪检查，证明他的研究和发现是正确的，它大大提高了体检的准确性。随之这一方法迅速在全国得到推广和普及。华东空军第二总医院对他的佳绩给予了嘉奖和通报表扬，号召全军学习他的钻研精神和负责态度。

自此，他的学术论著如雨后春笋一发而不可收。这个时期他出版了不少专著和论述专文。诸如《中级眼科学》《先天性脉络膜缺损》

等等。

这位年轻的医学院教师似乎有使不完的劲，稍有空隙，他就想：哪里还需要我呢？我还可以干些什么？那时我国视苏联为老大哥，各界都在开展学习苏联经验，可是鲜有人会俄语。他会七国语言，俄语就是其中之一，他因此也当了业余教师。于是，他的同事见到，每到晚上，他总是精神抖擞地出现在另一个讲台上，省医药干校、省第一附属医院、省儿童保健院等院校的讲台上经常能看到他的身影，听到他洪亮而又亢奋的声音，他在那里业余教授俄语，也教授医学科普知识。他还常回老家讲学，那边的 100 多家医院都留有他的音容笑貌。

一九六三年，年轻的共和国遭受了特大自然灾害，由于经费问题，更由于罗城急需建立医学专科学校，省医科大学的大专班迁移到罗城。当务之急是罗城急需大学教师。

从省城到小城市，谁愿意去呢？

省医科大学校务会上，可怕的冷场。甘家荣医师坐不住了，他想：总得有人去呀，现在国家闹灾荒，需要有人站出来承担困难，我不站出来，谁站出来？

"我去！"身材瘦削而颀长的他站了起来，人们惊讶地望着他。

刚坐下，他想如果自己去罗城的话妻子也必定会去，这样不就一下解决两个教师了吗？想到这里他又迅速站了起来说：

"再加上一个，五官系的曹婷婷老师！"他说话的声音洪亮清晰且富有磁性，在课堂上吸引了多少学生啊！如今他在校务会上的言语几乎惊倒所有人，甘家荣老师不失为一个不平凡的灵魂，他会不断强化自己的思想和生命。曹婷婷老师是他的妻子，也在医大工作，是五官系颇有建树的讲师兼主治医师。许多老师怀疑自己耳朵出了毛病，于是会议室内七嘴八舌地议论开了，座位上的声音超过了主席台上。

有人说："甘家荣还是太年轻了吧，下面开展工作困难很多，他有准备吗？"

有人说："勇于承担是好的，但也该对家庭负责啊"。

有人说:"自己一时冲动情有可原,又要再拉上一个,实属小资产阶级的狂热性"。

有人则调侃说:"他们夫妻情投意合,夫唱妇随嘛!但曹婷婷老师不在,也总该听听她的意见!"

最后主持者也郑重地对他说:

"您回去与曹老师商量商量再定吧!"

回家晚饭后,他洗涤好碗筷,与曹老师真的开展了一场"正规化"的辩论战。所谓辩论战是甘老师家和睦的法宝——家中有事不争吵,有事不以强凌弱,而是以理服人。

"今天我在校务会上的表态想必曹老师是支持的。"甘老师尊重妻子人前人后一律以曹老师相称,此时甘老师的第一愿望是希望能与妻子一拍即合,马上投个支持票,接下来的时间就可以去完成昨天的稿件了。所以他以极认真的眼光看着妻子。

"人家都说,目前你正在省城走红,怎么就这样轻易地放弃了呢?"

"啊哟,我尊敬的曹老师你怎么也那么随波逐流?!个人走红是小利,承担国家困难是大义,这大义与小利想必曹老师是分得清的!学得的知识与本领为个人谋利益还是为社会为大众?曹老师最反对沽名钓誉之举,对吗?"

"可我们有四个孩子呀,不为自己考虑也得为孩子的前途着想啊!在省城与下面县市是不一样的。什么力量推动着你啊?"

"曹老师,我们一直教育孩子们要以天下为己任,'先天下之忧而忧,后天下之乐而乐'这幅名句还悬挂在书屋上哟。更何况身教重于言教的道理你比我还注重。子女自有自己的天地,是金子放在哪里都会发光,是烂铁再好的条件也无能为力。至于什么力量推动着我?从小立的誓言:要为天下失明人拨翳复明!现在想来,一人力量有限,教育出许许多多好医生,才能完成我的初衷;而你则说过要尽一生为天下聋哑人服务。胸怀天下大义的力量推动着我们啊!与天下人谋利相比，个人走红又算得了什么！目前我们正当壮年时机，我们不去出力，谁去!?"

知妻莫若夫，一场为承担国家困难大义的辩论圆满结束，甘老师一家来到罗城的新天地。

正如省城老教授预想的那样，甘家荣老师到了罗城后工作量明显增加。罗城的生源来自农村，基础课的任务加重了，业余为学生补课成了他的义务劳动。他在新开设的罗城医学专科学校担任眼科教研组长。繁忙的教课之余，他养起了兔子，小白鼠，还摆弄起了牛的眼睛……在罗城人字桥直街，那里有他的宿舍，他和妻子孩子就安顿在这里。每每深夜，他的教案一个接一个，他的烟抽了一支又一支，他的咳嗽一声接一声……不管如何艰苦也要坚持下去，《当走不下去的时候走下去就是了，当坚持不下去的时候坚持下去就是了。》这是他的座右铭。

在人生低谷时期，他并没有懈怠自己。他鼓励自己：天将降大任于斯人也，必先苦其心志，劳其筋骨，饿其体肤，空乏其身，行拂乱其所为，所以动心忍性，曾益其所不能。他捎信给女儿甘小婷，给他送些纳鞋底的工具来，他要纳鞋底做针线活；他还要一层一层的糊纸制作一个个精美的小盒子。

小婷见他手扎得满是血印，流着泪说："爸爸，您白天劳动这么苦，有点空休息休息不好吗？"

他的嘴角咧出一丝笑来，说：

"别哭别哭，那么多人等着爸爸看病呢，练练手劲。"

人们不是常说"知识就是力量"这一名言，可能想到的是知识所具有的改造世界和创造财富的那种力量，它的另一种力量往往被人们忽视了，那就是它对于掌握知识的个人而言所具有的那种改造个人的力量，它使人的大脑深远而广阔，眼睛睿智而明澈，由于掌握了知识而充满自信，显示出沉稳的个性。在这一意义上，知识就是力量等于说知识就是魅力、智力、战斗力。

后来，他从学校调到罗城市人民医院工作，被任命为主管科研的副院长。听说省城来了著名大夫，罗城及周边人经常寻到他的家中，他常常是拖着疲惫的脚步回家，又被等候在家的病人挡住。每天都有来自全国各地的病人等候他诊治。面对排着长龙的队伍，除了急诊以外，他不管就诊者是托人介绍带着特殊的条子还是自己慕名来的，都耐心地叫大家按次序排队"一个个来"，他会尽量让每个人都看完了再走。

一个炎热的夏天，像往常一样，他看完最后一个病人已是下午一点多了。他往家走的时候，一个妇女迎面向他跪了下来："甘医师，我老公在自卫反击战时，眼睛被炮弹炸瞎了，他年纪还轻啊，我们是江西赶过来的，求你了！！！"她连连磕头，还拉着她的丈夫一起磕。甘医师扶起他们，又折回医院去给他们安排好住院，然后才回家吃饭。为了治好这位年轻退伍残疾军人的病，他夜不能寐，研究治疗方法及拟订方案，经过一个多月的住院治疗，这位年轻人的眼睛终于重见了光明。退伍军人兴奋至极，连续看了好几场的电影……

夜半时分，他常被突如其来的紧急敲门声惊醒，这天一位病人又闯了进来，那是罗城钢铁厂的工人，眼睛被烧红的钢花灼伤了……令他感到伤感的是，罗城由于采石矿的工人多，又有钢厂、铁矿等，他们的眼睛常常被炸药炸伤或被石片溅伤，当时国内外都没有特别的药物治疗这些眼外伤，直接结果就是十有九瞎。甘家荣医师心如刀绞，他不能眼睁睁地看着这些人走进黑暗！而这些病例都是他在省城时从没见过的。几天来食不知味、夜不能寐，他下定决心要治愈他们，要使他们重新见到光明，要使他们重新回归社会，要使他们重新获得生活的快乐。

他利用周日休息勘察罗城众多的大小山头，因为他没有忘记那次在铁矿劳动的一幕，那天他的手被炸石头的火药灼伤了，灼痛不止。想起儿时外祖母说过有一种泥土能治烫伤，他顺手抓了一把铁矿边上的黑土往伤面上抹。奇怪，这灼痛感竟明显减轻并渐渐消失，第二天灼伤不治而愈了。他喜出望外。这泥土里一定有什么成分对灼伤有用。发现新大陆了，发现新大陆了！

他心花怒放，一次次地在自己身上做实验。他试着用利石割破自己的手指然后抓一把泥糊上；他用火柴点燃小树枝烧自己的手然后用泥土和上水涂抹在烧伤处。他发现有的泥土有用，有的没用。他分别记住了这不同泥土的散布地点和颜色，还用舌头舔一舔品一品它们之间不同的味道，通常还要抓过一把藏进口袋带回，非要探个究竟。每次带回许许多多不同质地的泥巴，进行反反复复实验。月儿明，夜已深，周围寂静，中外资料他查阅一叠又一叠，他的烟抽了一包又一包，他的咳嗽一声接一声……曹老师实在心痛她的爱人，送上现冲的一碗黑芝麻糊，给披上一件旧外衣，几近哀求地对他说：

"甘医师，您不要太委屈自己了，为了家庭也应该爱护身体，健康对于每一个人都多么重要。"

"正因为健康对于每一个人都多么重要，所以对那些双眼失明的人来说多么希望有健康，我是这方面的专业人员，帮助他们复明是责任，倘若能以我的健康换回众多失明人的健康，也是值得！更何况我目前不是好好的，放心，你去睡吧，我会当心的。"

他随手将一支香烟熄灭，双手捧着那碗黑芝麻糊，放在鼻子前，用尽力气做深呼吸，他端着，闻着，一个劲儿说着：

"好香，好香呐。曹老师做得如此香的芝麻糊，真舍不得喝下去呢！"

曹老师被他稚童式的样子逗乐了，但立即发现自己又要上他的圈套了，因此正色地说：

"甘医师，别耍小聪明了，你已不是三十年前的小青年了，彻夜不眠第二天照旧按时上班，现在半老头一个，请喝完芝麻糊，必须马上休息了。"

"好，好，只有手头一点儿资料再记录下来就行了，再说吃了芝麻糊，马上睡觉也不太好，再给一个小时，一个小时。"

他几近哀求的语气，她的心也就软了下来又让步了，他是她患难与共的学友、战友和知心侣，她对他了如指掌，他未开言她就知道要说些什么，他未出门她就知道准备去那里，因为他的眼神告诉了她，他即将开启的言语与行动。他一日三餐无啥要求，粗糙的，精细的，淡一点，咸一些，都不会计较，只要不饿肚子。一年四季穿布的穿旧的都喜欢，只要不冻着。

　　因为他对于吃穿太随意了，才发生一出有趣的小插曲：记得有一次，他去出席一个重要会议，会上他要去作中心发言，临出门时他心不在焉地穿上二只袜子，殊不知一只是白色的，另一只竟是黑的，细心的女同事无意之中发现了，急匆匆要为他去商店买一双袜子，他坚决不同意，说做实验、诊治病人不能马虎，给自己穿错袜子有啥关系？

　　此事传开后，反而受到许多同行的尊重，特别是年轻职工，竟然在他们中掀起一股穿鸳鸯袜子、鸳鸯鞋子、鸳鸯褂子……的时髦风，即故意将两只袜子、鞋子、衣褂袖子的颜色错位，如一红一绿，一白一黑，一新一破，被善于捕捉商机的生意人开了一个大大的窍，立即批量生产，取名为教授袜子、教授鞋子、教授褂子，大受时髦者的追捧，流行到省会乃至全国，风靡好久好久！直到如今还不乏有些爱美者，穿戴着显耀于大庭广众之中。殊不知发明者或说领衔者竟是大名鼎鼎眼科专家的一个不经意行为。然而传到曹婷婷的耳中使她内疚了好久好久。她既受过高等教育，又长期在高校任教，她何尝不愿丈夫实现天下没盲人的美好宏愿，她何尝不愿他建功立业！然而她何尝不知鱼与熊掌不能兼得的道理。她边向外边走，边情真意切地低吟着：

　　"春蚕到死丝方尽，蜡炬成灰泪始干。"

　　或许曹老师说他，也是在说自己吧。

　　他奋战过数不清的深夜，找寻过数不清的资料，对多种泥土进行了数不清多少次的试验，终于发现这泥土中有一种叫腐植酸的东西对青光眼、对眼球灼伤及角膜溃疡等外伤有特殊的疗效，他终于将这个叫作腐植酸的成分提炼出来，制成了针剂和滴眼剂。

终于成功试验了他心仪中奇特的眼药，此药问世后，应用于临床，收到极好的疗效。甘医师欣喜若狂，他在家中放起曾盛行的青年友谊圆舞曲，学唱了一遍又一遍，与曹老师跳起他俩恋爱时的友谊舞，舞了一曲又一曲。甘医师的男中音嗓子不减当年，曹老师的舞姿还是那么优雅。儿女们意外的发现使他们惊呼起来，看花了眼！

大女儿惊奇地说：

"想不到我们的父母舞姿那么优美，嗓子那么清亮，与歌舞团一流演员简直不相上下。可你们从未表演过，为什么啊！"

儿子大呼小叫起来：

"今天怎么啦，我家在开音乐会了！老师与医生变成歌唱家和舞蹈家了！"

喜欢提问题的小女儿，晃着脑袋说着：

"我终于发现一个重大的秘密，父亲写作有天赋，应是位剧作家，母亲肯定是艺术团的主要演员！对吗？但后来怎么又当起医生了？"

女儿清澈的双眼看着母亲，想要她说个来龙去脉。

母亲收起舞步，一边拉着儿子，一边倚着女儿，指着甘医师背影说：

"你们父亲是个聪明绝顶的男子，琴棋书画样样皆能，古人曰，善琴者通达从容，善棋者筹谋睿智，善书者至情至性，善画者至善至美，他心灵手巧，万事一点就通，通晓七国文字，为了医治天下盲人，要使天下没有盲人。三十多年来，放弃林林总总的爱好与兴趣，一心钻研医学科学，如今奇特的腐植酸成分提炼成功，其疗效好、无毒副作用，药品的原料在中华大地取之不尽，用之不竭，而且价格便宜，每一个患者都负担得起，世界上有科学家发明新药，但只考虑的是药效，药价不是研究人员所关心的范畴，而你们父亲却将此列入第一要务，因为被炸药炸伤的、被石片误伤的、被烧红的钢花灼伤的，都是一线普通工人，他们收入有限，而且都是家庭主要劳动力，要治愈，首先要考虑让他们都买得起。这就是你们父亲今天为什么会欣喜若狂！他研制成功心目中理想的新药，你们父亲真了不起！"

儿子指着书房挂的名句立即抢先回答：

"我的父亲，就是先天下之忧而忧，后天下之乐而乐的人！我向您敬礼，亲爱的父亲！"

儿子学着解放军，立正向父亲敬了个标准的军人礼。

母亲也喜不自禁地补充了一句：

"一生夙愿得以实现，你们父亲幸福得乐如小孩。"

"孩子们，人生在世最大的幸福莫过于对众人、社会有贡献！所以今天我特开心！"父亲笑容满面愉快地说。

为了庆祝这件大喜事，他们一家先在永春饭馆吃了一餐庆祝宴，他的女儿说，那天四菜一汤"糖醋排骨"，"油炸带鱼""笋干老鸭煲"，"香菇炒青菜"和"榨菜肉丝汤"，给我很久很久难忘的记忆！儿女们平生几乎没有受用过此等美味，父母给予的三餐就是面条，不是小葱拌面，就是面条上放上一小勺的白糖，偶尔在面条上放个荷包蛋或一块大肉，看着父亲捧着一碗阳春面，三扒二咽地就下肚了，一边还连声说着，好吃！好吃！父亲一天工作超过十六七个小时，也是天天捧着一碗面条，我们格外敬重和热爱我们的父母。晋朝哲学家傅玄说过，"近朱者赤，近墨者黑；声和则响清，形正则影直。"儿女们在这样的家庭氛围中成长，从未有过与同学、朋友比吃穿玩乐，只顾埋头发奋学习与积极主动工作，所以他们成长以后，都成为业内出类拔萃的人物。这又是后话。

接着他们又到"工农兵照相馆"拍了张全家福，照相馆的王摄影师见到甘医师前庭开阔，额头光亮，鼻梁饱满；双眼清澈，黑白分明，风度翩翩且彬彬有礼。认定是位了不起的人士，情不自禁地为甘医师偷拍了一张正面照片，心想此照日后准能大放异彩，可是甘医师却浑然不知。

他没有将自己沉浸在一战一役的胜利之中，为解决腐植酸的药源问题，他与药剂科同志经过反复试验，多次实践，运用当地的泥煤试制腐植酸，质量胜过河南的半成品，为医院及兄弟医疗单位应用腐植酸提供了条件，且又大大地节约了成本。

另一方面，他对那些疑难病例找来一个个研究，确诊了急性特发性角膜内皮炎，回旋性脉络膜视网膜萎缩等。他还施行了一系列新手术和新疗法：用羊膜修补角膜瘘；应用 JENSEN 氏手术治疗麻痹性斜视等等。

拨乱反正的第一年，全国首届科学大会召开了，甘家荣医师带着他的科研成果"眼宁注射液"参加了大会。在大会上，他发明的注射液获了奖。在随之召开的省科技大会，他发明的"牛玻璃体治疗角膜及玻璃体混浊""玻璃体手术研究"等分别获得了省科技成果奖。他扎实的中医基础和西医研究使他在开发眼保健药上频频有新产品问世。这个时期他接到通知，他发明的腐植酸治疗眼外伤及角膜溃疡获得了国际同行的好评，他获选英国皇家医学协会会员，他受邀分别参加在东德和西德召开的"国际腐植酸应用医学会议"和"国际腐植酸医学应用会议"。他在大会上宣读的论文被称为东方医学成果，发表在国际医学专门杂志的首版；他宣读的论文"腐植酸治疗角膜溃疡及出血性眼病疗效观察"被西德专门杂志收载。正是这样的跨学科、跨专业、跨国界的学术背景，多层次、多岗位的工作经历，使他形成了多专业、多学科交叉的思维方式，形成了国际的视野，在分析问题和解决问题方面产生了独到的见解，也就奠定了他高水准科研成果的基础。

全国首届科学大会结束后，照相馆挂出甘家荣被偷拍并放大的巨幅照片，摄影师果然是独具慧眼。照片引起了轰动，许多市民在此争睹古城全国科研成果奖第一位获得者的风采。当然，"工农兵照相馆"的生意也随之兴隆。

但人们看到的是这位在国际、国内专业领域中享有盛誉的科学家，很少有人知晓他的生活却极其简朴。为了节省时间，他一生的大部分主食是面条，出国时他任代表团团长，同行者注意到这位科学家竟随身带着方便面，他将节省下来的外汇如数交给了国家。在利与权面前，他从不为自己谋一分利。当他拿到奖励给他的十几万元奖金时，他并没有从中拿一分钱，而是毫不犹豫地把所有奖金捐给了肉联加工厂，用作新药的开发和生产。

后来他担任罗城市人大常委、副主任。经过几年的参政议政，他体会到，中国共产党的为人民谋利益的党纲和章程与他的抱负最相吻合，他从小就立誓要为天下盲人治病，他早决心将自己的一生奉献给天下的盲人，为眼疾患者拨翳复明的医疗事业。他除了知识以外什么财产也没有，如果说共产党是无产阶级的先锋队组织的话，他认为这正是他所希望最终可以加入和可以与之为伍的组织，一九八三年，他郑重地向罗城市人民医院党委提出了关于要求加入共产党的要求。一九八四年，他的要求被批准了，他光荣地成为无产阶级先锋队组织的一员，他对自己的要求更高了。他给家里人立下规矩，不许收受病人送的礼品，凡是国家奖给他的科研成果奖一律用之于科研……

那天他在为病人开完刀回到家，匆匆吃了一碗面条，拿起笔正准备为医科大学学生编一本教材的时候，他的女儿拿了一份癌症检测报告哭着给他看时，他镇定地说："别慌别慌，我还有时间。"那时候他还任省防盲指导组组长。他顶着病痛把教材编写完才去住院手术，此后就再也没有回家。

一九九五年十月七日，这名著名的眼科专家与世长辞了。他实现了为眼科奋斗终生的愿望。他没有享受一天的安逸生活。自一九五四年起他几乎年年被评为先进工作者、市劳动模范，他是国务院颁奖的特殊科技人才。追悼会的礼堂里摆满了花圈挤满了人。主持人含着眼泪读了概括他一生的诗词：

一生逐梦护眼睛，少年已将本草铭。

潜身学海浸昏晨，专注学科著真经。

功名利禄唯淡然，杏林儿女独系民。

春蚕到死丝方尽，光明天使耀汗青。

他的病人喊着他的名字，称他为"光明之神""救命恩人"；他的医学界同行称他为"忠厚长者""从不记恨甚至欺侮和得罪过他的人"。他的学生哭诉着："会记住老师的品德操行，永远以他作为自己人生的榜样。"他的家人抽泣着说他"从来都是严以律己、宽以待人"。他为医学事业贡献了生命，留给人们的是宝贵而又巨大的精神财富。

斯人已逝，精神犹存！依稀仍能看见那个清隽、忙碌的身影执着地推动中国医学向前，再向前……

那条小时候他扶起那位年长盲人的田埂依然横卧在那里，它记载着一个动人的故事：那少年立志练就了一双神仙手，为普天下盲人拨翳复明，日后他终于如愿以偿，被人们称为"光明之神"！

第十三章
老院长抱恙应诊　小青年脸中铁沙

这天已快到子夜了，白天人来人往的医院已一片寂静，总值班林帆正在台灯下书写值班记录，突然有人"咚咚"敲门。

"请稍等一下！"林帆条件反射地拉了房间电灯开关，一边急急前去开门。灯光照射下的这位敲门者，看上去大约是四十岁左右的彪形大汉，一双自家缝制的土布鞋已露出了趾甲，裤脚边上沾满了黄褐色泥巴，紧皱着双眉，他左手托着右手臂膊，右肩明显低于左肩，声音虽然很低但口气很坚定。

"请领导同志帮助找一找金院长！"

"找金院长！"林帆情不自禁地脱口而出，下意识地看了桌子上的小闹钟，他也显然看到了闹钟的短针指在 12 字，长针指在 11 字处的位置。大汉片刻局促不安之后，又是喃喃地说着，从他不太连贯的话语中，知道他是远离城区的稽山人，今天下午上山砍柴，跌伤了手臂。从家里一直走，现刚到地区医院挂号室，要挂金院长的号，挂号室的同志对他解释说金院长年龄大了，夜间不再应诊了。然而他非找金院长诊治不可，相持不下，挂号室的同志只好劝他找总值班同志解决。看着他痛苦不堪的样子，林帆准备找骨科二线值班的医师。谁知他宁愿接受剧烈疼痛折磨，非要见到金院长，并说了他叔父也是砍柴，跌坏了手臂，正遇到了金院长带领巡回医疗队来到他的家乡，就是金院长用神奇手法为其叔父治手臂——在老百姓的眼中，他两腿摆好马步，屏着气，徒手治愈伤臂的形象永远定格在当地群众的心田中。我叔父说，治好的手臂不疼不酸不难受，且不打针，不吃药。"老山农不花一分钱，巡回医生不喝一杯水"的故事也在山村传颂。医生声望是病家对医者的一种情结，这种情感是由医生的"德"与"才"铸造的。彪形大汉知道找不到金院长，顿时蹲在地上哭泣起来：

"金院长您年龄大了，谁为伢接断骨，世上无老金，谁能救伢？"大汉边擦眼泪边说着，又向林帆讲述了几年前亲历的一件往事：

那年，我家遭遇大祸，却又碰到了大救星。记得这天上午，我背着我娘急匆匆冲进了乡卫生院大门，见到一拨人先于我几步踏进医院，他们就是金院长为首的下乡巡回医疗工作队。我边走边急呼着：

"医生救命，医生救命！"

娘则是"嗯嗯嗯"不停地低吟着。卫生院的护士同志急迎上前去问道：

"啥毛病？那里不舒服？"一边帮着把病人扶到诊疗床上。

"蛇咬的，毒蛇咬的！"我急切地大声高喊着。

一听是毒蛇咬的，那一拨人三步并作两步迅速奔到我们跟前，其中一位戴眼镜的中年人立即俯下身子用手拂拭掉沾满娘脚上的污渍，见到伤口吃紧不小，一边按摸着她的脉搏，另一边用听诊器听她的心脏，同时简单扼要询问受伤的过程，病人断断续续地说天未明来到地头，一发觉自己被蛇咬，不管三七廿一就去追逐那条蛇，因为民间传言如果被毒蛇咬伤，一定要打死它，否则人必死无疑。护士告诉说，这一奔跑对受害的病人十分不利，致使毒素扩散加速；且在清晨被毒蛇咬伤，毒蛇在饥饿状态下主动伤人时，排毒量大，后果十分严重。被称之为院长的中年人，麻利地为我娘体检，但双眉越锁越紧，摘下听诊器后，嘱咐医生马上进行冲洗引流，并请护士作好手术准备，同

时以不容置疑的口气说:"截肢!"。听到"截肢!"两字,我立即跳了起来,急巴巴地说:

"我娘没脚了,不能干活了,那……那……不行的。"

脸色苍白的我娘也是含糊不清地哼唉着,双手乱舞,意思是说不能截肢。我们都不愿接受截肢手术,片刻的冷场,我与娘想到的是,人怎么可以没有双腿,娘是家庭的顶梁柱,一家数口的一日三餐,不论是喝稀饭还是面疙瘩,哪一餐不是娘做的!身上穿的衣,脚上着的鞋,头上戴的帽,哪一件不是娘一针一线缝补成的!家里圈养着的猪呀、鸭呀、鸡呀哪一天不都是娘喂养的!俗语说,"宁可死个做官的爹,不可死掉讨饭的娘!"娘要是没有一条腿,如何生活,一家子如何过正常的日子。

医生何尝不明白脚勤手勤主妇在家庭中举足轻重的作用,但医生更明白生存的意义。根据医学治疗的规定,截肢之类的破坏性手术必须有直系亲属签字和医疗单位领导审批方可。院长急嘱医疗工作队同志书写一份截肢请示报告,急送当地卫生主管部门,另一面做好手术准备工作。此时闻讯赶来的群众越来越多,众说纷纭,有人说要保命,有人说要保脚,有人认为中草药一定能治疗。更有人责问院长是位不负责的医生,把截肢当儿戏!作为病人儿子的我更是六神无主。此时我见到院长按着听诊器的双手在颤抖,站在一旁的护士也情不自禁地念叨道:

"病人命在旦夕,时间就是生命!"

跟随着院长一起下乡的年青医务人员目睹此事此景,十分纠结,无奈向卫生院的护士要了一张纸,对我说,我们是为治病救人才选择了手术,你看伤口有水泡、血泡及相应的淋巴管炎,说明腿脚已被毒素浸润,致使组织缺血缺氧,变性坏死,病情变化莫测,必须马上采取积极措施,否则后果不堪设想。但你们竟怀疑医生治病救人动机不良!现在只好请你签字——拒绝手术,我们就可到别的地方去为别人看病,又何必在此纠缠!可是院长还是拿了一张手术志愿书对我急切地说，只有手术你母亲才能活命，今天先行手术，日后你们可以拿着术中记录到上级医院咨询，甚至提交主管领导机关进行裁决，如果今天的治疗是错误的，我愿意接受一切处罚，这就给你写下保证书。

"写保证书？"在一边作冲洗引流的年轻医生听到院长要写保证书，怀疑自己耳朵有毛病，忍不住说："医生向病人主动写下保证书，真是开天辟地第一人！"

此时院长动怒了，"如果伤者是你的亲人，当毒素浸润后迅速扩散，你首先想到什么？会注重病人及家属的直率语言！会耿耿于怀病人的暂时不理解！病人已出现眼睑下垂，说话不清，吞咽困难，呼吸表浅。马上会发生休克，濒临绝境。"

突然卫生院门外一阵骚动，有人说，队长来了，队长来了！

这位队长一边走一边大声教训小孩似的："又是你们这些狗东西，读了几年书只会鹦鹉学舌，看你们有本事为你娘去治病！"

随着话语声跑进急诊室的队长，我立即高叫："爹，您终于来了！他们说娘要锯腿……"

谁知我爹见到院长马上就要下跪，院长手疾眼快，一把拉住下跪的老爹，别这样！别这样！老爹连说，"金医生是大恩人，当年救我的父亲，今天救我老婆，是我家救世菩萨。"原来当年我爷爷不慎从山崖上跌落，肾脏破裂而大出血，家里人已为其作了后事的准备，就是院长通宵达旦行肾脏修补术，爷爷终于活了下来，而且神奇般全无什么后遗症之类的麻烦。铭心刻骨的记忆顿时使老爹泪痕满面，忘情地向院长一个劲儿鞠躬，这样高的医术，这么好的医德，我们病人还有什么不放心的！老爹说出的肺腑之言，急诊室内一片唏嘘。此时，当地有关部门同意截肢的批复也急送而来。老爹即刻为我娘的截肢手术签了字。我娘即被推入手术室。当时我爹就说金院长是天下最好的医生，是我们全家的救星。

林帆听了这段往事后，深有感触地想，不管有过多少轰轰烈烈，不管个人付出了多少，不管曾有多少艰辛甚至委屈，只要群众不会忘记，这就足够了。

面对着这位憨厚而固执的大汉，林帆诚恳地说：

"大哥，我知道你信任金院长，但已是半夜了，且金院长已一把年纪了。是否我陪同你去找专科医生。走吧！"

"我不去！"他托着手臂，一屁股坐在地上。

"相信骨科值班医师也一定能治好的。"林帆还是耐心劝说着。

"要不，你不能解决，我到办公室的外边去等到天亮！"他还是坚持着。

林帆正要打电话告诉骨科值班医师，但电话铃竟先响了起来。电话那边是急诊室，说金院长已经知道有这么一位病人，请林帆同志陪同去骨科就行了。林帆不觉自言自语的嘀咕着：

"莫非真有灵犀不成？半夜来了一位固执患者，老院长怎会知晓？"

"金院长真为你看病来了！"林帆对着大汉大声说道。

"真的？"憨厚大汉半信半疑跟着来到急诊室。在骨科诊治室中只见金院长与他家属争执不下，家属说：

"先挂液体最要紧，因为你首先是一个病人。"

院长说，"首先我是医生，救死扶伤是医生义不容辞的天职，必须为跌伤病人先看病！"

原来金院长因拉肚子，来急诊挂液体，无意之中知道了这一伤者情况。结果当然可想而知。若不在现场，此事真令人难以置信。

院长受职工尊重，当然更有一手过硬的业务技术，起到无言的表率作用。

这天系周末，医院急诊室门道前却围得水泄不通，有忙得心急火燎的急诊护士，有哭哭啼啼的病人家属，还有闻讯特地赶来的看客们。急诊室内有什么样的病人引起人们这样的好奇？原是中午来了一位用毛巾遮蔽脸孔的小青年，他叫傅春来，在本市某大专就读，与几个志趣相投的同伴约定周末去秦皇山打麻雀，那时麻雀还被列为"四害之一"——苍蝇、蚊子、老鼠、麻雀，所以大力提倡杀而灭

杏
林
儿
女

之。他们曾多次到秦皇山实地踏看，发现林密草茂，飞禽走兽着实不少，真是打猎的好地方，估计会有不小的收获，除猎得小麻雀外，或许还能打上野兔、野鸡之类，少则可以一饱口福，多了则既可送人又可以卖给人家。傅春来心中盘算倘若有野味挑最好的当然送给"她"——心仪的女朋友，为此他着实乐了好久。

星期日一大早便相约四人来到秦皇山山麓，没多久便觅得一处稠密的树丛，他们立即分散成二组，傅春来正登上一土石堆上寻找猎物，打算不虚发这第一枪，同伴急切地喊道，"对面树枝上，有一只、有一只，快、快！"他赶快托起沙子枪开始瞄准，突然听到"砰"的一声响，脸膛一阵剧烈的灼疼，旁边同伴见了，脑子"轰"一声，条件反射地喊了起来，"闯祸了！闯祸了！"原来傅春来被对面一位同学的沙子枪击中了，而且不偏不歪全部打在脸颊上，差点没打中双眼，一颗颗"枪沙子"全部嵌入光润的皮肤内，疼痛难忍的傅春来情不自禁地"哇哇"直叫。开枪者吓得差点儿尿裤子，同伴们个个心惊胆战。他们立即兵分两路，一人急匆匆回家搬"救兵"，另二人担惊受怕地扶着受伤者，来到山脚附近一家卫生院就诊，希望能得到最快的治疗，但是那里的医生一看到傅春来的伤情，语调低低却又是情真意切地摊开双手无可奈何地说，既要在脸膛上取出小不点儿的枪沙子，又须脸上不留疤痕的手术，实在太难，太难！进行这种手术我们无能为力。一连去了几家卫生院就诊，得到的几乎是相同的答复。

最后他们来到市内最大的医院，医院接诊医生没有像别的医院一口回绝，使几个愣小子宽心了不少。医生在其脸面上观察不少时光，又戴着无菌手套摸了嵌入皮肤内的铁质枪沙子，嘱其去放射科摄片。医生十分为难地对小青年们说；如果说要不影响美观的话，也可以不处理不取出，脸上就是这么几十粒黑疙瘩；但大大小小的枪沙子有不少，有的摸上去还挺深的，有的恐在颅内也很难说。枪沙子不取会引起感染，如果在颅内日后可能还会产生神经功能障碍。所以从理论上说一定要取！我们可以根据沙子大小、位置，能否触摸到等具体情况，可以取。但必须分期进行手术，因为这手术是在脸面上，须十分细致，普通医生不一定能接手，而且需很长时间，病人也可能吃不消。一颗颗的枪沙子，一处处用手术刀切开，一针针地缝合，医生也受不了长时间手术的操作。如在颅内，还须在 X 光机下开展手术呢！但是不难想象，脸上大大小小的疤痕肯定存在了。

几个愣小子听了眼睛都瞪得老圆。傅春来在同伴面前忍不住抽泣起来，一是脸上火辣辣的灼痛，二是想到如此严重的后果心如刀绞！他窥见了目前自己的脸庞，想象今后的面容，特别想象自己心目中的女神——同学玲玲，她见到自己这副尊容，一定会哭得死去活来，以前同伴们都戏称他们为金童玉女，傅春来成绩优秀加外貌俊秀，博得玲玲父母的好感，如今一切都完了，活着还有什么意义！他作自我了断的心计也曾在一瞬间产生，并越来越强烈。

闻讯赶来的母亲，看着用毛巾遮蔽脸孔的儿子则当即放声大哭。傅春来的兄长一见弟弟满脸黑枪沙子，问明开枪人的姓名后，勃然大怒，说是出于妒忌而有意打伤，赶过去要洒硫酸，让其尝尝被毁容的滋味！傅家众位亲戚一把拉住他，好说歹说地劝阻他，春来的母亲哭得越发伤心。看热闹的围观者们更是议论纷纷，说要动手术的则是避免感染，感染在脸上也是挺倒霉的，倘若延及颅内则会变得痴痴呆呆，一辈子全完了！所以非得动手术不可；说不要动手术的，则害怕手术后脸上疤痕累累，象《夜半歌声》影片中的主角宋丹平那样丑陋，那就不晓得如何活在世上，女朋友肯定也找不到。大家你一言我一语，谁都说服不了谁，谁都认为自己见解正确。急诊室内外比菜市场还热闹。

此时正好一人路过，也是小青年的造化，此人不是别人，正是金健民院长。他分开众人包围圈，挤了进去，一看到受伤小青年的脸，什么都明白了。他请来护士长，把众人都劝告到门外，留下护士长，随后发生的一切让人目瞪口呆。一个多小时后这位被枪打中沙子的受伤小青年，站在亲人和同伴们眼前，除枪沙子小洞洞和消毒碘酒液

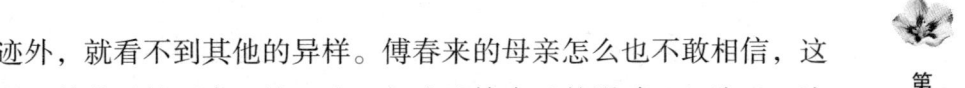

的痕迹外，就看不到其他的异样。傅春来的母亲怎么也不敢相信，这站在眼面前儿子的面容，她一遍又一遍地擦自己的眼睛，一遍又一遍地摸儿子的脸膛，一遍又一遍地掐着自己的手臂，她还是不相信眼前的情景是真的，一把抓起儿子的衣袖，拉着来到阳光明媚的宽敞庭院里，在习习微风的吹拂中，头顶着暖暖的太阳下，背靠在婀娜多姿的柳树旁，她才相信眼前的一切是真的，喜极而泪如泉涌，善良的母亲才记起去感谢那位技术高超的医生！

跑到急诊手术室，收拾得干干净净的简易手术室虚掩着，门内已空无一人，只见手术床已换上整洁的大单。在回家的路上，儿子说起手术室上的事，说有生之年永远也不会忘记这门诊手术台上的一幕——金医生那双软软的手轻捷地擦拭消毒药水，一再嘱咐别害怕，但是必须配合，他说："屏气，再屏气，对！吸气，再吸气！"说时慢那时快，我只听见旁边护士长情不自禁"啊"一声，"嗒"的一声响，铁沙子落到了手术的搪瓷盘上，虽然声音很小，但我听到了，我感应到了，我体验到了。他用手指头为我挤压出第一颗枪沙子，随着我一次次的屏气，枪沙子一粒粒地落到手术搪瓷盘上。

不知为什么，我突然想到，金医生叫我屏气与这取枪铁沙子有什么相干。是医生的大智慧与大善良，医生的大智慧已实属非常不易，与众不同的精湛医疗技术真让人惊叹不已！细微之处见精神，他所设计的屏气与吸气，目的是分散病人的注意力，也就是减少病人无形的恐惧心理。这种为医者的德才双馨，我是永世难忘！

是的，再有想象力的人也无法看到这种不开刀，而顺着解剖位置挤压出颗颗枪沙子的方式。正如金健民回答护士长何以能手到病除的境地，他神情十分凝重而又喜悦地说："这就是技术！"

他说到"技术"两字，不了解他的人，还以为院长是标榜自己，其实护士长见到他喜不自禁的神态，立即有一大群光鲜人景浮现在眼前，情不自禁地喊出外科"一把刀"，内科有"神医"，"光明天使"在眼科，女中三英杰……，护士长如数家珍地报出一大群技术水平高超的医务人员的名字，院长坐在医生办公室内的靠背椅子上，半眯着眼，不断点头示意，得意非凡。护士长突然回过神来，院长全神贯注地弓着背、弯着腰赤手取铁沙，着实忙乎了半天，这活即使是小伙子来干，也累得够呛，急需休息，更何况过了花甲之年的老人家。她意识到必须请他立即休息，诚心实意地说道：

"院长，现在送您回去还是在此躺一会儿？"

院长还是眯着眼，显然还沉浸在护士长如数家珍的情景中，但即刻就说"不！"经年兼职外科医师的金健民反应还是十分敏捷，接着又兴致勃勃地说道：

"我坐在靠背椅子上，难得与老同事聊聊心中的事，不也是很好的一种休息？我就先讲一件欣慰的事——护士小胡具有扎实专业技术的故事。"

那天，年轻护士值夜班，她像往日一样，先麻利办完交接班事宜，尔后一一处理好医嘱，紧接着巡视病房，巡视病房既是护士的基本功又是护士的良心工作，她手中拿着一本小笔记簿，一支自来水笔，从护士办公室隔壁的重症病房开始。窗外明月当空万籁俱寂，只有不知疲倦的蟋蟀不停"唧铃铃"叫着唱着，浓郁的桂花香气不时地飞飘进来。她踮着脚尖轻捷地从一张病床走向另一张病床，为不能安睡的病员递上一杯热开水，为睡得不安稳的小病号整好被褥。此时来到一号病室，发现一床的病人双手乱比划着，似在挣扎，似想叫喊。旁边的二张床正巧空无一人，她立即想起一床是位甲状腺手术后的病人，就立即冲到病人旁边，病人的脖子上竟出现一个巨大的血肿，肉眼见到硕大的血球像小孩子玩的一个红色的气球，它重重压迫着病人的气管，导致病人透不过气，发不出声音，她大惊急呼——

"快来人哪！快来人哪！"

也只在"嘀嗒"的秒声之中，就在一刹那，是潜意识的指导？还是职业习性？她没有认真思索，快速拿下别在腰间的小剪刀直刺病人颈前的大血肿，病人顿时鲜血直流，然而一口气却上来了，窒息的危险立即解除。值班的同志也应声冲了进来，立即把病人送进手术室，病人得救了。

　　第二天在科室的病例分析会上，她回忆说，跑入病房后，一眼看到的是病人的大血肿，它是我职业生涯第一次见到，而且真像有人在用力吹气球一样，瞬时越来越大，当时病人一发现了我，无望的脸上立即露出了期盼，双眼霎时闪闪发光，特殊的职业敏感让我明白，自己碰到千钧一发的大事了，大血肿危及生命，然而当时病房只有赤手空拳的自己和窒息得濒临死亡的病人，当时头脑异常清晰，必须救他，只有自己才能救他，摸到一把小剪刀，觉得似乎捞到了救命稻草，但脑海中也同时闪过小剪刀不是无菌的，而且血肿在颈部，感染以后自己是要承担责任的。但是犹豫不得！越快越好！救人生命最为紧要！所以不管林林总总的一切了，必须马上除去大血肿，小剪刀就下去了。

　　护士小胡刚说完大家立即热烈地议论起来，科主任紧接着说，千钧一发的大事不是人人都能遇到的，千钧一发的大事更不是人人都能当机立断解决，我要说的是三个假如，一是假如护士小胡缺乏精湛的"技术"，对血肿压迫气管导致窒息必须争分夺秒采取措施，否则后续工作如何努力也无济于事。二是假如夜班的小胡没有巡视病房，没有及时发现病情，那是什么后果大家可想而知，这种敬业爱岗的工作作风是我们学习的榜样。三是假如护士小胡巡视病房时发现了此情况，可以跑回办公室呼喊其他医务人员协同正规处理，从程序上讲，她是对的！即使患者有如何如何的后果，她没有丝毫过失，她不会受任何处罚。而用随身携带小剪刀直刺病人颈前的大血肿这个举动，她脑子中也闪过小剪刀不是无菌的，可能有人会说，这个护士最起码的无菌观念也没有，是不合格的护理人员，不适合她那个岗位的工作！所以说人在一瞬间正确处理千钧一发的大事是十分不容易的，没有当机立断的思维就不能挽救一床的生命，所以小胡理当受到科室的表扬！我要向院长报告昨天发生的事情。

　　"不用报告了！"站在一旁的金院长边说边走了过去。

"院长什么时候进来的？"

"我们怎么没发觉？"大家不由自主地小声说道。

科主任立即把金院长让到前排说：

"请院长指示！"

"指示谈不上，感想是有的，我们平时一直在倡导走又红又专的道路，红是全心全意为病人服务，包括在无人督察之下，专就是为病人服务的本领，两者缺一不可。换句话说，扎实的专业知识是小胡的底气，强烈的爱患意识增长了小胡的勇气，所以才避免了一次意外发生，作为院长的我，要向小胡同志表示敬意和感谢！"

说着说着，护士长发现神采飞扬的金健民突然极其沮丧了，急问原因，院长黯然地说：一想起阮大奎就难受！这是我心中一件非常沉重的事！于是说了件难以忘怀的往事：

阮大奎是他在下乡劳动时结识的。据村里人讲，阮大奎的父亲早先以捕鱼为生，全部家当就是一只木船，一年四季、吃住拉撒、结婚生子都在这只水上的"木屋"里。倘若种田人家苦，那么水上人家更要苦三分，因此阮大奎咬紧牙关，全家弃船上岸，进城帮工，女作奶妈，男当佣工，夫妻打拼了大半辈子，终于定居在竹水村。上岸后的生活质量的确比上一辈人要好了不少，他给出生的儿子起名为铁海，以后就银字辈，金字辈……传承下去，显示了大奎对子孙后代所寄托的无限希望，祝愿一代胜过一代，一代比一代富裕。铁海从小耳濡目染，也学会了捕鱼捉鳖，以后还搞起了养鱼虾之类的生计。阮铁海被左邻右舍称为"黑泥鳅"，从小嬉闹在江河池塘里，除了嘴唇红，牙齿白，浑身上下全是黑不溜秋，一天与同伴比试手力，你拉我扯不知怎么回事上肢立即不能动弹，肩胛头剧烈疼痛，正好碰到我们下乡参加"三秋"劳动的医疗队，我发扬一技之长，认定他是肩关节脱位，就用手法给他复位，刚才哇哇直叫的铁海立即破涕为笑，老实巴交的阮大奎也感激动不尽，就这样我成了他家惦记的对象。

时间一晃过去许多年，因为阮大奎患病要住院，但床位紧张，等了二天还解决不了住院的问题。铁海立马找上门来，那天阮大奎端端正正地坐在候诊椅上，手中抱着一只已经褪了色却装得鼓鼓的旅行袋，椅子下面还有一只网线袋，里面装着脸盆、毛巾、碗筷之类。大奎看上去比实际年龄大一些，比上一次在"三秋"下乡劳动时遇到时要苍老许多，大奎见到我急忙站了起来，轻声叫了声，"金院长！"

我照当年的乡俗习惯叫他"大奎大叔。"

他面对着我，好似做错了事的小学生见到老师一样，红着脸，低着头，喃喃地说着：

"我这个人不争气，生了这样见不得人的下流病，讲也不敢讲，真是难为情。"大奎脸膛上写满了无助与无奈。

"大奎大叔，人体上的每一块皮肉与脏器都是爹妈给的，都很重要，没有一个是下流的；人体上每一个部位都会出毛病，在医生面前没有什么可难为情的。"我认真地回答着。

我曾听铁海说起其父亲疾病的大概，又看了他的病历，上面记录着，初步诊断：前列腺癌，建议住院手术。

"那么我这个病能医治吗？医生一个'癌'字出口，我已经魂灵吓出。"大奎大叔充满渴望的眼神使人动容。

"大奎大叔，癌症不是不可治疗，科学发展，时代进步，癌症可治已经不是神话。"我以医学的角度劝慰着。

"那就好！"他半信半疑地应答着。

说着说着，我们已经来到外科，科室同志热情接待了大叔。大家讲最多的是癌症不但能够治疗而且可以治愈，更重要的是要有信心之类话语。有的说，谈癌色变，已成为历史。有的说，泌尿系统的肿瘤没有肝癌、白血病这样难治，通俗的说法就是还比较爽气。说着说着，说得大奎大叔转忧为喜，并开口说了："本来生了癌了，就不想再治疗，来了也无非是走过场，给左邻右舍看看而已，现在听你们这样一说，我也要求住院了，而且自己也有些积蓄，可以支付住院手术的费用。"此时外科护士长非常抱歉地对他说："病房的床位已经住

— 177 —

满了，只能暂时安排加床，待手术后再调整到正式病床上。"

忠厚老实的大奎连说："只要有睡的地方就好！"

见他满意，我就放心了，并打算亲自参与他的手术，可是这一天，外科护士长突然跑来告诉我不可思议的一幕——

那天，外科护士长把他安排在走廊顶角的加床上，临时还给他拉了一块屏风，他觉得挺满意，说像一门关进的小天地，与家里的感觉差不多，独来独往，不受他人干扰。而且听旁边一位陪病者说，加床的床位费只有正式床位费的五分之一，他觉得越加合算了。立即跑去对护士长说，手术后也仍睡在加床上，说比过去生产队公派外出赚工分的住宿条件好多了，加床上要安静，可拉上屏风布；想要热闹与邻近病友谈话，就把屏障布拉起；既灵活机动，而且花钱少，非常实惠。乐意在此治疗直到出院。说得护士长也格格地笑了起来：

"想不到大叔的心态如此之好，还给我们的加床总结了如此的二大优势，这种乐观的情绪，是极有利于战胜疾病的。我要告诉其他病友，多到您这里来取经！"

但是在准备手术的这一天，他竟然不辞而别！然而病床上的被褥叠得整整齐齐，病床四周也打扫得清清爽爽。床头柜擦得干干净净，奇怪了！后来邻近床位的病人终于告诉护士长，说老爷子本人倒是非常愿意手术治疗的，而且说自己完全能负担医疗费用的，还说待身体恢复后，仍然可以从事稻田养鱼养虾这样的工作，今后或多或少还能干些力所能及的农活。但他的儿子坚持不愿老爷子做手术，认为得了癌症，治与不治一个样，不应该在医院多花冤枉钱。老爷子临走时一脸的无助与无奈。这个突如其来的结果真叫人难以忘怀。经治医生也心痛不已。他们说，已经制订了适合老爷子的一套手术方案，且最近有一台新仪器投入使用，不但可以缩短手术时间，减少手术风险，还大大提高手术的质量。医生们无可奈何地叹惜说，老爷子啊老爷子，白白辜负了时代对您宠爱！

半年以后，铁海穿着孝服特地来到科室，说老爹已经过世，邀请

杏
林
儿
女

— 178 —

医生、护士吃老爹的豆腐饭，所谓办"豆腐饭"习俗上称之为红白喜事中的丧事，"丧事"何谓喜事，高龄去世，在乡规民约中，也算是办喜事，故其子女要举办酒席招待亲戚好友，寓意为长寿是一家子福分，值得庆贺。接着铁海又吹嘘老爹丧事办得如何如何隆重，和尚道士做了三天三夜的法事，丧宴"豆腐饭"办了七七四十九桌。十村九庄的老年人羡慕不已，都说其儿子铁海是当地方圆数里的大孝子！

说到此，金健民觉得大奎患的虽是前列腺肿瘤，但还属早期，虽不能保证根治，但病情可以控制和延缓生命，是完全可以的。再说铁海是位忠厚老实的农家子弟，不是置父亲生命不顾的人，但是传统陋俗和无知毒害了铁海的心灵，同时也残害了老人的生命！加强厚养薄葬的宣传，也是我们医务工作者的重要工作内容之一。金健民连声说着"自己没有尽到应有的责任。"护士长听了也唏嘘不已。

院长为人所敬仰，不仅因为他的学识和技术，还因为他的品格。他即使在人生最困难的时候，至亲至爱的儿子与自己反目，也没有怨天尤人，多在自身找原因。那天心力交瘁之际悄悄来到昔日卫生学校的"育才林"，坐在小树丛中的石板上心灰意冷的心似乎平静了许多，在微弱的路灯下，住在隔壁的陈敬颜不早不迟正朝自己走来。这个晚上两个男子竟不约而同说起了"育才林"，一个说：

"想早年此地是一片野草丛生的坟地乱石岗，是医院职工与学校师生们用自己双手建成的。多少学子曾经在此朗读外语、温习功课、畅谈理想，度过他们愉快的医学启蒙生涯。"

另一个说：

"育才林真起到了育才的作用。那时如果没有你的坚挺，这般读书绿地是办不成的，诸如当人手成问题时，你动员了职工家属也来抬石挖土；买树苗钱没有，由你工资全数开支……在培养、教育人才的问题上，你真是殚精竭虑。"

"教育学生，培养祖国的接班人，是我们头等大事，不是有句口头禅说，家庭最大的事还是小事，单位再小的事却是大事！"

"培养祖国接班人是我们的头等大事！家庭最大的事也是小事，单位最小的事却是大事，虽然不错！那么自己的儿子是不是祖国的接班人？那您说说教育儿子是不是头等大事！"陈敬颜说着说着，声音不由自主地激动起来。

"您与儿子天天相见，肉体距离近在咫尺，但从未与儿子有一次近距离地说说话，面对面地谈谈心。参加儿子学校的家长会，次数不是少数，每年的'六一'儿童节，每次总是坐在主席台上，每次总是作发人深省的讲话，博得阵阵经久不息的掌声。但从未到过儿子的教室，对儿子有过稍稍的微笑。父亲无数次到过北京、上海、省城，开会、参观、学习，机会多多，但从来未曾给孩子们带回一块小饼干，一颗水果糖。开始时儿子见到出差回来的父亲总是喜气洋洋，眼巴巴地看着父亲随身的旅行包，热乎乎想象如小伙伴的父亲一样会从旅行包内拿给一包包点心、一件件心仪的礼物，但儿子总是一次次地大失所望……！这样若即若离的状态，久而久之父子隔膜日积月聚。我们职工都知道，院长教育学生是呕心沥血，然而在养教儿子的问题上，则是采取了轻描淡写的态度，倘若儿子有重重的逆反情绪，那责任又该是谁呢!?"

听了老陈情真意切的一番话，心里像打翻了五味瓶，真不是滋味。是的，家庭简直变成吃饭的饭堂、睡觉的旅馆。在培养儿子的指导思想上，只致力于三餐饱，布衣暖的要求上。

"刚才你说近在身边，远在天涯一言，十分准确地切中我养儿不教之过，身不传言不教，家长是孩子第一任教师。'孟母三迁'是对子爱护，'岳母刺字'是对子教育。我不及古代贤母一分一毫。"

老陈见状倒觉得自己恐怕言重了，于是说：

"情急之中有些冲动，请原谅！您竭尽全力投入工作，身边的职工都清楚，但大宝毕竟是孩子！"

"如此真知灼见，我感激都来不及！只是儿子逆反情绪重重，无比忧心！"

"只能慢慢来，不好操之过急。"老陈好像对儿子的父亲说，又似在自言自语。

育才林夜色谈话后，陈敬颜有意无意与大宝聊天谈话，还邀他上门一块儿做饺子吃面条，渐渐在大宝喜欢听老陈讲历史传奇故事的同时，还向老陈学习书法。使心灵纠结的父亲也稍稍安心了点。儿子十八岁那年，则报名到农村插队落户，也是自己先与老陈商定的。送儿下乡在轮船码头父子临分别瞬间，对着亲生父亲还是一言不发，直到老陈捧着"文房四宝"匆匆赶来，儿子顿时热泪盈眶而挥手与送行者说"再见"！

以后儿子到红旗公社红旗大队后，一蹲就是七年，因他的一手比较得体的书法，在农村倒有露一手的机会，生产大队、公社都需要能画画与书法的人才，因此颇受队长、书记的青睐。更有意思的是吸引了一位长相清秀俊雅的姑娘，而姑娘的父亲是方圆数里颇有名声的民间老中医。老中医当年就读于附属医学高职学校，只因临毕业前一场大病，被剥夺了参加毕业考试的权利，以致丧失了统一分配的机会。

第一次见面后老中医就私下对女儿说，难怪见到大宝似曾相识，原来与当年金院长一个模样。此后大宝拜老中医为师，老中医说读书时最爱金校长著编的《外科手术图解》一书，到如今仍然历历在目。要求大宝熟读、熟识、熟知此图解，它不仅在外科领域能起到举一反三的效果，而且对针灸学科也有重要借鉴作用。想当年最喜欢听金校长上课，金校长从未带备课笔记，仅带几支粉笔而已，一上讲台一张一目了然的示意图，然后延伸出应知应会的知识点，课后同学们对照书本，惊叹不已。

当年听课笔记竟有三大本，如今对照医疗实践，条条管用。金校长对学生期望值很高，总是亲力亲为，对学生充满慈爱，记得在一次实践课中，一位女同学王国英特胆小怕见血，金校长挽起袖子，鼓励她勇于实验，同学们见状友好地围在一起，一边拍手，一边喊国英不怕！国英不怕！事后王国英对她的同学说，那天开始时十分害怕，但一见到挽起袖子甘当患者的金校长和他那充满期盼慈父般的眼神，立即镇静了，平素学习的知识点在脑海中非常清晰，操作成功也就是自然而然的事了。从此胆小腼腆的王国英转变为遇事果断，雷厉风行的王护士长，且在首都一大医院急诊科任职。

老中医又讲了一个故事，说那次目睹校长为一位年轻人治手臂脱臼，旁边的医生认为脱臼时间已太长，有大片粘连而难以手法复位因此必须手术，校长嘴上没有说什么，只是双手触摸着患者左右的肩膀及手臂，又在脱臼的患肢上按捺着，触摸着，只听得年轻人一声"啊哟"，校长轻声地说，"复位了"，年轻人一抛手臂立即惊呼起来，一点异样也没有了。当时大家就自然而然说开了，有的说，校长治手臂脱臼真神，得益于对人体解剖熟悉，不必用眼睛去看，就像视觉停止活动了而全凭精神意愿在活动，难怪著编的《外科手术图解》一书受业内人士追捧。有的说，校长富有才华与智慧的心灵，且能不断学习提高，知识面不断拓展。

老中医强调说，极仰慕校长的为人，是自己一生学习的楷模。大宝听后双耳发烫、鼻子发酸，恼怒自己幼稚、无理行为伤害至亲至爱的父亲，躲在知青小屋里哭了二个小时，俊雅的姑娘一边流泪一边劝慰，最后跑回家想搬救兵，谁知老中医却直言不讳地说，哭了二个小时算什么？他父亲、我们尊敬的校长，夜半暗自垂泪多少日子！不会尊重体谅至亲至爱的亲人，以后如何能体贴病人呢？要做个好医生首先要做个好儿子！正直善良老中医的一席话使大宝从梦魇中醒悟。

陈敬颜收到老中医从农村的来信，为之而欣喜若狂，一个劲儿地说道，好人自有好报！好人自有好报！原来陈敬颜是老中医的表兄，大宝插队到红旗大队是陈敬颜与老中医事先商定好的。而大宝父子俩知道这前因后果，一直要到大宝支援非洲医疗队的送别会上，老中医才"告发"的。大宝父亲心里默默念道，果然世上就是好人多！不为众人踏踏实实服务，还算是杏林之一员吗？

第十四章
见利忘义医闹狂　义胆阻退众法盲

　　鲁迅先生说：中国自古以来，就有埋头苦干的人，就有拼命硬干的人，就有为民请命的人，就有舍身求法的人——他们是中国的脊梁。广大的医务工作者就是一群埋头苦干、拼命硬干的人。虽然他们有时感叹自己做医师难，做好医师更是难上加难，但在生命的长河中，他们仍然百折而不回！所以仍然堪称是中国人的脊梁！何以见得，就说那几天发生的事——

　　小春临时为"方便门诊"的医生代班。"方便门诊"开设的初衷，专为那些年老者和经济状况较差的群众而设立的，但始料不及的是，到"方便门诊"来"方便"的人越来越多，往往一个上午要接待上百号的人，不仅各行各业，且年轻力壮的人群渐渐多了起来。那些年老体弱者反而吃不消排长队，只好离去。接诊医生忙得上厕所的时间都没有，因此多不敢喝开水，即使是六月酷暑大热天，也只能含一口润湿润湿喉咙而已。时针指向九点时，正是门诊高峰时，突然从二楼传来阵阵哭闹声，大概又发生什么医疗纠纷了，小春心中直发忟。想知道个究竟，但无分身之术，果然不出所料，十点左右，门诊护士长帮助平息事态后，简单诉说了事情的经过——二楼外科门诊来了位四十五岁的女性患者，自诉两侧乳房均有桃核大的肿块，经常能触摸到。她听熟人讲过，更年期易患乳腺癌，因而特别害怕，晚上经常从噩梦中惊醒，导致失眠。接诊的是一位外科年轻医生，对她照例进行询问病史和体检。检查完毕，对女患者说，要放心就拍个片子，一边在病历卡上急急忙忙写了几行字，其中最后一行医嘱写着：建议 CT 检查。这位患者本来就是带着忐忑不安的心情来就诊的，看着这近乎蝌蚪文的"天书"，特别"CT"两个字母，被误认为就是群众平时在说的"Ca"，这一惊非同小可，这个平日"谈癌色变"的患者，顿时昏倒在诊疗室。

事实上，这位年轻医生在病历上写着：发现一个质地软、光滑、大小为 3cm×3cm 的肿块，初步判断为小叶增生、乳房纤维瘤，建议"随访"和"CT"检查。应该说这位医生的基础知识和专业知识还是可以的，问诊、查体、诊断等处理也是无可非议的。却闹得整个门诊秩序混乱，患者哭着，家属闹着，沸沸扬扬的结果。

那问题出在哪里？年轻医生缺乏耐心的交流与沟通。假若这位医生能仔仔细细一字一字地向女患者交代一遍检查结果与有关肿瘤方面的知识，或许这位病人就不会发生误解了；倘若这位年轻医生一笔一画地写好字，这位女患者能看得懂并得以理解了，或许也不会发生哭闹的场面。因此护士长跑遍整个门诊各诊疗室，希望每位医生务必与病人面对面多沟通。

小春听了原委后心里直犯难，看实际情况吧！病人一个接一个，一拨接一拨，几个人紧紧站在你周围，几十双眼睛盯着你诊治、开处方，有时里三层外三层围得你简直透不过气来。与病人面对面多沟通，医生何尝不想，但是实在没有时间与病人多交谈。事实上，病人确实喜欢与医生交谈，以得到必要的医学常识，多好！医生也希望与病人沟通，把自己满脑子的健康知识传递给他们，多乐！但排在后面的病人巴不得医生处理得越快越好，等到他接受诊治时，又巴不得医生处理得越仔细越好。这正如乘车的旅客，没有上车以前巴不得自己能尽快挤上去，但挤上去的旅客又巴不得乘务员快快地关上车门，拒

杏
林
儿
女

绝车门外的旅客再上来。多数人的心理或许如此。作为医务人员只能从实际情况出发，竭尽全力把自己的事做好。

近十二点时，就诊的人自然而然减少了，坐在一边一直等待着的一男一女起身来到小春面前，那位男子笑嘻嘻地从口袋里拿出一本绿色簿面的公费医疗本，放到小春面前，那位女子迅速坐落在小春的旁边，一个劲儿地夸赞说：

"旁边已经坐了个把小时，看着您为病人诊治，那么细心、那么耐心、那么专心，有过硬的业务本领，才能有如此能耐，碰到您这样的好医生实在是病人的福分。"

小春感到诚惶诚恐，浑身不自在，但又不能实话实说，只好说：

"别这样说，每位医生都是如此，有什么要求请讲！"

那女子眉宇间显现得意之色，笑逐颜开地说：

"很简单，就是开些药，只不过把我病历上记载着的药开在我老父亲的医疗本上，只要您能高抬贵手就能办成。好医生帮个忙吧！"

小春说这是违反规定，把绿色簿面的公费医疗本退还给他们，婉言拒绝这个要求。谁知刚才还笑嘻嘻的男子马上怒目而视，恶狠狠地说：

"还说病人是上帝，现在上帝叫你开药就开药，开到哪个本子关你屁事！"

那女子也一扫眉宇间的笑颜，立马倒戈反唇相讥：

"到方便门诊来的哪会是顶尖医生？！不开药，让我们白白地等了一上午！你得赔偿一上午损失！"

说着就上前一个巴掌，小春本能地闪开，谁知那个男子举起右手劈面打来，突如其来的身心袭击，小春霎时感到全身血都涌上脑门，全身都麻木了，嘴上条件反射地一个劲儿地说：

"咋不讲理，咋不讲理！"鼻子里鲜血直流，小春只觉得头晕目眩，倒在地上不省人事。事后的处理结果，聪明同志多能想象——身心交瘁的小春躺在病床上，有关领导捧上一束鲜花，送上一篮水果及一些滋补品，还关照周围同志要照顾好小春的身体与生活，以无与伦比的爱心给予温暖，并赞扬说道，"坚持原则，大局为重，忍辱负重，"并表示一定向有关部门反映，要求严惩凶手等等。

在门诊诊疗中，面对面的服务多在几分钟或数十分钟，互相间了解较少，互相磨合过程短，容易产生彼此之间的摩擦，因此在门诊有纠纷尚属"苟且"之中。后来在外科病区也发生了一件事，且当事者还是医术精湛、医德顶呱呱的医务工作者，十个病者，九个夸！送来感谢信、奖状数不胜数，是市优秀人才演讲团人员。可也被卷入势不可挡的医患纠纷之中，使为众多医者不寒而栗。

据说院办公室已经二次找他谈话，前一天写了一份病人住院经过和一份手术情况。过了二天又说主管局要来核实情况，可能什么记者也要来采访。唉！说来说去还是这样几句话，可是说说容易，写起来真有点不是味儿。总觉得明明不是贼却被告之为贼那般揪心的感觉。他宁愿在手术台上连续站立整整十几个小时，宁愿在门诊岗位上四个小时不喝开水，不上厕所。因为在手术台上、在门诊岗位上虽然双手不停，大脑思索不断，劳力劳心劳神；背酸腰痛，脑袋发胀，但总有那种自豪感在疲惫不堪的肉体中燃烧着，所以年年岁岁支撑着再支撑着！

他原以为自己堂堂正正做人，认认真真行医，一身正气，不会遭人非议。可是就是这位大夫，却意外地卷入长达一年之久的马拉松式的医患纠纷案中。就是这位病人曾二次送红包，都被他婉言谢绝，而且这次手术难度大，但又是十分成功的案例，在他的医学生涯中能说上有里程碑的意义。

说起这桩医患纠纷必须先从病人及她的家属说起，病人的家属在所在村庄里是一位不是能人的"能人"——想当年农业学大寨之际，虽然肩不能挑百来斤的稻谷担，手不会握捻河泥杆，按生产队评分标准是不能评为"十折"（一天可获得 10 个工分，是满分）全劳动力，但全年的记分单上，"能人"显然排在前二位；虽然小学也未毕业，但"能人"能当上小队的记账员，别小看这个小小的记账员，在三十六户规模的生产队里，是在小队长的一人之下，三十五户之上的人。他起码每天都能记上十个工分，到了年底分红总在红榜之前列，虽然家底单薄，但在他家兄弟中最先娶妻的还是他。娶的是一位叫阿曼的外乡姑娘。也是小队长的吹嘘下，说"能人"如何聪明能干，外乡姑娘信以为真。娶上这个外乡姑娘，"能人"先后花了一百元人民币，一百斤稻谷，外加阿曼回乡分送亲朋好友、左邻右舍的一斤水果糖。娶这个外乡姑娘比本乡本土的姑娘要少花不少钱！否则"能人"也不可能如此早早娶上媳妇。

　　而且外乡姑娘虽不是画中人那样漂亮，但也是村里数一数二的俏女子，不仅长得小巧玲珑、五官端正，且读过初中，懂得氯化钠是盐，能识 ABCD。每每出的主意也的确比他高明，例如"养蜂经济价值比种菜高出数倍；养大白鹅比养鸡、鸭合算，因为大白鹅主要吃青草，鸡、鸭却要米糠饲料"。多精明！不是十里挑一，百里挑一，简直是千人中难挑一哪！所以"能人"十分满意这位外乡阿曼姑娘，总是在人前吹嘘他的妻子，说她是中学生，是半个秀才，要不是她家庭生活困难而辍学，准能考上大学，成为吃公粮的举人老爷呢！扬言娶她是几辈子修来的福气，发誓要爱她十辈子！

　　一年后，阿曼姑娘为他生了个双眼皮的小闺女，他们的日子过得顺当和美。到了双眼皮的闺女长到五岁的时候，农村发生了翻天覆地的变化：肚子填饱了，家中猪能养二三头了，鸡鸭成群了，阿曼姑娘穿上了"的确良"花衬衫了，他也买起皮鞋了！继而他的确成了能人了！

　　因为自家住宅在小镇边缘，小镇扩展了，他似乎变成镇上人了。他先向亲友借了数千元钱，开了一家小五金店铺，后来居然发了，店开大了，钱也多起来了。有人调侃他该换换老婆了，他一听正中下怀。他听一位老先生说过，"贵易交，富易妻，人情乎?"但是老先生也说过，"贫贱之交不可忘，糟糠之妻不下堂"。他要重新娶妻是他主观的强烈愿望，也是他秉性所决定的。第一，感觉娶她一个外地贫困山区的女人，在生意人层面上觉得塌台，没出息；第二，阿曼已人老珠黄，比较人家的老板娘，真好比乌鸡与凤凰！阿曼实在太难看了。"啊！我真是上辈子作孽，做了十辈子倒霉的事！更何况她只会生女儿，不生个儿子，今后的财产归外姓人所有！"越想越后悔，越思越气恼，发誓必须打发她走。几次三番与阿曼提议离婚，但她宁死不离家，坚决不同意办理离婚手续。因此他几乎处处找事端茬子，天天鸡犬不宁。为了幼小的女儿，她天天忍气吞声，还好言好语相劝，希望他念在多年夫妻感情的份上回心转意。

这天，他又与那些酒肉朋友喝得昏天黑地，回家后，因妻子忙于五金店的买卖，没有给泡好下午茶，他借题发挥，假借酒兴，一边使劲拳打脚踢，一边声嘶力竭地号叫着，"为啥不离婚，为啥不离婚，打断你的腿，扭断你的手。"他竟然使出当年握捻河泥杆还着力的男人手力，只听见阿曼"啊"的一声嘶叫，顿时昏厥过去。旁边的小女儿吓得哇哇大哭，眼见要闹出人命来了，"能人"此时醉意全消，急如星火地拨打"120"！

接诊的商明医生是接台手术，第一台是断臂修复术，第二台是手指、手掌矫正术，医生们看到此病人骨折及神经血管撕裂非常复杂，手术医生惊叹，作孽者力大且心狠！类似于手掌被卷入搅拌机，被扭成了麻花的模样，扭断比直接斩断接活更难！商明医生觉得遇到了少见的复杂手术，但少且难的手术摆在医生面前，医生没有理由和借口可以推托。然而摆在商明医生眼前的手掌、手指矫正术，除接骨外，还必须在显微镜下精细吻合手掌、手指的细小血管、神经。五大三粗男子汉手握比苏绣娘子的针线还小，他们的手比苏绣娘子的手还巧，他们的心比苏绣娘子的心还细，准确对接且须恢复其活力，医者们的精湛技艺不言而喻。

商明医生及其助手们历时整整九个小时的手术，为她接上扭断了的手臂手指，矫正扭伤的手掌。"为患者接活手臂手指，这么多小时的辛苦也值得。"商明伸伸僵硬的腰背，脸上露出淡淡的笑。这一日从早上一直忙到晚上，没喝上一口水，手术期间没上过一次厕所。大多医生都这样，手术时如果上厕所，很麻烦，要重新全部消毒换装，所以一般都会少喝水，或不喝水，就是忍一会儿再忍一会儿。

术后六个月，老天不负有心人，阿曼福大命好，她的手臂、拇指与食指功能恢复完好的程度大大出人意料。科室的医护人员都为此兴奋不已！帮助手掌、手指功能的恢复可是一件功德无量的好事，因为有了手，才有做人的底蕴；恢复了手的功能，才能有踏实做人的滋味。以为阿曼有了新生，觉得她丈夫在住院期间似有内疚之心，后悔之意，日后也会回心转意，重修旧好。但是令商明和科室的医护人员万万没有想到的却是事与愿违。

先说阿曼，科室的同志十分同情她的遭遇，因此刚拆线回家后，她不时到科室诉说她的不舒服，手掌不如以前那么自如，手指也没过去灵活。大家总是耐心相劝，护士长曾不厌其烦一次又一次地教她康复方面的知识。然而她总是隔三岔五到科室里坐着不走，有时流泪，有时哭泣，提的问题也越来越离奇，终于她说要科室为她提供生个男孩子的证明书。

护士长说，计划生育是国家大事，我们没有这方面的权力。她听了后就坐在地上又哭又骂，说手指麻木手掌痉挛，生不如死。引来许多看热闹的群众，当然有人认为医院大概也有不当之处，否则病人不会不成体统闹事。闹得科室的医生、护士心烦意乱。

一位年事已高的医生说，闹得我血压直往上冲。另一个年轻护士说，事情一大堆但我真不知该做哪一件？天大的好事、乐事，却变成医疗纠纷！商明医生不禁想起刚参加工作时发生的一幕——那时是"文革"期间。这天下午，接诊了一位穿一件印着机电厂工装的病人，他左手手指被刀子削破了一层皮，医生为他涂抹消毒液包扎后，嘱其夜间可去掉包扎的纱布，暴露伤口反倒容易痊愈。处理好这位病人就洗手准备下班，因为下班铃早已响过，谁知他拦住去路，说要开一周的病假证明。

"不会影响你上班工作的。"医生说道。

"不会影响工作的，可影响我的健康，刚才路上流了很多血！要是烂了怎么办？"病人大声嚷嚷。

大声嚷嚷引来了许多看热闹的群众。

"不会的，不大可能！"医生分辩说。

见围观的人多了，这位病人认为自己是工人，绝对有理，越来越不得了，边说边拉起医生的前襟。

"不会影响健康的，是你说的，凭什么？凭什么？"

"凭科学！"

"凭什么科学？走，去见你们的领导去！"他又拉着医生的前襟往外挤。

"不能如此盛气凌人啊！"突然从人群中走出一个中等个儿，戴着一副玳瑁眼镜的中年人。

"你是谁？"

"我叫金健民，是革命委员会副主任。"

"好极了，主任请评评理"！

"刚才的事我都看到了，病人就诊就是要听医生的，他说不会影响你上班工作的，可以上班，那你应当上班。"

"我要开病假证明。"

"病假证明不能随便开！"

"不开病假证明单就是臭老九！"

"他不是臭老九，今天的病假证明单就是不能开！"

周围群众不约而同地拍手叫好，那位身着机电厂工装的人悻悻地离开外科诊治室。

"能有这样敢于保护医务工作者的主任真好！"群众中有人赞许地说。

商明医生何尝不想，有敢于站出来的领导使医务人员不受无端委曲，医务人员就感受到无比的温暖，即使工作再累再苦，也在所不惜。

"商明医生，我们只能把此事上报医院了？"护士长的问话打断了商明医生对往事的回忆。

只能上报，不愿报也得报，因为已经影响科室的正常工作开展！原本一件大好事，一缸酒变成了一缸醋，商明怎么想也想不出一个所以然来。

天下之大，无奇不有，医疗纠纷发生的过程中竟然也是有人忧愁有人喜，阿曼的丈夫高兴得不得了，在阿曼住院期间，他暗中观察，细细分析，惊喜地发现一个天大秘密：医生、护士最害怕与人争吵。究其原因是他们在学堂"浸泡"太久，成了老百姓通常所说的"秀才"。正如俗话说的那样，"秀才遇到兵，有理说不清"。他有了这个发现后，兴奋极了。看到了别人没看到的发财门道——"医闹"，犹如一幅美轮美奂的苏州刺绣图已握在他手中，美极了。真叫人垂涎三尺，爱不释手啊！

然而他早得到了这珍稀的东西——失而复得的爱人健康乃是人世间最值得珍惜和企求的，他却浑然不知，梦想医闹成功很可能还是一笔不小的收入！如果能在医院里捞一把，比自己开小店赚钱还来得快。还听人说过，"医闹"必须"闹"大，大"闹"得大钱，小"闹"得小钱。于是他导演了"医闹"的三部曲，先叫阿曼到科室没事找事去纠缠，继而争吵，最好医务人员开口骂人；接着他就可以借以老婆被辱骂而名正言顺地大闹科室、医院；最后迫使医院"大放血"。到时还能休了这个穷乡僻壤来的"乡巴佬"。

他一边打着如意算盘，一边教唆着阿曼如何到医院演戏。阿曼离开科室来到院长办公室，她见到办公室的同志后泪流满面，诉说自己手术后很久了，手臂还是又痛又麻，不能干家务活儿，因此被丈夫打得青一块紫一块的，她不时卷起袖子让人瞧自己的伤疤，医院办公室的同志当然也十分同情她的遭遇，主动与理疗科沟通，为她免费做理疗。但是一周后，阿曼又早早地坐在医院办公室门口，甚至比工作人员上班还早，八点钟后她坐在地上边哭边号，说医院把自己手搞残废了，只有死在医院了。许多同志劝她别哭了，而且告诉她她的手术是成功的，手掌功能慢慢会恢复的。快到中午了，有位同志好心自己掏钱给她买来了点心，还给她十元钱作为路费。

仁心没能感动得了他，医院的宽容更激发他的疯狂。第二天，"能人"率领着家里的兄弟姐妹、大姨小姑、堂兄堂嫂，凡是能动员的亲戚朋友全都来了，年老者，年幼的，浩浩荡荡地来到医院。医院一方面打电话报告上级领导部门，一方面还是以礼相待，请他们坐下来谈，力求解决问题。医院的会议室门大开着，平日大多数的工作人员很少踏进这个全院最高级别的会议室，请他们一一上座，一一泡上茶，奉送到各位面前。闹事者犹似千人一面的样式，紧紧绷着的脸，斜睨的双眼，紧盯着医院工作人员的一举一动，似有说不清道不明的冤屈憋在心头。"能人"心里乐得美滋滋的。双方的沟通根本谈不到一起，一方认为应该摆事实讲道理；另一方却认定医院只能用钱才能"摆平"。经治医生还没讲完诊治全过程，就被对方打断。

"能人"向他旁边人使眼色，有人即刻动起手来，掷茶杯甩热水瓶，敲桌砸椅，殴打医生和护士。

正在此时，会议室大门突然被打开，冲进一个年轻小伙子，他迅速脱下穿着的白大褂，快步赶到"能人"身边，一把抓住能人的手臂吼道：

"今天我拼着不当医生，也要教训你这个不仁不义的无耻之徒！"同时对阿曼喊道：

"打你致残的是你老公，救治你的是医生，我的老师为了你那天能顺利手术，自己的老爹却在重症监护室请别人照顾！将心比心你摸摸良心是否还在？"

"能人"也认识此人，他是商明医生带教的见习医生，与商明医生一起查房、一起出门诊、一起上手术台，商明医生在哪里，他即会在哪里出现。医生们戏谑说他是商明医生的影子，病人亲切称之为小商明。他个性直率，更生得一副侠义心肠，敢作敢为。记得一个小偷偷了一位病人的钱包，他追赶着爬了几十级楼梯，虽然被小偷用匕首刺伤手臂，但他认为值得。他也是一个工作狂，除了吃饭睡觉，几乎所有的时间都在病房，他操作认真，细心，耐心，受到病人的一致好评，包括阿曼和她的老公，都说是商明医生教育有方。

"能人"的女儿小曼也坐在会议室，听信爹娘的说法，跟着来讨个公道，听到小商明言之凿凿的一番话，拉着娘亲的衣袖连声问，

"你们为什么要欺骗我？"

小商明两道剑眉直竖，布满血丝的双眼似要喷出团团烈火！"能人"心虚，害怕，他的前额不由自主地冷汗直冒，双脚不听使唤地发抖，他简直快跪下来了，他战战兢兢地说：

"是我错，是我对不起你们。"

小商明被同志们好说歹说地劝开了。"能人"他们悻悻地离开了。

阿曼事件平息了，医院又回归正常的工作轨道，然而医务人员总觉得心有余悸，冷不防从哪一方又冒出个"石猴"搅得天昏地暗，因为医疗工作的不确定因素实在太多。但正如一位曾在铁路系统工作的老师傅所说那样，"铁路系统会出现一些意外，处理原则是实事求是，依法办理，该处理的就处理。但总不能因铁路出事故，就把铁路全扒掉，殴打辱骂火车驾驶员出气！如果是这样不正常情况延展下去，最后将误国害民！"常听到医院出纠纷就把医生打伤甚至打死。因此，用法律手段处理医疗纠纷已是箭在弦上，刻不容缓！

医院手术室同志上书院长室，强烈要求医院设立委屈奖，奖给类似商明、小春……医务人员，他们既付出超于常人的脑力、体力的奉献，又忍受莫明其妙的委屈。

医院有关方面组织医务人员努力学习医学科学普及知识，同时反思这件纠纷事件，其中一个原因是医疗结果与病人期望落差大，多

数患者及家属认为进医院看病，医生会包医包好。例如阿曼认为，到了医院接受手术后，一切都会回复到与受伤前一模一样，双手能自如地拔鸭头颈上细细的绒毛。所以普及医学科学知识正如金健民院长主张的那样，永远是医院责无旁贷的大事。

小商明医学院毕业后又去攻读了法律学，在学习期间他给老师们写信说，如果我们医生、护士掌握一定的法律知识，在阿曼进院时，给她讲述她丈夫已侵犯妇女权益，触犯了法律，或许她丈夫就钻不到这个空子。因此，普及法律知识也任重而道远。

后来，阿曼向法院提交离婚申请，带着女儿自己开设一家缝纫店，说女孩儿长大后一定鼓励她报考医学专业，教育她像商明、小商明一样，成为医学殿堂上医术精、医德好的医务工作者。

更要提及的是，商明团队仍像老黄牛一样天天耕耘十二三个小时，像蜜蜂一样整天不知疲倦地上手术台、出门诊、救灾抢险……

第十五章
坚辞官职为济世　倾注毕生治顽症

　　这天，宋小三特地早早就起床，前几天又知道赵大哥住院了，想来想去总觉得自己有愧于这位金兰兄弟，不少时间过去了，还没有请到神医般的大医为赵大哥好好诊疗一次，而且在宋小三看来，只要经神医般的大医诊治后，赵大哥的病就一定会痊愈，一定会重新过上愉快的生活。

　　一大清早，利用上班前的时间匆匆来到医院探望赵大哥，一踏进病房，刚叫了一声"赵大哥！"他立即惊喜得合不上嘴，向着赵大哥一个劲儿打手势。赵大哥见宋小三的到来既高兴，但对他的指指点点又莫名其妙。宋小三终于见到四处寻找的周卓然大夫正在弓着腰为邻床病人听诊，周大夫听得那样仔细，那样入神，因此对宋小三的神神叨叨的滑稽相，一点儿也没觉察。

　　"好一个周神医，正是人们常说的那样：踏破铁鞋无觅处，得来全不费工夫！"

　　曾几次三番寻找您，知情人每每告之：

　　"出差了！"

　　"参加学术报告会去了！"

　　"讲学去了！"

"去开评审会议了！"

宋小三情不自禁欣喜地喊了声："周大夫！"

周大夫闻声抬起头来见是宋小三，连声说,："宋医生好，宋医生好！"

"周大夫，这么早就上班啦！"宋小三无不敬佩地说。

今天周大夫近在眼前，平日虽然与他也见面，但往往是擦肩而过。宋小三突然发现周大夫是位儒雅男子，白大褂合身且很干净，白净的脸上嵌着一双充满智慧的眼睛，让人想起《西游记》中孙悟空的火眼金睛。他的双眼明亮，特能洞察隐匿在人身上的病魔。

"不，我是临时来看看的。"

"周院长实在太忙，上班抽不出时间，已经连续二日起早为我的儿子来诊治疾病了，大恩不言谢。"邻床病人家属非常动情地说着。

宋小三听后立即觉得脸颊发烫，真如俗语所说，不怕不识货，只怕货比货。宋小三也终于明白周大夫难找的原因。听诊完毕的周院长对病人说：

"小伙子，能不能从底楼跑到五楼？"

"可以，可以，"病人一骨碌从病床上跳起，头也不回就往外跑了。

看到邻床病人如此动作灵活，赵大哥忍俊不禁地问：

"这位小兄弟也有病？"

"是的，我也不相信正在高中读书的儿子有病，以前他是学校的运动尖子。可是前些日子，儿子在学校里几次出现晕厥，老师说应当去治疗这晕厥的毛病。进入医院急诊室，心电图一检查就把我们家长也吓得晕厥过去，说我们儿子得的是心脏病——完全性房室传导阻滞。我们曾请省内著名心内科专家会诊过，得到的是相同的诊断结论，医生们建议安装人工起搏器。目前我们只好住院准备手术，同时也请周院长会诊指导。"

病人母亲边说边惦记着从楼下跑到楼上的儿子，不时向窗外

杏
林
儿
女

眺望。

宋小三寻觅到难得的机会，立即小心翼翼地指着躺在病床上的赵大勇对周院长说道：

"周院长找您好久了，可是一直联系不上，今天终于碰巧了，也想请您为赵大哥诊治诊治，可以吗？"

"可以！"周院长毫不犹豫地答应了，继而又看了看手表说：

"可能今天来不及了，但是你放心，我会抽时间来的。"

"谢谢费心。"赵大嫂也跟着说。

正在此时，跑楼梯的病人急匆匆地回来了，周院长站立在床边为其听诊，听诊器从前胸到后背，从锁骨处到肋间。随着周院长的听诊器上下移动，病人母亲心里也是七上八下，她希望有好的结果，但更信任周院长实事求是的行医作风——从不隐瞒病情或夸大病症。宋小三眼睛眨也没眨看着周院长左右上下移动的听诊器，他非常羡慕周院长手中这只听诊器，听说过不少关于周院长手中这只听诊器的传奇故事，心想自己能有周院长一半的技术一半的威信，此生也就足矣。

赵大勇夫妇闷声不响好奇地看着眼前的一切。

周院长收起听诊器，对病人和他的母亲说：

"基本上能排除是完全性房室传导阻滞，应诊断为功能性传导阻滞，不过请再去做一次心电图检查。"

病人母亲迫不及待地说：

"那不用安装心脏起搏器了？"

"完全是健康者，还安装什么心脏起搏器！"周院长笑着认真地说，而且又很快补充说：

"以前的心电图我仔细察看过，刚才爬了五楼回来的小伙子端端正正地站在我们面前，然后又仔细听诊，功能性传导阻滞诊断成立。我估计这次心电图应该是正常的。今天就可以出院！"

"啊！是真的吗？"满屋子的人几乎同时吐出同一句话。

"人们往往着眼于樵夫挑回比别人多得多的柴担，容易忽视樵夫勤于磨刀的功夫。周大夫高超的医术得益于他扎实的基本功。他那炉火纯青的望、触、叩、听的技能，犹如庖丁解牛的那把锋利的刀刃，技术纯熟神妙，所以他诊治疾病得心应手。"宋小三这话似乎是对别人说，但实在是对自己的告诫。

他们三人一块儿走了出去。没过多少时间，母子俩兴高采烈地回来了。

病人母亲一进门就笑眯眯地说："幸亏碰到周院长，要不然完全性房室传导阻滞——安装人工起搏器，一个心脏健康的小青年变成一个心脏病的小老头！花钱是小事，一家子都得背上沉重的思想包袱。周大夫名不虚传，果断地鉴别出生理性与病理性，神医！救了我们一家，大恩啊！"这位母亲愉悦地整理儿子住院的物件，又立即说道：

"噢，对了，周大夫再三对我说，他会抽时间来看赵大哥的，他要看病历，要看检查报告，还会来问诊和体检的，所有这些他向来都是做得很认真的，而且我觉得他十分体谅病家，绝不会让病家多花一分冤枉钱，多跑一段冤枉路。"

宋小三喜出望外，老赵夫妇又喜又忧，喜的是或许遇到一位技术高、医德好的医生，忧的是自己患的是真病，不存在生理性与病理性的问题，没有邻床小伙子那般运气。上班时间临近，宋小三又着实安慰一番，也就急忙上班去了。

宋小三外出参加了一期短期培训班，而且意外地聆听了国内著名血液科教授主持的学术讲座，教授对血液系统疑难杂症的诊断和治疗有丰富的临床经验。既听了血液科教授的专业知识课，又向教授请教了三系减少的治疗方案，宋小三觉得分外开心，这次学习意义非凡，既促进了自己业务水平的提高，又顺手牵回一头"羊"——著名专业教授亲自开具的处方，这头"羊"对赵大哥来说或许是千金难求，几天来他想象了赵大哥接受教授治疗的种种良好结果，他好几次从梦乡中笑醒。因此回家后一放下行李，就兴冲冲地来到赵大哥的

杏
林
儿
女

— 198 —

病房。

赵大哥一看到他就喜不自禁地告诉说：

"今天窗外喜鹊叫，说我好运就来到。"

宋小三心中暗暗思忖，莫非真是心有灵犀一点通，放下带来的几听水果罐头，马上接着说：

"果然，从来没如此好机会，在学习班中还能为你牵头'羊'回来。"

"牵头'羊'回来？"赵大哥忍不住往病房外看去。

"不是真的'咩咩'叫的羊。"

"不是真正'咩咩'叫的羊，那又是什么样的羊呢？"忠厚老实的赵师傅糊涂了。

宋小三心中得意，便将在培训班中既学到专业的新知识，又求得教授三系减少的治疗方案，这样一举两得的事儿，实在太高兴了，所以自己别出心裁地称之为顺手牵"羊"。说着从内衣口袋里取出教授的治疗方案。

赵大哥听着听着忍不住紧握宋小三的双手连说：

"好兄弟，好兄弟！哥这辈子不会忘记你这位不是同胞胜似同胞的好兄弟。"

站在旁边的赵大嫂早已泪流满面，想插话却哽咽起来。

"赵大嫂，这是赵大哥的药。"护士小周托着药盘对赵大嫂说。小周见赵大嫂腮边的泪痕，惊奇地问：

"又发生了什么？刚才不是高高兴兴的吗，怎么没过五分钟又哭了，碰到什么伤心事？"

宋小三忙说：

"不是伤心事，是高兴，是高兴事！"

"本来就是天大的高兴事！不仅排除三系减少的疾病，还开出价格低廉又无副作用的有效药品。真是好运临门，我也为你们高兴呢。"

说话如放鞭炮似的护士小周，没几句话就把赵大哥的近况说得一步到位。她见赵大嫂笑着擦干腮边的泪珠，也就自己去忙碌了。

　　这回可让宋小三如坠云里雾中，想自己还没有出示教授的方案，她们在说啥呀？

　　"对，小周说得对，我好运临门，好运是你小三医生和周院长给的，我老赵一生一世没齿难忘。你小三侠肝义胆帮助找到周院长，是周院长精湛的医术救了我。"

　　老赵指着赵大嫂背影对小三说：

　　"她是直肠子的人，曾好几次说过不知用怎样的言语来表达对你的感激，刚才又听到你在学习班上为我的病而顺手牵羊的事，所以一下子止不住泪水直流而哽咽得说不出话来。现在她借故去卫生间，实际上是去洗眼泪的。我的好兄弟，哥欠你太多太多了！这辈子还不清，来世再偿还！"

　　说到动情处，老赵眼眶也湿润了。

　　"大哥您别这样，我站立不住了。"宋小三拱手求饶说。

　　"来，兄弟坐到哥身边。"老赵把近期发生的诊疗经历一点一滴地讲述起来。

　　那天上午，邻床年轻病人检查了一次心电图就出院了，年轻病人九点钟出去，十点钟不到一位新病人马上入住。这位新病人非常有意思，他自我介绍是本地一家大单位的办公室主任，他刨根问底地问前一位病人住了几天院、得什么病、是哪位医生诊治的、是否治愈完全康复，我告诉他住了两天院，是完全性房室传导阻滞，但周大夫果断地鉴别诊断其不是病理性的，所以这位病人就高高兴兴地出院了。

　　他一听是周大夫诊治的，马上给讲了一件奇事。说是几年前，他单位的一位退休工人患了一种奇怪的病，要么躺下，要么快步行走，就不能停下来站立，否则就要立即倒地。自从患上这种怪病后，这位退休工人最怕就是在街上碰见熟人，因为不能上前答话，许多朋友都责怪他见到了老同事不理不睬，他到过不少医院去就诊，也曾住院达七八次之多，诊治结论为颈椎病、心脏病等，还被安装了起搏器，均没有起到任何作用。

后来有人告诉周大夫这位退休工人患的怪病，周大夫得知后，当即产生要把它搞清楚的想法，让其前来住院，但家属感到十分惊讶，因为住院后既不给吊针挂液体，也不给药口服，就是卧位、坐位、立位不断地测量血压。几天后周大夫确定为"体位性低血压"。由于长时间未能确诊，病人此时几乎未抱任何希望，医生让服用甘草流浸膏时，病人不相信其能治怪病。

而结果却让人称奇不已，自从吃了药后，这种奇怪的症状不仅迅速消失，几年中也未曾发病，单位里的人都称道不已。这位办公室主任又说了要请几天假回家，因他知道近几天召开市人代会、市政协会，周院长肯定参加会议。当时我也寻思着等待，但出乎意料的是晚上七点过后，周院长就到病床边为我检查，他检查得非常仔细、轻柔，我这个老病号就诊无数，从未碰到过如此之体检，问诊是那么细致、全面。直觉告诉我，周大夫是位极其守信、品位高尚的医生。他是市政协常委，白天参加会议，晚上先后来过三次。我和我老婆都知道我们占用周大夫的休息时间，我老婆觉得一定要上门表示感谢。

那天已过晚餐时间，她敲了周大夫家的门，是女主人开的门。穿过一条走廊，左边是间小小的厨房，右边是客厅兼餐室，女主人热情招呼入座客厅，左壁是长江三峡的巨幅油画，右壁框架上贴满三好学生、竞赛优胜的各类奖状。靠着左壁，摆着三张木椅，两条茶几，茶几上两只花瓶插上数支含苞欲放的梅花。对面的右壁是一条长木椅子。这客厅的布置干净、朴素、文雅、大气。客厅中间放着一张八仙桌子，四周放着八只方凳，木制家具的油漆已经斑驳脱落，但一尘不染，家具虽旧却是一个温馨的家，八仙桌上的六菜一汤——炒青菜、番茄炒鸡蛋、炒青椒、红烧萝卜、清蒸带鱼、豆腐蒸虾米和一盆萝卜肉骨头汤，冒着热气散发着阵阵诱人的香味。

七点多，周大夫才回到了家。他身穿蓝底却洗得已经灰白的中山装。不是亲眼所见她真不敢相信，既是高级大夫又有院长职位的周大夫，住得简陋，吃得简单，穿着简朴。一家人逐一围坐拢来，他一边与她聊天，一边也准备进餐。他突然听到"格格"叫声，又看到茶几下面多了一只篮子，他发现了且很快站起来，对她连说："不行，不行，我从未收过病人礼物。"他的眼神平静中透着坚定，慈祥中透着严肃。她连说："是自家养的鸡和母鸡生的蛋，谈不上礼物却是一点心意！"周大夫说心意已领，礼物则是原轿去原轿回，送她出门的路上，他由衷地说："请您回答我，希望我能一心一意诊病治病还是三心二意呢？收了病家的礼物后我则是心不在焉，久之心底邪念丛生，还能做个好医生吗？一定要一辈子当一名病人喜欢的医生，清清白白做人，认认真真看病，所以我不能收病人一星半点的物品。"

我老婆回家说，周大夫真是位神医般的上品大夫！兄弟看我扯远了吧，非常不好意思的是周大夫后几次专为观察尿液而来。他虽然写下医嘱观察清晨小便，当医生问我尿液颜色，我告之尿液红棕色是因为喝中草药的缘故，医生护士均表示认可。然而第三天一早他却咚咚地跑了过来，特地来察看小便，观察好一会儿后对我说："中草药暂停二天。"尔后还未到送早餐的时间，他又咚咚地跑了过来观察尿液，边看边对我说："两天没喝中草药吧，小便还是红棕色，说明红棕色的尿液与喝中草药没有关系。"他说："您患的是阵发性睡眠性血红蛋白尿症，从临床上非常容易误诊为三系减少的疾病。"

这几天我已开始服用周大夫开的维生素 E 丸，三天来清晨尿液不再浑浊，而且头晕、乏力现象大为改善。夜深人静时，我突然悟出一个道理：有人说医生治愈疾病可能是凑巧，一次凑巧、二次碰巧倒也不足为奇，几次三番碰巧肯定有着不寻常的能力。周大夫屡屡治愈别人不能治愈的疾病，用蜜蜂采蜜来比喻如何掌握知识，据说蜜蜂每酿 500 克蜜大约需要在 100 万朵花上采集原料，如是说酿蜜须付出如此辛勤劳动的采集！那么要掌握变化莫测形形色色的疾病，这其中得花多少辛劳！更为难能可贵的是他心无旁骛，不为名，不为利。他就

是一个医术高明的中国白求恩大夫，是位品质高尚的人。老赵边说边唏嘘不已。

这位被传颂为神医的大夫另一种气度是善于放弃，敢于放弃，他放弃是为了什么？为的是坚守在救死扶伤的岗位上！

医院礼堂二楼的彩色电视机正在播放脍炙人口的越剧电影《红楼梦》，许多没有时间去电影院观赏的职工就携老带小地来到这里。有评论家说这部电影是编、导、演、音、美等专门人才的强强联合，堪称越剧经典。开播后盛况空前，场场爆满，一票难求。礼堂里的观众个个听得如醉如痴，情不自禁地发出阵阵喝彩声。一曲曲精彩的唱腔也吸引了二楼专家办公室内的周大夫，他从紧闭的门内走了出来，大家见到他，不约而同地主动让座。有人说，到我这里坐，有位子空着！又有人说，我正要离开，您到此来吧！更有人热情拉他入座！

他连连说谢谢，我在此站一会儿就行了！听到她们优美动听的唱腔，看到她们真切动人的表演，周大夫激动不已！但他站了不到五分钟，就毫不犹豫地回到了办公室，又进入了他的医学天地。

有位哲人说过："不要羡慕科学家的声誉，而应留心他们走过的路。"周大夫虽然天资聪慧，但是他成功的秘诀就是终身与书为伴，一生勤奋——整整半个多世纪！一年三百六十五天，不管是大雪纷飞的隆冬，还是汗流浃背的盛夏，凌晨五点许多人还在甜蜜的睡梦之中，他就开始读书学习；晚上不少人沉浸在餐馆茶楼的彻底放松之中，他还在图书馆查资料、记笔记。被国际上誉为经典的《西氏内科学》还没有被译成中文，他已经读完原版；《中华内科杂志》他每本必读；即使年过古稀时也还孜孜以求，永不放弃，依然跳动着刚从医学院校出来的牛犊之心，如饥似渴地潜心钻研着日新月异的临床医学科学，用只争朝夕的精神接受着方方面面的知识。

现代影像学中"磁共振""CT""B超"等方面的专业书籍，他都一本本地"啃"下来；检验专业所开展的新业务，他也时时关注；走进周大夫的书房，书柜上有关神经学、血液学、肾病学、心血管内

第十五章　坚辞官职为济世　倾注毕生治顽症

科、传染病学、儿科学，几乎涵盖众多的内科学科的书籍，多是最新版本。此外还有现代肿瘤学、腹部外科学、骨科学等，翻开书本见到的又是那么多的圈圈和点点。后来他又参加计算机培训班，阅读"信息网络基础及其医学应用"，为了上机操作，特地买了一本又一本的词典，记了三大本的笔记。对于汉字结构，汉字拼音进行了有规则的组合和排列，学得不亦乐乎。然而这位"年轻"的"夕阳"人又学得与众不同的结果——他创造性地将"智能 ABC 输入法"与拼音输入法有机地结合在一起，大大地提高了输入的速度。年轻的医学生们建议他申请专利。

其爱人任春不无自豪地说，凡是周大夫想干的事，他一定能做成功。他通晓英、德、日文，后来觉得俄文也应该学会，就利用上厕所的时间，几年后，将俄文版的《动脉粥样硬化》一书译成了中文。这就是周大夫坚韧不拔的学习精神与独特的学习速度。其动力源于一位医务工作者要医治疑难杂症，为广大的患病者脱离病魔的宏愿！对此不少人不以为然，认为极力控制自己的兴趣爱好，做人未免太委屈了自己。周大夫就是勇于放弃自己"小我"的一切，争得众人健康的"大我"，他的人生坐标上"大爱"两字熠熠生辉。

更让人意想不到的是，他被任命为医院院长后不久，竟几次要求辞去院长职务。或许人们会说最反对他辞去院长职务的 100% 是他的家属。其实最盼着他担任院长职务的，是医院的职工。大家亲眼看见处理几件医疗纠纷：门诊注射室一例青霉素过敏事件，这位病人注射了青霉素，突然倒地嗑掉门牙，病人和家属认为是医院的责任事故，但周院长认为院方按医疗规程办事，青霉素皮试阴性，可以注射，假如没有先行皮试而注射，才能定为医疗事故。

又如儿科一位女孩子的败血症病例，进院时严重感染，重度昏迷，经过积极的抢救与抗感染治疗，抗休克治疗，但休克后因局部循环受阻，引发下肢缺血性坏死（循环障碍性坏死），坏疽性足溃疡而截足趾所引发的纠纷案。周院长力排众议，表扬儿科医护人员不畏艰险，敢于接收病情十分沉重的患者，不仅医德高尚，而且还应纳入抢救成功的案例之中。如果把这抢救病例也当作责任事故来处理，以后有危重病人谁还敢抢救。医务人员不敢大胆抢救危重病人，既不利于医学科学发展，又不利于医疗卫生队伍的建设，这样下去最大的损害者仍然是众多的患者。事后不少医护人员知道了这件事的前因后果，无不感慨地说，倘若个个领导真心实意为一线工作人员着想，我们怎会不将心比心！

　　他长年在临床一线工作，最知一线职工的甘苦冷暖，所以职工从心底赞成他担任院长。但是他还是坚决辞去院长职务。为什么呢？病人希望周医师全力以赴救治他们，他说了一件难以忘怀的往事：一次我与其他几位专家正在会诊，突然闯进一大群人，其中看上去像是领头的人物，指着我对着他们说，这个人就是院长，他最有权力决定赔偿多少，因此我们必须逮着他。于是三四个大男人便涌上前来，有人甚至来抢我的听诊器。那个病人家属也反应过来，急忙跪下求他们不要乱来，有事也得请院长他们急会诊好后再说。可那群人不理不睬，整个病房乱成一团，奄奄一息的病人痛苦呻吟着说："专家……咋……还要……当院……"他的意思，院长当然领会，当个好医生为什么还要去当院长！

　　先贤早有教诲，"鱼与熊掌不可兼得"！俗话也说"甘蔗没有二头甜"，我岂是三头六臂的超人？病人需要的是一心专用的专家，不希望挂着五花八门、花花绿绿头衔的专业人员。他就在此时此刻开始深切自我反省，以往只要有医生名分，现在除了名，还要利，还要地位；过去做医生并未想到其他头衔，现在什么头衔都要，主任医师，还要主任委员……我的潜意识中是否有此念头？他又想起了当年从山村走出来的山妹子实现了自己的誓言，我曾经对小辫子的"一辈子当个好医生、一辈子救民疾苦，"的承诺，岂能付诸东流！刹那间他增强了辞去院长职务的决心。

　　熟悉周大夫的人都知道他有两个儿子在国外，一个在美国，一个在德国。大儿子周杰在美国田纳西大学任教，被校方聘为终身教授。他希望父母到美国定居。有一年，周大夫夫妇去美国看望儿子。一段时间后，有一天深夜，全家人都被他大声地梦呓话所惊醒，他的儿子说，听得最清楚的是"好，好，我一定马上回来……"。

第二天早上，周大夫向家人说起梦中的情境，他说不像在做梦而是在实地，他又见到李师傅躺在一大摊大便中，大叫着"周大夫救我"！他向儿子讲述了这位50多岁的建筑公司职工的往事，李师傅患病后每天大便排出2000多毫升，整个人完全睡在大便堆里，家人烦恼至极，本人也是痛不欲生，在省级医院住院2个月，医院诊断为慢性肠炎。听起来不很严重的疾病却久治不愈，心烦意乱的肠炎天天折磨着病人。就在一家人几近崩溃之际，家属请周大夫会诊，经询问病史和细致地观察病人拉出的大便后，周大夫意识到此不是一般意义上的肠炎，是一种疑难杂症，于是果断动员病人到上海瑞金医院接受治疗，同时给病人讲解病情和病因，让病人的心又热乎起来。病人来到上海瑞金医院，经手术后痊愈。如果继续将其作为普通的肠炎处理，后果可想而知，所以诊断这样的病例，治愈后病人高兴得不得了，他们惦记着我，我也记挂着他们呢！

聪明的儿子就准备老爷子回国的事，因为说梦话的内容往往与平时的思维相吻合，"日有所思，夜有所梦。"果然不出所料，过了两天，老爷子说夜里又梦见那位准备换心脏的患者高叫着，"我不要手术，我不要手术！我相信周大夫。"原来有医生诊断这位患者为扩张性心肌病，有效治疗方法之一是换心手术，在手术临近前，医教科邀请周大夫做术前会诊，周大夫一进病房看到病床下面放着大大小小的白酒瓶子，得知患者从幼年开始就特喜饮酒，随着年龄增大，酒量越来越大，浓度越饮越高，可以一天不吃饭，但不可以不饮酒，有狂饮白酒的历史，因此周大夫果断地诊断为酒精性心肌病。周医生问他要活命还是要饮酒，他毫不犹豫地说，戒酒！令人信服的是，这位患者戒酒以后就一直健康地生活着。

儿子听了老爷子的叙述，当天就买了回国的飞机票。老爷子知道后，笑眯眯地说，"知父莫若子！"

都说选择了医学就选择了责任，就选择了一生辛苦付出与无私奉献。但在周大夫看来，医学是他今生无悔的坚守，他在平凡的岗位上默默奉献，甘愿倾注自己毕生的精力给他的病人、给他热爱的医学事业！以医术赢得患者的新生，以医德收获病人的尊重，在平凡的岗位上闪耀着不平凡的光芒。

第十六章
远涉重洋援非去　满载友谊凯旋还

　　金健民前些日子已经向组织打了退休报告，估计不久能有回复，所以他开始整理办公室，写字台抽屉里一只大信封又吸引了他，里面装的是援外同志的来信。虽然他无数次阅读过它们，但是此刻他又有一种克制不住的强烈冲动，展开一封来信：

　　尊敬的主任：您好，每天梦里没有一天不梦到您和同志们，好想亲人啊！首先给父母写信，接着则给您及同道们写信，报告一些异国他乡有意味的情况——

　　我们四人合住一间房，二张桌子，四个椅子，一台电扇，但停电是常事，室内温度可达三十六七度。大树下搭个塑料棚算是饭堂，下大雨时雨水会滴到饭碗里。有的医疗点，长期没有自来水，吃的用的全是油罐车从河沟里拉来的水，雨季时水非常浑浊，只能用明矾澄清一下。面对现实的生活关、环境关、语言关、心理关、医疗关，必须克服。

　　这里工作环境落后超出我们的想象，我们所在的是省级医院，但比国内的镇医院还要差，急诊室只有一张破桌子，一张破椅子，连一张简易的诊察床都没有；住院病房里黑乎乎的，站在外面看不清房内的东西；手术室内的一个9头无影灯只能亮3个，手术台锈迹斑斑，

杏
林
儿
女

摇手柄无法转动，手术床上的棉垫子千疮百孔，血迹斑斑，还散发着阵阵臭气，手术室是个人人都可以随随便便进出的场所，听说有时狗也跑了进去；整个医院没有什么消毒设施，更不用说无菌概念和无菌条件。为了改变这一切，中国医生不知付出了多少汗水与心血。

就在这样的条件下，就在我们刚到不久——1974 年 12 月初，一位意外断手的病人被送到了中国医疗队。我们骨科医生与普外科等几位中国医生，勇敢地承担了这个几乎不可能完成的手术。好在断面还比较整齐，但是下边的动脉、静脉、神经、肌腱很难分辨，也没有仪器来证实，这例手术使我终生难忘，在极其简陋的条件下，这例手术取得成功堪称奇迹。在马里引起了轰动，有关部门发来贺电，对中国医疗队表示感谢。

术后，这位小伙子的手恢复良好，后来他还喜欢上了打中国的"国球"——乒乓球。出院后给我们中国医疗队来信说道，"我每天打中国的'国球'，就是天天提醒自己及家人，我的人生新起点是中国医生给的，我们全家永远记住中国，我喜欢你们，中国医生！中国人民万岁！"

虽然我们顶着高温、喝着泥浆水，但面对非洲人民的感激之情，尊敬的主任您说，此刻能用什么词汇来形容呢？！

医疗队交通不便，信息闭塞，一封亲友的来信最能受到大家的欢迎，因此大家已约定俗成——信息共享。这天，外科李医生收到从上海寄来的一封挂号信，一看便知道是国内同行寄给他的，刹那间大家兴奋得不得了，都想一睹为快。有人建议李医生马上读给大家听，觉得此为信息传递最快的办法，但有人马上反对，读着听？！我们又不是老眼昏花，自己读，一边看，一边还能体味同行医生的一片深情厚谊呢！大多数同志不约而同地拍手同意，接下来我们还有一个比小孩子还可爱的动作，采用"剪刀、石头、布"来排序，这是我们医疗队不成规矩的规矩，十几位同志一个接着一个，一面互相用手势比划着，一面兴致勃勃地喊着"剪刀、石头、布"，这使我们回到了童年，以此引发的快活是局外人无法理解的。

　　您的学生远隔亲人千山万水，但时刻不忘您当年的教诲：我们是医生，不管何时何地，治病救人是义不容辞的天职。尊敬的主任，我将不遗余力献身于救死扶伤事业！

学生　窦刚

　　合上信笺，往事出现在脑海。窦刚早年就学于省医学院，毕业后被分配到罗城地区医院，报到那天见到院长，恭恭敬敬向院长鞠躬行礼，说："久闻大名从师门下，三生有幸。"见多识广的院长立即拱手还礼，握着年轻人的双手，心中暗暗称奇。窦刚身材十分魁伟高大，但手指柔软且细长。聪明好学的窦刚不仅医术好，医德也高尚，晋升为主治医师后即被派遣到马里，窦刚未忘祖国的重托，废寝忘食地工作。谁知快要圆满完成援助任务之际，他患脑炎终因病势凶险，医治无效而离世。院长欲哭无泪，更是彻夜难眠，连呼老天不垂爱，夺去我们外科优秀接班人。窦医生为了救治他国他乡的患者，献出自己宝贵的生命，是当之无愧的伟大国际主义战士。壮哉！杏林的儿女们！

　　悲怆的院长展开了第二封信，抽出薄薄一张信笺，展现的是娟秀的字迹，是她的来信。她是谁，她就是被同志们称为"七仙女"的唐彩云，她母亲是位心灵手巧的绣花娘子，父亲是位桥梁工程师，曾参与设计建造钱江大桥，据说她出生那天正是钱江大桥要合拢的关键时刻，他父亲无暇迎接她的出生，倒是六位兄长在她外祖母的带领下齐整整站立在产房外，一听说是个女孩儿，六位哥哥欢蹦乱跳，一个说，母亲终于给我们添了个妹妹！另一个说，是天上的七仙女降临了！

　　彩云在成长的日子里不仅有父母的宠爱，更有六个哥哥用那六顶保护伞照管着，时时刻刻护卫着这位漂亮似小仙女的妹妹。大哥说，家中重活、杂事我们绝对不要小妹动手！二哥说，小妹可以绣花描凤，但不可干那些开荒种地的粗活。五哥说，我们要让小妹过着轻

杏
林
儿
女

轻松松的仙女般生活。那天来卫校报到时，六位兄长有背被褥的，提箱子的，拿脸盆的，有趣的是唐彩云左手持着一顶红色阳伞，右手不停地摇着一把纸扇，嘴上还喊着："太热了！太热了！"招惹了不少前来报到学生及家长们不友好的评议。她的五哥要去理论，她说，大可不必，以后我们一定会相处得很好的。

彩云有着父亲的聪颖、母亲的善良，学习成绩总是名列前茅，对待同学情同姐妹，而且热心公益事务，被大家推选为学习委员，又光荣地加入了共青团。卫校毕业后，分配到医院，先是从事护理工作，随着医院的发展，她被派去进修学习，学成回院后调入手术室从事麻醉工作，如今是市内小有名气的麻醉师，后受命出国援助马里。她的脸永远像绽开的白兰花，笑意总是写在她的脸上，她在信中写道：

马里缺医少药，而且副食品出奇紧缺，简陋的当地市场上供应的蔬菜品种少且价格高昂，水果很少，一只苹果要三十多元。一日三餐的问题每天都要碰到，一天可以将就，一个月，二个月或许可以苦撑，一年，二年怎么办？面对现实的困境，退缩是路，前进也是路！决不向困难低头，压不扁，折不弯，顶得住，吓不倒！这就是中国援外医疗队的风格！

老队员告诉说，要想吃到绿色蔬菜，就必须"自己动手，丰衣足食"，因此种菜也成了队员们业余的主要工作内容。于是乎，开垦荒地，从祖国家乡带来各类蔬菜种子，自己下地种菜、种瓜、种豆、种萝卜！上次您向山大伯要来的菜籽、豆籽、萝卜籽真好，大概此地贫瘠的土壤与家乡山地差异不大，所以成活率高，除了医疗工作，种地成为大家共同的业余爱好，队员们提前起床，上班前先到菜地浇水捉虫，下班后施肥除草。一畦畦青菜，一棚棚豆荚，恰似一道道别具一格的风景线点缀在驻地周围。一位医生在日记本上写了一首小诗：

《晨暮菜园乐》

黄沙砾荒满目绿，青菜豆荚红萝卜，

谁知珠汗落多少，白衣天使菜园乐。

全世界或许只有中国医疗队的专家们在援助他国时，一手紧握听筒手术刀，一手学拿锄头与铁耙！极端困难不言难，不言苦，自给自足自寻乐。驻地周围的荒地成为供应队员们日常蔬菜的重要基地，依靠自己顽强的意志、勤劳的双手，解决蔬菜短缺的问题，保障了援非医疗工作的正常顺利开展。

院长再告诉您一件有趣的事儿，记得周末那天，刚好是我值班后的休息日，正要回宿舍处理个人事务，突然医院大门处"咩咩咩"羊的叫声不断，一对当地夫妇来医院诊治，担心母羊无人看管，小羊被人偷走，所以牵着母羊，抱着小羊进入急诊处。急诊本来就人多且杂，秩序又不是很好，再进来横冲直撞的几只羊，众人的呼喊声，大小羊儿的惊叫声，小小的急诊室乱作一团，周末当地院长正常休息，医疗队长又无三头六臂，急得头上直冒火星，见到我捧着脸盆往宿舍走，想起了我正好休息，立刻就如见到了救星，马上说：

"唐彩云，请你把几只羊牵引到外面去。"见到此事此景，能讨价还价吗？！但是我从出生到今天为止，从来没牵过羊，也没与羊接近过，怎么办呢？急中生智的我突然跑了过去，不管三七二十一抱起那只脏兮兮的小羊羔就往院外走，果然不出所料那只母羊就紧跟出来，其他羊儿也乖乖地走了出来。想我这个科班出身的医生，在远离祖国的异国他乡竟然当起牧羊人！真有意思！就诊结束的患者夫妇见我这位文文静静、衣着整整齐齐的中国女医生竟然双手怀抱着小羊羔，寸步不离地看管着羊群，大声地对着众多人嚷着，意思是太感激了，中国医生！当地院长知情后举着大拇指一个劲儿说，中国女医生！了不起！

读着来信，院长似乎看到一个长得面若兰花的女子，迎着晨曦，挥汗如雨，手握着锄头，锄草又松土，看着满畦的翠绿，她开心地笑了。读了唐彩云的来信，院长忍不住挥毫写道：美哉！医学殿堂的儿女们！是的，有多少医学殿堂的儿女，在国内，她们受家庭父兄无与伦比的宠爱，在非洲，却忘我地工作着，中国儿女们，在那里演绎了

杏
林
儿
女

多少个催人泪下的感人故事。远离家乡和亲人，不远万里来到非洲大陆，吞咽下多少离愁别绪，直面过多少困苦艰难，不辱使命。最终救助了无数的人。美哉！杏林的儿女们！

　　院长又情不自禁地展开了另一封信，看这熟悉的字迹就知道是自己儿子大宝的来信。大宝在信中说——

　　在为基层病人服务的同时，还为马方的上层人士和友好国家人士做好医疗保健工作，一位卫生部的官员患"坐骨神经痛"，曾去法国医院治过，未见好转，又是我们的医疗队医生采用中西医结合的治疗方式，使她的症状大大减轻，事后她在多种场合、多种人群中盛赞中国医生的高超技术和高度的责任感。正因为我们的医生在他乡异国日日夜夜的奉献，赢得所在国家的高度信任，我们真感到无比自豪！

　　接下来向父亲报告一件喜讯，这得从我的工作特色说起，不熟悉的人或许认为我的某些成就获得是有您这位院长的庇护，其实太冤枉了，但我还是信奉您说的"流丸止于瓯臾，流言止于智者"。他们说他们的，我做我的。我知道我的医学基础理论没您那样扎实，我的师傅是一名赤脚医生，自己也是赤脚医生出身，仅参加一年红医班的培训，缺少正规医学院校毕业的那个本本。后来却成了当地群众传扬的人，或许说意外好像也是意外，说不意外也是情理之中，因为我倾注了常人难以付出的精神与精力。被当地人称为"最信任"的医生。

　　"最信任"意味着什么，赤脚医生等同正规医学院校毕业的医生，言过其实吧！不，是真的，还被国际友人誉为"神医"！因为我心里有一个十分强烈的愿望，要像父亲一样，成为技术精湛、医德高尚的白衣天使。经师傅指引后，对针灸医学情有独钟，白天一有空就捧着那本《针灸学》，晚上默记针灸穴位，在自己身上扎了千针万针，当然周身不乏青一块，紫一块的，有时甚至鲜血直流。但因此切实体会到安全穴位与风险穴位的区别，悟出书中的真谛。我静静地体会着其中的感觉，针刚刺入体内后，感到局部产生或酸，或重，或胀，或疼的感觉，这种感觉不是存在于人的表皮中，这种感觉源于针尖所到的部位，有时针尖所到之处的一大片区域产生这种感觉，产生感觉的部位可以几厘米、十几厘米，甚至更大。这种感觉是非常舒服的，是一种挑动沉疴的感觉，是一种弹拨劳损部位的感觉。我隐隐约约地感到受针处的疼痛在减轻，进针后二十分钟左右，症状减轻的速度比口服止痛片快得多。我为此情况的发生而流泪，为此感受而发抖，为此情境的产生控制不住而大喊——针灸真神啊！

我先后为村庄的孤寡老人上门治疗，同时在一些"落枕""瘫痪""肩周炎""坐骨神经痛"的治疗上也收到了意想不到的效果，逐渐成为乡亲们依赖的好医生，数十里外的患者慕名而来。在改革开放的时代中，我以特殊人才的身份受聘于一家大型医院，后来又以国家医疗队队员的名义参加援马工作。其间我始终未忘父亲的教训，病人永远是医生的老师，为医者时时都应"如履薄冰，如临深渊"。

我以特有的中华医学技术治愈无数的疑难杂症，最近一位邻国公主因中风导致偏瘫、失语，法国一家医院对其治疗4个月后宣告无力回天，她绝望地以为自己后半生注定要在病榻上度过。她是我单独诊治的病人，虽然有足够的底气，但为了有百分之百的胜算，每次为她针刺前首先都是在自己身上试验，体验刺激神经并引起的感觉，根据自身的感受再一步一步地为她做出有效的调整，令她及家人喜出望外的是，经过我的一个疗程针灸治疗后，她不仅开始能挂着拐杖走路，而且还开口说话了。正如《医学入门》一书中所说的那样："药之不及，针之不到，必须灸之"，针灸疗法真可以起到针、药有时不能起到的作用。这位皇族公主和她所在国家的官员口口声声称我为"神医"！她们口口声声称誉针灸为"神学"，社会上赞扬不止，许多当地医务人员渴望学习针灸这门中国古老而神奇的科学。

我们一方面为我们具有独特风格的医学体系而骄傲！另一方面积极开办针灸疗法的学习班。马方闻讯后高度重视，精心推荐初具中文基础的医生参加。我通宵达旦地认真编写教材，为培养不撤走的中

杏林儿女

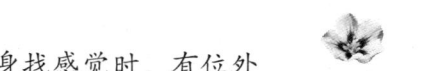

国医疗队而精心授课执教。实践课中，在进针自身找感觉时，有位外国朋友胆怯这枚又细又长的银针，迟迟不敢实践，我也像当年父亲一样，伸出手臂请胆小的学员进针，他战战兢兢的更加不敢动手，我用右手，手把着他拿着银针的右手，进针于我的左手合谷穴，我连说，"就是这样进针，您成功了！您成功了！"他两眶饱含着热泪为我迅速拔出了银针，向我深深地一鞠躬，说着："老师，谢谢！"教室里顿时响起了热烈的掌声。

一位学员首先高声喊道，"中国医生好！"刹那间全体学员都有节奏地一边拍手，一边喊着：中国医生好！中国医生好！我终于也忍不住热泪盈眶。一颗仁心，筑起一道守护生命的屏障；一颗爱心，燃起一份援外支边的热情。仁心没有国界，爱心延续生命。正是我们的援非医务人员用一颗仁爱之心，搭起了一座医疗援助的桥梁，用自己的生命和知识，诠释"大医敬诚"，实践了医者对职业和人类生命的神圣承诺。

此时院长又突然发现在写字台上的另一封信，顺手抽出前不久才收到的这封信，马里吴寄。一个在急诊科站了半辈子岗哨的医生立即浮现在脑海。

他是被不少同志开玩笑称为"爱一口"的医生——每天骑着60年代出厂的上海产永久牌自行车，早晨七点从市郊家里来到医院，七点半准时出现在科室中。中午在食堂要三两米饭，一碗萝卜红烧肉，三扒两口就下肚了，他用手帕擦拭一下嘴巴，带着十分开心的情绪迈开大步直奔科室。下班后低着头又骑着那辆半旧不新的自行车，"卡吱卡吱"地回家。他经常说，我老吴一生不羡名不慕利，就喜欢吃点肉，喝上那一口黄酒。一年三百六十五天，不管多忙多累都不忘喝上"那一口"。

记得那天为了一名溺水的病人，他与另一位医生行人工心肺复苏整整抢救三个小时，终于将病人从死神手里拉回来！直到晚上十点三十分才骑上这半旧不新的永久牌自行车"咯吱""咯吱"地回家，其贤达夫人还坐在床边织毛衣。老吴心里明白，与其说妻子忙于挑毛线，不如说牵肠挂肚地惦记着自己的丈夫，她备好的一盅黄酒所散发的阵阵香气早已飘入他的心田，呷着黄酒，尝着微温的二碟对胃口的小菜——油豆腐烧猪肉、芹菜炒豆腐干，他乐极了！收拾好酒碗，还不忘向夫人施深深一礼。

　　吴医生医术高超，为人厚道，虽然职称不是顶级，但医务人员都喜欢选择其为自己、为家属看病。就是那么一点嗜好，据说老吴着实有过"代价"——那次医院公开竞聘科主任，在许多人的好说歹说之下，老吴才勉为其难报名竞聘。在专业测试中，他得心应手，比分遥遥领先；在群众评议中得到的是一致好评；在面试中评委们打分儿近满分；科室的小伙子们准备报以热烈掌声祝贺他成功。竞聘的最后一个议程是解答职工提问，以吴医师的业务技术与管理水平，解答职工提问完全不成问题，果然吴医师的解答使不少同道心服口服，看来竞聘科主任职位已十拿九稳，然而此时有个年轻人半开玩笑半认真地说：吴老师听说您特喜欢"那一口"，如果，我说是"如果"，科主任与"那一口"您喜欢选择哪一项？谁知老吴一听立即满面通红，斩钉截铁地说，我退出竞聘！毫不犹豫地放下话筒扬长而去。

　　这位年近半百的小老头在非洲生活能习惯？工作还顺利？院长迫不及待地抽出信笺——

院长：

　　我特别想念亲人，怀念故乡，当然也惦念我特爱的香气浓郁的"那一口"！从报名去支援非洲那一日起，我自己曾无数次拷问自己，此举是否是一时的冲动，想自己前半辈子无心追求职位，最高的职务是工会小组长，最棒的"帽子"是科室级别的卫生先进分子，因为我每天总是第一个到科室，有时打打开水，擦拭桌子。自由自在生活非常满意，难道后半辈子还想要提职当官吗？不少朋友对我这一举动不可思议，说我在医院里医疗业务上有一席之地，患者群众中口碑极好；儿子、女儿在中学就读，品学兼优。妻子贤惠，是顺风顺势的美

杏
林
儿
女

满家庭！背亲离家有何企求？坦诚地说，在国内工作与生活我觉得十分幸福、十分满足。中国派遣一支又一支的援外医疗队，众多的医务人员义不容辞勇往直前，我也是一名白衣战士，也应该参加援外医疗队！当然我与"那一口"也得暂时告别些日子。

在此也顺便插上一句，在出国前集训时我被厅里任命为医疗队队长，当然我是再三推辞的，但厅里领导说了，当医疗队队员难，当医疗队队长更难，难道老吴医生一定要把重担推给人家，自己挑轻的？话已至此，也不能做扶不起的"阿斗"，塌罗城人民医院的台了！我可不能啊！几个月下来，居然还受同志们的好评，就这样凑合着。

再向院长汇报我们的工作简况吧。

昨天的值班还算是"轻松"的一昼夜，我们两位中国医生一共诊治了79位艾滋病、疟疾、肺结核、儿科急症等病人，其中做手术5次。每次值班时，脚都跑肿了。真累得要命，刚一坐下，电话又来了；刚想喝口茶缓缓气，又一个危重病人送了过来，清晨把这个危重病人抢救好后才回宿舍。坐下休息时，一种自豪感涌上心头。当地一位医生曾经告诉我说，因为在医院的各个科室，中国医生都拥有高超的水平。通常，当地医生都会对病人们说，当病情非常棘手的时候，你得去找中国医生看病；同时病人也目睹中国医生医术的精湛，对病人的诊治专注和精准，故此，他们对中国医生也有一种很强的依赖感，所以我们当班时病人特别多。然而我们特辛苦也特兴奋。

辛苦的确是辛苦！然而在国内我们已经习惯脚不点地地来回忙碌。可以说辛苦对于我们来说无所谓。最糟糕的是马里的艾滋病、肝炎、结核病极多。这无疑给医疗队员带来很大的风险。据我所知，已经有几位中国援外医疗队员因公殉职，我院陈医生差一点邂逅死神的使者——艾滋病。一天在为一名艾滋病病人做外伤清创手术时，陈医生不慎被接触过该患者的针头扎破手指。他明白这意味着什么，但他异常冷静，迅速用力挤压创口，尽量使可能存在的艾滋病毒随血液排出体外，并用碘酒消毒，然后，若无其事地继续给病人做手术。陈医生连续服用了几个疗程的抗艾滋病药物，最终没有被感染。

服药、复检，日复一日，等待是何等漫长！然而陈医生很平静，他说：我准备面对任何结果。"我准备面对任何结果。"为了救治他人甘愿献出自己宝贵的生命！在异国他乡工作与战斗中我们就是这样互相鼓励、互相学习着！为了他国人民的事业，贡献了自己的一切，以此为己任，以此为快乐！中国医疗队专家们是当之无愧的伟大国际主义战士。所显示的国际主义行为是一座不朽的丰碑。

勤奋的赵医生准备将博大精深的中国传统医学文化，传播给更多喜欢和热爱中医的外国朋友。他准备写一本书把我们中医好好向世界宣扬一下，英文版的《传统中医和中国针灸》估计不久将会问世。

我呢，就是利用一些时间，把这一年多时间诊治过的各种疑难杂症，整理出了数十万字的心得笔记，准备译成法语出版发行。希望马里人民的卫生状况能够得到更好的改善。另外，与其他医生一起编写一些常见病、多发病的防治知识，帮助周边医生举办"三基"培训班，培训医务人员，使他们都能够独立工作，给当地人民留下一支永远不走的医疗队。

前一批队员完成任务即将返回祖国，我们前去大使馆欢送，他们收到了许多鲜花与赠言——

鲜花中放着一张卡片，上面写着："虽然你返回中国，但你的精神永远伴随着我们，我们将永远记着你。"

"感谢你们从万里之外，为我们带来了希望，感谢你们不顾辛苦，用大爱与慈悲为我们再造了光明……"

"我们一直很信任中国医生。"

……

读着读着，这位穿梭于家门与医院，不求闻达的急诊科医生，表象上是习性于"喝一口"为乐的人，细致想来，貌不惊人的老吴却是一个有责任感、使命感的顶天立地的中华男子汉。老院长内心默默喊道：伟者！杏林儿女们能结识你们，我三生有幸！

第十七章
"王一刀" 火眼识魔　老模范言传身教

世上的路笔直无阻的毕竟是少数，多是曲曲折折，就拿外二科来说吧，一段时期以来被院内的同道们一致称为奇事多多的科室。

奇事之一，科室获军区嘉奖，省报头版报道，被市卫生局评为先进科室。事情要从一年前说起，一位解放军连长在执行紧急任务中为保护他人而受伤，伤势十分严重，波及脑、胸、腹多个脏器，被送到医院的时候，除了身体尚有余温，脉搏时有时无，血压多次测不到，生命体征几近为0。如果转送上级医院结果更糟糕，呼吸停止在途中的可能性几乎为百分之百。护送解放军连长前来的战友们多认为生还的希望仅仅是百分之一。然而外二科竟然接收了这位伤员，就是在博这百分之一的希望！

其实外二科黄主任心里十分清楚救治风险挺大，首先，自己的科室没有抢救过如此严重的伤病员，整个医院也没接收过。其次，抢救心、脑重危病人所必需的呼吸仪还在调试中，仪表厂虽说已研制成功，但在临床上还未正式投入使用。而且舆论也是负面居多。就在护送伤员进手术室的路上，科室同志就告诉黄主任，已经有风言风语在传播。科内同志无不担忧地说，一旦有什么风吹草动，纵然有一百张嘴也说不清楚。黄主任说要干实事就不怕风吹草动，有所作为的人是

— 219 —

棵参天大树，蚍蜉撼大树，让好事者去说吧，爱怎么说就怎么说，我们没时间没精力去管哪些无聊的人与事。

经紧急术前准备后，英雄连长的胸、腹复合伤的手术进行了整整十四个小时，损伤的面积比预料的还大。当病人从手术台上下来推到复苏室时，黄主任想起自己的恩师王老主任，有他在身边该多好，他才真的是棵参天大树！王老主任是黄主任的启蒙老师，他庆幸能遇到这位严父般的师长，他不仅授予自己当医生的基本技能，更传递了为医者的高尚医德：

记得自己还是见习医生时，王老主任手把手，从体检到清创缝合教起，一丝不苟，丝丝入微。每天工作都有新收获，都有新提高。一次，主任大查房，平日一些不太在乎医生查房的"贼精的老资格"病人照例规规矩矩躺在床上；许多在其他科室的进修生、实习生如遇休息闻讯也会来参加。往日比较宽敞的病房变得拥挤。病人及家属对王老主任的叮嘱听得那么全神贯注。年轻医生们不仅在笔记本上记录老主任的查房教诲，而且还相互认真校对笔记。

王老主任查了一个病室又一个病室，在查全科最后的一位阑尾炎手术病人时，问起阑尾炎诊断及手术的注意点。我立即举手，头头是道地一口气说了六大注意事项。心想准能受到导师的好好表扬了，脸上不由自主地露出扬扬得意的神色，两眼情不自禁左右顾盼我那师兄师姐们，瞧！我这位师弟基本功扎实吧！王老主任说："还有吗？要补充吗？"我立刻大声回答，"没有，已经十分完整了！"师兄师姐们也不约而同地点头表示同意。谁知王老主任把脸一沉说："你们都忘记非常重要的一条，要是你们的老师也是如此的话，那个'个例'不就是被你们误治了！后果不堪设想！"

我那位恩师身长一米八八，额开阔头高耸，双目炯炯，鼻子高挺，虽不很健壮但显得挺拔，一举一动之中折射出稳重与威严。本来不苟言笑的他，一对箭眉似两座大山压在他有神的双眼上，宽宽的额头上的白发似乎骤增了许多。跟随着的众多医生片刻之间骚动起来，大家你看着我，我看着他。或许平日不大理会类似的"小"问题，或许参加主任查房多认为只需带耳朵不必用脑子，我脑袋霎时的慌乱得以马上安静下来，想来也是王老主任一再叮嘱的那样，作为医生遇到任何困境、离奇、曲折之事，首先必须一要镇静，二要用脑！终于想起来了！

我又胸有成竹地回答道，在诊治阑尾炎时须留意异位阑尾的"个例"！王老主任点头表示满意，紧锁的双眉舒展开来，但还是非常严肃地说道："告诉你们，与带教老师一块儿查房不仅是记笔记，更要多问为什么。查房快结束了，竟没有一个医生发问，这是懒汉学习作风！这种学风非常不好！"他把语音重重地落在"非常"两字上。这天查房后，王老主任布置给我们的作业是："阑尾炎手术是小手术吗？为什么？"

后来，我的第一篇论文就是《阑尾异位二十五例分析》。王老主任在晚上为我花了整整三个小时，全篇竟有二十五处修改，还增添了五篇参考文选。后来，论文被国内一家著名杂志社所刊登。从此以后，我就十分注重临床实践知识的升华，慢慢爱上撰写医学论文。王老主任是我真正步入医学殿堂的引路人。

只有无私无畏的老师才会以赤诚之心对待弟子。他绝不用你好我好大家好的一团和气，去显示师生之间亲密无间的情感。因而在那时期间被揪斗，被关押！为此有朋友曾劝说过他："何必呢！"他说："如果学医者不全面掌握医学的知识与理论，将何以医治病人呢？"妻子几近哀求，请他不要太认真。他却说如能培养出高、精、尖的医疗战线上的人才，再斗一百次我也愿意！再关一百次也甘心！他治学严谨，热心带教工作，无论是"切排"小手术，还是疑难复杂的大手术，都是亲自示范，谆谆教导，时时处处严格要求，培养了一批医术高明的接班人。

王老主任是当时社会上传颂的"罗城地区第一把手术刀"。更使我敬仰的是他那双擒拿病魔的火眼金睛。那天我们师生俩从省城参加学术研讨会回来，出了火车站后，转眼踏上解放大桥，此桥既是市内交通要道又是集贸中心，其北通达火车站、汽车站、轮船码头；其西侧是市内最大的菜市场，里边南北干货、山珍海味应有尽有，外埠的、本地的商人都喜欢到此集中买卖。更有意思的是，郊区的农户也乐于把自家的农副产品挑来卖。其东侧是市内最大的影剧院；其南侧是市内数一数二的大饭馆。站在桥上就能看到一幅人来人往熙熙攘攘的奇观。

我俩同时见到一个卖菜的老农蜷缩在大桥桥墩边，我与王老主任从他身边走过，一边观赏路面街景，一边还兴致勃勃谈论会议的盛况。我突然发现自己似乎在对自己说话，没有听众。一回头，王老主任竟蹲在卖菜的老农前面与其攀谈，要向老农买青菜论斤两？老主任是从来不问家中柴米油盐的，断然不会把时间花费在这萝卜白菜上。我在远处觉得站得太久了，也只得走向菜担，想听他们究竟在说什么。谁知我刚走上几步，王老主任大声吩咐我说——

"快，快！叫两辆三轮车来！把这位大哥送到医院去！"卖菜人虽然仍蜷缩在桥墩边，但双手不停地摆动，并大声说着：

"我没有病，我好好地在卖菜，等会儿我还得回去种田呢，家中一天也离不开我！"

"正因为您是家中的顶梁柱，所以必须医好您的病！"老主任婉转地劝说着。

"我没有什么病，为什么去医院，我不去医院！"卖菜人一副得理不饶人的样子。

"大哥，您必须去医院，必须去！否则病会加重的！"老主任蹲在卖菜人的对面，还是轻声细语地说着。

"乱话三千！"这时卖菜人站起来，挑起担子就走，想逃开这"是非之地"，远离这个纠缠不清的讨厌的人。

老主任也赶紧站了起来，但站得没有卖菜人那么利索，一个趔趄差点儿跌倒，等站稳脚跟后，即紧紧地抓住他的菜担不放。

此时两辆三轮车很快停在桥墩边，卖菜人坚决不愿上三轮车，老主任上前企图强拉其上车。二位三轮车车夫也觉得十分稀奇，问卖菜人：

"你们是亲戚？是熟人？"

卖菜人回答说，

"不是，既不是亲戚，也不是熟人，我来解放桥卖菜，不认得他们，在桥墩上碰巧遇到而已。他也是路过的，但非要拉我去医院。可能他这个人脑子有毛病！"卖菜人显然出言不逊了。

然而三轮车车夫也觉得奇怪，但见王老主任年事已高，举手投足非常文雅。白净的方脸上嵌着乌黑深邃的眼眸，一双充满智慧的眼睛泛着的善良的目光，身材颀长，衣着得体，无不显现一名大学者的风范。却又是一脸严峻，不像等闲之辈，也绝不是无事生非的人。因此忍俊不禁地说：

"老哥，你碰见贵人了！"

"今天只是微微有点不舒服，难道真患了那么严重的毛病吗？但我自己觉得仅仅是小病小痛，要去医院，我没钱哪！"卖菜人还是固执己见，但最后使出了撒手锏。

"有贵人相助！还不知不觉！真是死板脑子！"三轮车车夫的思维似乎已经跟上王老主任。

王老主任说，"钱，我会想法的，你不必想钱的事。"

"竟不必想钱的事！天下好事全让你这位卖菜老兄碰到。"二位三轮车车夫对王老主任肃然起敬，于是帮着劝说卖菜人，并很快帮着拉他上车。

我真是一头雾水，简直近于"绑架"把素昧平生的人硬拉到医院，王老主任唱的是哪出戏？在快到医院时又非常急切地嘱咐我：

"立即做好腹部手术的准备，同时将农民大哥的菜担暂时寄放到传达室。"

进医院大门下三轮车后，卖菜人心中还是十分不爽，但见医院许多穿白大褂的男男女女职工见到王老主任或微笑点头，或非常有礼貌地叫"主任好！"硬生生拉他入院的人竟然是个主任，而且刹那间也相信刚才桥墩边说是自己患病必须马上手术开刀的话语，他才半信半疑地跟随着主任办住院手续。但见主任从口袋摸出钱来缴纳住院费时，正要说：

"我遇见天下第一贵人了，我……"然而此时急想吐出一句话——"我快不行了，救救我吧！"话还未说出口，腹部剧痛突然袭来，觉得天在转，地在动，刹那间什么也不知道了。好在已经来到医院，在王老主任的指挥下，办好手续，众人迅速把他送到手术室。在术中果真如王老主任所预料的那样，如不急诊手术，后果不堪设想。

手术后几天，在康复病床旁，王老主任见到农民老兄开心地喝着蛋花汤，快乐得绽放出孩子般的笑脸，与桥上脸色严峻近似火爆的年迈人犹如两个人，王老主任在车来人往如潮涌的闹市区，一眼便看出一位急症在身的危重患者，真正是"上医医无病，中医医欲病，下医医已病"。更让人肃然起敬的是，他脑海中想的是患者，心中惦念的还是病人，如果心中没有对患者刻骨铭心的爱，断乎不会将一个素昧平生的死心眼儿的街头卖菜人强拉进医院，正是这样的理念他才被真正称颂为"王一刀"！有他的那样医术与医德，我们后继人怎会不高山仰之。

那位卖菜的农民康复后对其儿子女儿说，"我这条命是'一刀兄'给的，他有孙悟空一样的火眼金睛，有着菩萨一样救苦救难之仁心，是天下少有的好人。你们千万不可忘记！"王老主任谢世后，有数以千计的男女老少自发为他送葬，有许多群众自行为他戴孝。行医者能被众多的群众发自内心地拥戴，也就不枉为医一世！

英雄连长幸运地挺过了手术关，回到病房不到二十四小时，特别监护室传来当班护士的紧急传呼声，主刀医生黄主任，三步并作两步来到监护床头，

"黄主任，血压下来了，血压又下来了！"

黄主任与监护的医生交换了意见，封学华医生是临时抽到外二科来帮忙的。他俩很快达成统一意见——输血！而且不能是冷藏过的，必须现抽现输新鲜血液。但英雄连长是 AB 血型，这 AB 血型比较稀少，血库的工作人员最头痛的就是这 AB 型血，备多了，病人没有就过期浪费，备少了，病人急需却找不到血源。现在英雄连长已输血达 2400 毫升，血库的备血已经用完，当下急需 AB 型新鲜血液，血库全体工作人员出动，但一时还是找不到 AB 型血源。

　　封医生说，"我是 O 型血，先抽我的吧！紧急情况下这万能血型可以救人一命。"

　　"现在不行！O 型血替代理论上虽不错，实行在重伤员、大手术后的病人还是有风险。"黄主任又拿起刚放下还不到一分钟的电话机，急切地说，"血库吗？我是外二科老黄，急需 AB 型新鲜血液，请务必以最快速度采集到新鲜血液！求您了！"

　　"黄主任，我们主任也亲自跑到第二医院的血库去了，但已被告知，没有，所以主任又跑到另一家医院去了，我不知道该怎么办！"电话机那边传来小姑娘快哭出来的声音，血库工作人员就剩刚参加工作不久的小姑娘在值班。黄主任急得要命，却又无可奈何，因为倘若是其他伤病员，血库真的临时供应不上血液，还有伤病员的父母兄弟姐妹，众多的亲属中总会有相同能配对的血型，可眼前这位连长是临时急送来的，据了解其家乡远在千里之外！

　　"怎么办？"黄主任多么希望自己体内流动着的是 AB 型血，可是不遂人愿，偏偏是 A 型血。

　　"我是 AB 型的，抽我的！"在一边当特别护理的女同志坚定地说。

　　此刻黄主任才仔仔细细地打量身边忙得不可开交的护士，平日虽然也见面，但记不得她叫什么名字，今年有几岁、家住在哪里。看着瘦弱的护士，虽然个子不矮，大概有一米六几，倘若一阵大风刮过，肯定会刮倒她。脸色红润应该是她的年龄特征，但显得苍白，眼窝下陷，眼神却是明亮生辉。黄主任怎么也不能把眼前伸出手臂的护士同记忆库中的女同事联系起来。聪颖的护士立即自报家门：

"我叫胡小妹，参加护理工作十二年，昨天就在您给英雄连长做手术时才调到外二科的，已向姜护士长报到，还来不及向您主任报到呢！"

"噢，胡小妹，知道，知道！就是前些日子受到表彰，一位病人被送手术室的时候，突然由于气道堵塞而发生呼吸困难，你丝毫没有犹豫，毅然俯下身子用自己的嘴巴把病人堵塞的血和浓痰全吸了出来，使得病人转危为安。极其可贵的职业道德！失敬！失敬！"

黄主任由衷的赞叹反而使胡小妹手足无措，连声说：

"过奖，谁遇见，谁都会做！"

黄主任还想说什么，冷不防姜护士长将黄主任一把拉到屋外，轻声说道：

"胡小妹家正在闹矛盾，她心灵受伤太大，看她的脸色蜡黄而又憔悴，原本想安排她休息，可眼前科内一人要顶二人用，甚至于一顶三哪！她目前不太适合献血！"

"她家怎么啦？我们能帮得上吗！"

"她家事也应报告你主任！但没有机会。"姜护士长说。

胡小妹家正在闹大"地震"——

小妹的丈夫丁强是位转业军人，而且在部队里曾经被保送就读过军人速成培训班，圆圆的脸，给人憨厚善良的印象。一米七五的身材，不高不矮，皮肤不黑不白，不论在部队战友中、学校同学中或单位的同事中都有不坏的印象。转业前，他与其他千千万万的复员、转业军人一样，希望有一个好的工作单位，这不仅关系到在亲戚朋友中的地位与面子，而且更涉及自己今后大半辈子的幸福。想当年自己戴着大红花、被村子的男女老少敲锣打鼓送去当兵，如果如今背着行李又回老家，岂不被村子的男女老少当作茶余饭后的笑料。当然丁强心知肚明，自己出身于农村，按有关规定从哪里来回到那里去，从丁家村来回丁家村去。

不！他发自内心真实的呐喊——我不想回农村！我要到城镇去！我不愿天天挣扎在广袤无边的黑土地上！我要坐在窗明几净的办公室"吃公家饭"！丁强既然心中有目标，接下来就是穿铁鞋，打灯笼，不论白天与黑夜，"下定决心，不怕牺牲，排除万难，去争取胜利"。

不知是否老祖宗在庇护丁家这个独生子，幸运之神不久果然真的降落在丁强身上！此后丁强也老是吹嘘，"说自己是福星，走到哪里都有福神在关照我！"真有福神在关照他？福神是谁？说来十分凑巧！须从丁强所在地驻军连长王国梁的老母亲说起。

王老妈妈来到部队探望儿子已半年了，不知怎的，快要回家的前一天突然走失了。连长不愿太声张，自己一家人分头在驻军周围寻找，找了大半天，眼看夜幕已经降临，但还未见踪影，一家子急得如热锅中的蚂蚁。因为王妈妈讲话吐词不清，还有点结巴，越急越讲不清。因此一直来不太愿意与人交流，特别不愿与陌生人说话。连长知道自己的母亲在异乡断不会启齿询问别人的，黑灯瞎火的一个老太肯定认不了路回不了家。总不能发动全连队的人去寻找，连长寻思着只得到街道派出所去求救。

正推着自行车要出发，却见二班副班长丁强搀扶着母亲推门而入。原来老人家想买些鲜活海鲜回家送给左邻右舍，一大早就兴致勃勃地到海边贸易市场，走了一条街又一条街，一边走一边买水产品，给东家婆婆西家婶子都买了她们喜欢的海货，老太心里也是甜滋滋。可就是忘记了时间，走着走着，忘记了归路，辨不清方向，且羞怯向人问路。背着的水产的包也越来越重了，双脚也走乏了，脑子也变成稀里糊涂了，不知怎的竟然来到了汽车站。

天渐渐暗了下来，老太坐在椅子上开始发愁了！后悔不该不告诉儿子，自作主张独自跑了出来！后悔不该不带写有住宅地址的纸条！该怎么办？老太急得快掉眼泪。突然一声亲切的话语飘了过来，"大娘，您怎么会到此地？"一位头戴军帽身穿军装，似曾相识的年轻军人站在眼前。机灵的年轻小伙子立即自我介绍说，"我是二排二班副班长丁强，您的儿子是我们的连长，在军营中我见过您！"真是喜从天降，这一惊一喜反倒使老太消除了结巴毛病，直言不讳地说，"小伙子，大娘怎会碰见您？""我出差回来，前一班车没赶上，还好有这趟末班车，正好遇见您了，多有缘分啊！"老太太此时一点也不口吃了，"有缘！有缘！是大慈大悲的观世音菩萨保佑我，故意让你误班，才来领我回去。"

她与不熟悉的人如此流利有说有笑，自己也感到非常惊奇。就这样丁强十分顺利地为连长寻到了老母亲，王国梁一家当然十分感谢丁强。

这天晚上，王连长邀请丁强在家吃饭，其间，自然而然说起丁强的婚姻与恋爱之事，当丁强说着未婚对象首要条件必须户口是在城市的。王老太太拍手叫好，说有一位老姐妹正要为外甥女找一个品貌上乘的小伙子，这位姑娘叫胡小妹，是位道道地地的城里人。追溯起来至少五代人住家在市中心的老台门，一台门都是同姓人。老少皆知的老街坊，谁家有几门亲戚，扳着指头都数得过来，百年未变的老店门，兴兴衰衰左邻右舍都清楚。老太连说是天意！丁强不听则已，一听便欣喜若狂，恨不得第二天就复员去找她。

终于等到了这一天，这位城里姑娘不仅生得漂亮标致，而且还有令人羡慕的一份工作——在大医院当护士，还属于干部编制呢！照顾夫妻关系，身为丈夫的丁强理所当然可以成为一名城镇人。不提丁强有多得意，丁强的母亲逢人就说："我儿子真是八辈子修来的福！儿子做城镇人，我老太婆也是半个城里人呐，"丁老太自己说，梦中也经常笑醒。

让老太更开心的是丁强结婚一年后，媳妇为王家生了个大胖小子，小家伙长着圆圆的脸，大大的嘴巴，不黑不白的皮肤，简直与爹一个模板印出来，老太逢人就说，心里真像喝蜜糖水那样，"托好媳妇的福，托好媳妇的福！"老太既为儿子带孩子，又干些家务事。媳妇也很体谅婆婆，买些时令水果呀，买件时髦外套，老太既乐，又心疼媳妇花钱多。婆媳和，家庭乐。

然而丁强正如社会上流传的顺口溜那样，"一年土，二年洋，三年不认亲爹娘。"凭着军校培训的学历，还善于察言观色，丁强从车间上调到厂部机关，还升了职，分了一套七十平方米的新住房。丁强渐渐心高气傲起来，对胡小妹厌倦了！"三十出头的女人豆腐渣，四十的男子汉是朵盛开的牡丹花，"为了驱逐"豆腐渣"，先是骂老娘，再是打儿子，紧接着折磨"豆腐渣"。亲友们苦口婆心地劝导他，他说，"水往低处流，人往高处走！"

善良的胡小妹想到儿子尚小，不能因破碎的家造成其一生心理创伤！看到婆婆常以泪洗面，不愿其垂暮之年丧失孙子绕膝的天伦之乐，所以一忍再忍，仍然礼待丈夫，孝顺婆婆。但丁强认为她软弱可欺，变本加厉，有时甚至对妻子拳脚相加。一次他又出手了，正好儿子放学回家，见爸爸竟然在打妈妈了，上前在其手臂上狠狠地咬了一口。丁强万丈怒火起，顺手就是一耳光。

儿子个子太小，一个趔趄跌倒在地上，血从鼻孔流了出来，从嘴巴流了出来。后经五官科医生的精心诊治，耳膜终于被修补好了，没落下后遗症。但善良的胡小妹对丈夫的人品已经看清了。具有独立人格的胡小妹并不是旧式妇女，她毅然带着孩子离开了丁强。转眼间儿子与媳妇离婚了，孙子差点残疾了，婆婆深感自己教子无方，含恨回到乡下老家。

黄主任听了胡小妹家庭变故的简况，不无感慨地说，"行为错误是一种道德病，有不少人缺乏道德观，就像一些人耳聋、近视或其他毛病一样。但道德病要比肌体生理上的疾病更难治愈，甚至根本无法治愈。小妹不仅是位贤妻良母，更是位道德楷模。当前我们科室的同志应多关心她及她的儿子。"

正说着，电话铃响了，电话是血库打来的，说 AB 型新鲜血液已经准备好可以去取了。

黄主任听了大喜过望，连说，"好！好！谢谢！谢谢！"

"不，我们要谢谢你们哪，给我们解了燃眉之急。"

"谢我们？"黄主任怀疑自己耳朵出了毛病。

"对呀，是你们科室的同志献的血！科室主任不知道？原以为是你们科室动员胡小妹来献血的！"

"没，没！"黄主任才发现胡小妹已不在监护室，此时心情如打翻了五味瓶，酸甜苦辣咸，百感交集，强忍着快滚出来的热泪，对姜护士长挥手说：

"快给英雄连长输血吧！"

姜护士长的心情与黄主任如出一辙，爱怜胡小妹，不愿她此时此刻去献血，抢救生命攸关的伤员又急需鲜血，孰重孰轻，就觉得好比是手心手背的二块肉，她分不出彼此。善良人之间的心是相通的，若干年后，姜护士长与黄主任在退休告别会上，不约而同都说到当年对胡小妹献血一事深深感到不安，这种存之于心田的真挚实感是千真万确的，是人世间最可贵的品质！

小妹的300毫升的血液缓缓流入英雄连长的体内，英雄连长的血压神奇般地上来了，脸色随着转红，全科室同志的喜悦之情不言而喻。然而呼吸仪的调试阶段工作也已结束，呼吸仪为抢救英雄连长起了至关重要的作用。调试工作的结束既是喜事，又是忧事。喜的是医院终于可以心无顾忌地广泛应用呼吸仪，忧的是调试阶段结束，厂方技术人员也就按时返厂。当时，对于呼吸仪及其他新设备、新技术的使用，广大医务工作者还是"大姑娘上花轿，第一次"呢。具有本科学历的多数医生仅仅在国家级的医学杂志上读到过，更何况当时不少医护人员仅经"红医班""训练班"培训而来。一下子进入医学的"高、尖、新"阶段，困难重重，需要具有顽强拼搏精神与百折不挠意志的攻坚队长。我们当前谁来担任攻克新技术的突击队队长呢？

院长很快在办公会议上宣布由已过天命之年的巾帼须眉——总护士长章满秋负责攻克技术难关。与会者顿时议论开了，支持者认为章满秋就是一位敢于攀登、勇于攀登、善于攀登的女中豪杰，是完全信得过的！而有些则认为章满秋总护士长护理技术高超娴熟，工作认真负责，待人接物热诚也是大家有目共睹，但领导新技术领域攻关？潜台词是这位女同志没有名牌高校学历，且年过半百，不十分恰当吧！

院长正色说，古代杨家将中的穆桂英也没有高深学历背景，但五十六岁尚挂帅出征，我们的章满秋同志不能吗！而且可以说，现在在座的除了几位老专家外，外文水平也没法与她比！院长一时兴起又说道，今天再给大家讲二件往事：

第一件事——那天是周日，拂晓，我起了个大早去晨练，正沿着医院大道慢跑，突然从大门涌进一大群人，他们有的穿着破胶鞋，有的戴着破毡帽，心急火燎地抬着一副担架匆匆直奔医院家属区，为首的一位壮汉拉住一位穿白大褂的工作人员，急切地问，"章满秋总护士长家在哪里？"穿白大褂的同志凭经验一眼便知道担架上是位病情不轻的患者，就心直口快地说，"有病应赶快到急诊、门诊去才对，干吗找总护士长的家？"壮汉十分不满地瞪了他一眼说，"你有经验，我们也有经验，城里人不是都说，医院有事找满秋，俺乡下人也信她。"

目睹这一情景，我既脸红，大凡医院有事，首当其冲的是院长，普通群众却说找章满秋，可见"满秋"为他们办了多少难事和好事，我这个院长着实惭愧；但我又很欣慰，医院能有群众如此信得过的同志，我这个院长也没有白当啊！

第二件事——是件小得不能再小的事儿，一位李姓年轻护士的恋人特地从上海为她买回一双粉红色的女高跟皮鞋，不大不小、不肥不瘦正合脚，穿着漂亮皮鞋在马路上"喀噔、喀噔"地走，在熙熙攘攘的闹市中，女同胞的眼神对这双粉红色女高跟皮鞋的回头率为她生平第一高。在医院上班族中，同龄人不时来询问她的红女高跟皮鞋出自哪家厂、哪家商店，有的甚至央她代为购买，见了面总是争着试穿她的红皮鞋。她穿着多漂亮，她穿着引起多少人关注，她兴奋极了，她陶醉了。她上班时心花怒放地穿着红色女高跟皮鞋，下班后小心翼翼地擦拭粉红高跟皮鞋，她要让这粉红高跟皮鞋永远光亮照人，同时永葆自己女性的青春。

但为这粉红高跟皮鞋，科护士长已数说了她几次，科主任也劝告过她，但她仍我行我素，认为爱美之心人人皆有；穿高跟皮鞋又不违法，穿什么样的鞋子是我的自由，偏不听你们的！这天，满秋看见她穿着高跟鞋吃力地穿梭在病房，章满秋一面帮助她处理手头工作，一面笑着说："小李你这双粉红高跟皮鞋实在惹人喜爱，如果我年轻，一定也很喜爱，但我肯定不在上班时穿。你看病房需护理的病人那么多，一会儿测体温、一会儿量血压、一会儿打针、一会儿输液……我们护士同志工作节奏那么快，上班不穿高跟鞋，既为工作着想，也为护士自身安全着想。这样好不好？我们护理部建议工会元旦晚会排一出'女职工模特儿服装秀'节目，由你负责召集可好？"一席话说得小李频频点头，而且很快换上平底跟的护士鞋……

还不等院长讲完，会议室内已唏嘘一片，结果是大家一致同意章满秋为医院新技术攻关的突击队队长。

俗语说，是块金子不管放在哪里都会发光；不论在什么岗位，章满秋总能干出卓有成效的业绩。不仅自己在最短时间内掌握呼吸仪操作技术，而且不少医生、护士也学会其原理与操作。章满秋日日夜夜都在监护室。章满秋儿子的班主任老师二次家访，她均未露面，第三次在抢救病房外刚说上两句话，谁知那边胡小妹急呼：

"章老师，章老师，快来！快来！二氧化碳分压过高了，已增加了潮气量，但还不能维持正常，该怎么办？"

章满秋只得说了"抱歉"两字，撇下老师直奔监护室。站在一旁的章满秋儿子绍生自嘲自解，似对老师讲，又对自己说，我妈就是这个样，一年三百六十五天，没一天在家闲着；一天二十四小时，没有几分钟在兄妹身边的。我们既心疼我妈太辛劳，又遗憾自己缺少母亲的关爱。但记忆中有这么二次使我觉得我妈是位坚强的慈母：年幼时一次患病，寒战高热，服药还不见效，冷得浑身发抖时，我妈把我紧紧抱在怀里，一抱就是数小时。第二天我醒了，从我妈怀里站起来，我妈瘫蜷着却站不起身，是我们兄妹几人合力才把她拉了起来，扶到床上的。班主任老师拍着绍生的肩膀说：

"你母亲原来是我认识的那位天使妈妈，她把世界上最伟大的母爱不仅给了你们兄妹，而且把爱心也义无反顾地奉献给众多的患者。临走前告诉你一件铭心刻骨的往事：那年我的孪生兄弟患急性脑膜炎，学校把他急送医院，护送途中，大、小便已失禁，一抬进病房，特臭的异味充满整个房间，闻到了真难受，见到了直想呕，同学们眼光直视着我，因为大家都知道我俩是姐弟，是亲人哪，理当我上前，可实在臭不可闻，我不敢靠近他，更不用说为他去擦洗。我和我的所有同学都呆呆地站在病房外的走廊上，两眼一动不动地紧盯病床上的我那位弟弟。是你母亲提来热水为他一遍又一遍地洗擦，她的动作是那么轻柔，她双目的眼神是那么的温暖，好似一位母亲在为自己的孩子擦洗身子。当时内疚的我真想高喊一声——白衣天使妈妈！片刻间，我曾有当一名美术家的奇特冲动，想把那情那景画下来，特别要画出你母亲那双清澈柔美的眼睛。现在这幅画永远地留在我的心里。今天见了你母亲，正想表达当年的敬意，可又失去了一次机会。明天我就要离开这里，只得请你转告我的敬意——'天使妈妈，永远是我学习的楷模！'"

章满秋跑到英雄连长床边，迅速检查了英雄连长的呼吸道、气管导管的位置、两肺进气等情况，然后启动增加呼吸频率的指示灯，看着英雄连长瞬间呼吸正常，胡小妹由衷地说：

"章老师，我们在私下都在议论您是块光华十足的赤金！放到哪里哪里亮。在这些日子里我们学到的不仅是护理的知识与技能，从中真正理解了'七分护理，三分医疗'的内涵。令我们更意外的是您有如此扎实的外语功底，您所传授的六种学习医学外语的实用方法，我们都觉得效果特好。如果我们能永远在您身边工作该多好啊！"

章满秋笑着说，"你们年轻人遇到了'天高任鸟飞，海阔凭鱼跃'的全新时代，我真羡慕你们生逢其时哪！前景如花似锦。"

"不过，"小妹又极其认真地继续说，

"章老师，以我的观察，您最大的优势则是天资聪明，我们是无法比拟的！在短短的几天中，您能如此熟练掌握全是外文的精密仪器，真是位女诸葛。"

"章老师，天资聪明是不错，真是位女诸葛也不错！"

不知什么时候姜护士长已经进来了，小妹站起来让座，姜护士长点头示意，站着继续顺着自己的话题说着——

"我与她十余年的相处，最大的启示是'钻'和'挤'两个字。钻研精神小妹你看到了吧，挤时间的劲儿可说是独具一格，别人还赖在床上，她已神清气昂读了半小时外语了，起床时记忆二个英语词组，洗漱时记住二个单词……看看她随身携带的背包中形形色色的笔记本，里面记满了许许多多的红的、蓝的笔记，所有这些大多是在见缝插针之中完成的，我们大多数人都想到，但却没有做到，坚持不懈的'钻'劲和'挤'劲，你我能做到吗?！这是她聪明绝顶的答案，是女诸葛出类拔萃的原因。"

章满秋对两位同道说出肺腑之言：

"真的，起初，自己对自己加压，但坚持数年之后，每天我都抽时间，从不间断，久而久之习惯成自然。你们也有很好的业绩，各有千秋。说小妹吧，我看到她的护理记录特认真、特仔细，英雄连长每天细微的变化她都能及时、全面观察到，并一一记录在案，为医生及时掌握病情，采取新的措施奠定基础。我也见过她的'鼻饲'护理——一系列操作非常到位，如果要打分的话，该打 100 分。先是注入少量温开水，然后给膳食，最后再用温开水冲管；为防止胃管堵塞每次注入膳食前都用纱布过滤；两次膳食之间加用果汁、菜汁、温开水，借以添加维生素等营养成分；同时将膳食和饮料的温度掌控在38℃～40℃，且流经胃管的速度控制适度，每次注入量不超过200毫升；鼻饲完后用温开水冲洗胃管，避免灌入空气、引起腹胀。每次灌注完毕，将胃管末端反折，用线扎紧，纱布包好，还不忘做好记录。这样做是十分不容易的，面对毫无知觉的人，为他认真护理一天又一天、一周又一周，即使是他的同胞姐妹也不一定能做到，有如此护士同志，我作为总护士长感到骄傲，有这样的白衣天使在身边，乃是病人的福分。"

"章老师，您看病人的手指头在动了，我看到了，看到了！"心细眼尖的小妹看到了她的病人左手食指动了一下，继而右手的二个手指也轻轻地动了几下，姜护士长与章满秋总护士长不约而同地说，

"我也看到了！"

整个科室沉浸在胜利的欢乐当中，许多同志祈盼着英雄连长早日苏醒过来。

正在此时，黄主任手持一束鲜花昂首阔步地来了，难道真是心有灵犀一点通吗？他也知道英雄连长快苏醒过来了吗？！

"是的，刚才一位勤杂护工同志已告诉我了，我真高兴哪！特地捧上鲜花送给我们的英雄连长！同时告诉你们两个好消息，一是省军区首长要来慰问我们的医务人员，现在正与医院领导交换意见。届时军区医院的专家、教授还要来做学术讲座；二是章满秋同志，我们的总护士长被评为全国劳动模范！不日就要上京受奖。"

大家情不自禁地鼓起掌来。黄主任原是位非常挺拔的男子，以往给人的印象是黑不溜秋的皮肤，高高的额头，小小的眼睛。而且穿戴十分随意，常穿着打着补丁的衬衣在手术室内大大咧咧地来回走，有时一只袜子长一只袜子短，大家都觉得他是不会打扮自己的，不重视外貌修饰的人。今天咋回事　　宽广的额角、高高的鼻梁，一头密发梳理得丝丝不乱，嘴唇上下的胡子也刮得干干净净，衬衣领子雪白雪

白，西装裤平平整整，好一个风度翩翩的男子！

外二科不少人见了都吃惊，有的说主任是位美男子，是我们"不识庐山真面目，只缘身在此山中"吧！有的则戏称主任平日不显山不露水，只是"偶尔露峥嵘"。

护士长心中却似五味瓶打翻！是的，我们有多少同道为履行"救死扶伤"的职责，把自己的爱好都默默地贡献给素昧平生的众多伤病员。在手术台上、在病床边把自己的青春年华不知不觉中消磨殆尽。在日积月累的繁忙岁月中自己心田中美好的憧憬——被冲淡甚至忘却。黄主任刚从医学院毕业分配到医院，报到的那一天，当大家纷纷入座时，只有他从口袋中拿出一张纸，极其仔细擦拭着座凳，再坐到位子上，还不时用大拇指与食指掸拂着落在衣裤上的飞尘。他上穿一件浅蓝色的"的确良"衬衫，下着深灰色"的确良"裤子。那个年代人们流传着"要穿的确良，宁可米不量（买）"的戏言。白线袜子正合一脚，一双黑色皮鞋擦得锃亮。给人印象是此人极爱干净，衣着得体。可是后来，他进入医生角色后超负荷的工作量，迅速改变了其注重外表修饰的习惯，他的口头禅则是，"唉，时间不够用！"查房、开刀、出门诊，安排得满满的。读书、学习、查资料充电不能少，唯一可以裁减的是衣着、就餐。临床医护人员救死扶伤的精神，塑造了崇高的职业声望，其崇高的职业声望，需要凝聚更多具有高尚情操和奉献精神的医护人员。护士长觉得只要闭上眼睛，脑海里便会出现一个个鲜活的形象，在平凡的岗位上做着最普通又不可或缺的事情，像阳光、空气和水，默默守护着身边的每一位患者，传递着爱与温暖。

许多职工来到病区，祝贺章满秋同志不日上京！

小妹满怀喜悦地说，

"我们精心护理一位英雄，想不到我们身边有那么多的英雄，也同样使人肃然起敬！'不识庐山真面目，只缘身在此山中'啊！"

一年后，英雄连长康复归队。临行时连长与黄主任说，

"你们为抢救我不知度过多少个不眠之夜！不知牺牲多少的休息日，我的血管内流淌着你们科室同志的鲜血。军民血浓于水，世间无与伦比！我永远不会忘记你们的深情厚谊！正如我同室病友所说，从某种角度来说，医务人员像一支部队，当民众被病魔侵袭时，便能拉之即出，打之即胜，为众多患者抚平创伤，使之重返健康世界。"

黄主任真诚地说：

"这次抢救的难度和风险，不仅考验我们的临床知识和医学技能，更考验了我们医务人员的整体素质。抢救经验告诉我们，今后不仅要求一流的技术服务，更要一流的团队协同能力。谢谢您对我们的理解！"连长和战友们向外二科全体医务人员敬礼致谢。

还有一个好消息，英雄连长向小妹求婚了。国庆节的时候，荣立二等功的英雄将回故城迎娶他的意中人。

第十八章
心脏手术救乐乐　家祭倾心慰亲娘

　　科研是国家发展的第一生产力。上级指示科研工作要充分发挥老、中、青医务人员的作用，运用"中西医结合、土洋结合、重点与一般相结合、科研与临床相结合"的方法，制定科研规划，积极开展以提高医护质量为中心的临床科研活动。

　　地、市级医院开展科研工作，是时代的召唤！

　　一位外科医生认为，攻克人类死亡第一杀手的心脏病，是自己人生最大的梦想，为此，他义无反顾地冲上去。

　　事件就从他进修结束说起——

　　张永安回家时正好时钟敲打了八下，他的妻子伟芳一边收拾碗筷，一边朝着坐在里屋的婆婆不停地哄着——

　　"今天娘真聪明，这么快就吃好饭了，等一会儿给你洗洗脚，舒舒服服去睡觉。"

　　"睡到明天日西斜，打得日本鬼子回老家。"

　　听到"睡觉"两字，婆婆竟很快地唱起有线广播电台播放的《沙家浜》中的唱词。

　　"啊，我的娘也会唱京剧样板戏了！样板戏普及率好高啊！"张永安推开家门就听到媳妇的言语和脑子不太正常的老娘的唱戏，从心底对妻子的感谢，情不自禁地调侃着说。

"你回来了？"当看到推门而入的张永安，伟芳又惊又喜但略感意外，因为在他赴上海进修期间，什么样的火车班次，几点出发，几点到站的火车时刻表，已清清楚楚地印在她的脑子里。按正常的时刻表，此时此刻是没有火车到达的，而且看到他衣裤上沾满了灰土，浑身黑不溜秋，一张脸只有牙齿还没有变黑，一双手已经变成毛茸茸的了，一对浓黑的眉毛也变成灰白。只见他二话没说拿起茶杯就"咕嘟，咕嘟"猛喝水，边喝边走向老母亲的卧室。一位受过正规医学教育的卫技人员，不洗洗脏污不堪的双手就喝水，饥渴的程度可想而知。伟芳头脑中的第一反应是张永安被强制劳动了，难道第二次"文化大革命"又来到了？她觉得问题非常严重，心跳随之迅速加快，急切地说道：

"你是怎么回事？我好紧张，我好怕呀！"

喝足了开水的张永安拿起热水瓶向着门外的公共自来水龙头走去，边走边说："好事，好事！"根本没有理会妻子的恐惧心理。伟芳见他漫不经心的态度忍不住泪珠外溢。此时的张永安完全沉浸在愉快之中，怎能猜出伟芳的"余悸"？劳累了一天的张永安实在是急切地想大口大口扒饭，但当自己一看在镜子中的尊容，不看不知道，一看吓一跳，真的是太脏了，竟然与当年的"小黑人"一模一样。那时为收集低价高效的农家肥料，挨家挨户去掸烟囱灰，一天下来浑身上下全是灰尘。难怪伟芳惊诧不已，因此顾不得"咕咕"直叫的肚子，急急提着大号热水瓶推开门去水龙头处洗手洗脸。

那时职工宿舍多数是在医院内，用砖墙、木屋架作为主要承重结构的建筑，这种结构建造简单，材料容易准备，费用低。医院大大小小类似的房有数百间之多，只是式样不同，有的是并排的，有的建造成四合院。通常职工一家子分得二三十平方米左右的简易房，往往将一通间房子一分为二，内为卧室兼书房，外间为客厅兼餐室。有了孩子后，一房则分为三，不少职工祖孙三代也就凑合住在一起。厨房往往只好移到屋外公共的通道上了。

　　所谓的厨房实则只是一只煤炉与一只镬子而已，洗菜、涤衣都在公共水龙头处。这简易平房几十年下来，医院领导与职工双方都挺满意，为什么呢？五六分钟内可从医院的前门跑到后门，不管有什么样的事情发生，二三分钟时间就能召集到不少职工。当时的通信工具和设备少得可怜，长时间以来只有院长办公室内那只独一无二的电话机，主要用来接听领导指示或向上级报告情况。业务技术骨干多住在院内，这样就能极大地保证医疗安全。

　　例如那天东风化工厂发生特大中毒事故，院长室内的电话机响个不停，传来的指示一个接着一个，传递的信息一次比一次紧急，幸而金健民院长思路清晰，急请主管护理部的章满秋，他俩是抢救危重病人的黄金搭档，配合默契且训练有素，即行紧急调度，在短短的数分钟内，迅速组建了外出抢救组和院内治疗组，二十余名医务人员立即奔赴中毒事故工厂，就地救护与急行转送，五十多名伤员入院后，分检处按轻重缓急分流到各科室。由于出手快捷、治疗得当，这起事故无一人死亡，医院受到上级领导的表扬。

　　又如节假日或深更半夜送到的危重病人，也能在最短时间内组织力量救治成功。所以领导觉得职工宿舍建在院内好处甚多！职工只要有房可住，不论大小，当时也算是较好的待遇了。住在医院大院内，生活、工作也方便，职工也喜欢！

　　转眼间张永安已淋了个痛痛快快的露天浴，进了房间顺手拿起妻子用的"百雀羚"护肤霜往脸上抹了一把，自己闻着似乎有种浓香欲醉之感。见儿子不在身旁，一把搂住伟芳狠狠地来一个吻，外出进修整整一年，三百六十五天来对爱人深深的感激与思念似乎全在这一吻中。伟芳轻轻推开丈夫，为他端上刚做的二只荷包蛋、一盘炒青菜和三尾小黄鱼。端着热烘烘的饭碗，吃着刚出锅的热菜，张永安奇怪地问道："咱家煤球炉子难道还烧着吗？煤球票还够？"伟芳说是章满秋家借火的，这黄鱼也是章满秋的婆婆听说你回来了，一定要叫我拿过来，大院子就是好，真的是远亲不如近邻呀！

伟芳看着他有滋有味地吃着，不忍心影响他吃饭的雅兴，几次欲言又止，见他放下饭碗，点起香烟时，才心有余悸地问及为何到八点才归、为何一身泥灰。在昏暗的灯光下，妻子神态凝重又似惊恐不安。看着伟芳单薄的身体、消瘦的脸庞，张永安感到深深的内疚。张永安抚着伟芳的双肩说起六小时以前发生的一切——

张永安为了赶下午上班，来不及吃午饭，买了个面包便匆匆上车，谢天谢地长途汽车没有抛锚，到医院三点还差几分钟，他直奔院长办公室，向院长做了进修学习的简要汇报后，主动请缨要求开展心脏手术，院长当即表示支持，雄心勃勃的张永安即时要求建立实验室，院长微笑着说："好一个张永安，不给我一点思考的时间，地市一级医院开展心脏手术不是件等闲小事！"

张永安接着就从背包中拿出一沓文稿，上面分别写着"地市级医院开展心脏手术的可行性报告""开展心脏手术的初步设想""开展心脏手术的主要难点""心脏手术的主要仪器设备"……院长翻阅着，心中着实感动，但是目前到哪里去找一间合适空闲的房子？于是站起身来与张永安一起走了出去。

医院房子虽然破旧，也委实不少，然而真似通常的农耕之家一样，"缸缸不空，氅氅都满"，没有一间闲置的，有点发胖，年近花甲的院长，脚不点地行走，光秃秃的脑门已渗出汗珠。职工们大多回家去了，因为下班时间早已过了。张永安暗暗叫苦，心想没指望了，院长该做的都已经做了，别为难他了，正如人们所说的那样，虽不圆满但已尽心竭力了。刚想说："谢谢了！院长您别再找了！"院长突然一声说："对！张医生，有了！"他俩来到"育才林"旁边的一间屋子前，院长摸出钥匙打开了门，说此室让出来给你们。

张永安知道这是医院的"荣誉室"——里面陈列着医院许许多多的奖状，奖杯，锦旗，牌匾等。"育才林"和"荣誉室"是医院别具一格的靓丽风景线！历任院长和全院职工都以此为骄傲。院长果断地让出这间"荣誉室",张永安几乎不敢相信自己的耳朵,可是已被摸得光亮亮的钥匙已在自己的手掌上。这位八路军卫生员出身的院长,经历大小战争数十次,历尽人生悲欢离合,辗转大江南北,为救护伤员曾多少次出生入死他自己也记不清楚。有多少枚功勋章,他的夫人也没见过,只是一次"六一儿童节"时,受市委的特别邀请,为全市少年先锋队代表大会做报告,他身着当年八路军的戎装,胸膛上挂满了立功勋章。但走出报告厅,他便马上就把它们摘了下来,旁边驾驶员同志真诚地说道:"挂在胸前多好,多光荣!即使不全挂,挂一块二块也是好,说明为人民立过功受过奖,多荣耀!"院长坦言说:"军功章只是代表过去,荣誉既是激励向前的动力,但切不可作为包袱成了前进路上的阻力。"

张永安拿着这光亮的钥匙,仿佛全院有识之士均在呐喊:张永安加油!张永安要为全院再争取更大的荣誉!说干就干,张永安喊住了刚从食堂回宿舍的两位年轻医生,一起奋战了近三个小时,把奖旗、奖杯一一收藏好,又里里外外、上上下下全部打扫得干干净净。一间陈列室转眼间成了张永安心目中的实验室。

虽然饥肠辘辘,八九个小时未进食,更有数小时的强化劳动,但是他心甘情愿的,因此不管多累多饿还是相当兴奋的。不过张医生还是犯了个小小的错误,家,近在咫尺!如果捎个口信回家,那妻子也就不会误以为第二次"文革"又来了。张永安不经意中就忘记了"小家",这也是长期潜移默化的结果。好在伟芳也是通情达理的人,顷刻就恢复了欢乐。

张永安向爱人讲述医院的所见所闻——在医院的角角落落都张贴着"科技兴国,科技兴院!""科学技术是社会进步的重要动力!""走科技兴国之路!"……这样振奋人心的口号标语;宣传橱窗上公布了以院长为主任的学术委员会及各科室科研领导小组的名单。许多职工也都关心这个科研的事儿。我牵肠挂肚要开展的心脏手术,正好乘科技兴院的东风,人生难得遇到的是"天时、地利、人和",因此我们必须争分夺秒地去拼搏。

说到此，才记起给家人的礼物，他从背包中拿出在上海专卖的食品：一只枕头奶油大面包，一袋大白兔奶糖。面包给老娘，奶糖给儿子。礼品虽轻，但老娘和儿子都欢天喜地地接受了。本来还准备给妻子买一件毛呢大衣，为此他极少抽烟或不抽烟，坚持每月节省五元钱，一年后正好能买回那件女性都喜欢的呢大衣。大衣的式样和颜色也早早地挑好了，心想玫瑰红色穿在妻子身上一定挺合适，到时妻子穿着这件式样新颖的毛呢大衣，去照相馆留个影，弥补一下结婚没照片的遗憾。

可是那天，竟然又去了新华书店，一本最近出版的心外科书籍吸引了张永安的眼球，它是科室开展心脏手术最需要的工具书，犹豫了很久，拿了书去付款，走到中途又动摇了，积蓄了整整一年的钱，是为了一片"心意"，咬咬牙一定要实行这个"心意"，因此只好把书放回原处。此时，耳边似乎响起同事的话语：搞心胸外科现在我们所掌握的知识不够，目前急需补充新知识！此书正合适！终于他下定决心，买了这本书。"亲爱的，可真使你伤心了！没有给你带来一点儿礼物，对不起，不过以后我一定会补上的。"

张永安情真意切地说。伟芳早已热泪盈眶，她说："我已经收到世界上最珍贵的礼物，也领略了今世最真挚的'心意'，早就心满意足了！"张永安想那举案齐眉的孟光已被传颂了多少年代，如今妻子不仅一手拉扯着儿子，而且侍奉患老年痴呆的婆婆，更把自己的一份工作做得卓有成效，完全称得上是一个秀外慧中、内外兼修、蕙质兰心的孟光式的贤惠女子吧！张永安轻轻地为伟芳擦去泪珠，轻轻地吻了一下妻子的额头，在伟芳耳边轻轻地说道："愿天下人都过上真正的男耕女织太平舒心的日子呵！"

夜深人静之际，又向她讲述一件深藏在心底的往事：多少年来一双会说话的美丽的大眼睛老是一眨一眨地看着我，"叔叔会给我治好病吗？"一个声音老是响在耳边，她是我邻家的一个小女孩，她就读的小学就在村子里，距我家不足百米，但听她说，每次上学她都得在路上歇两次以上。她是个聪明用心的孩子，每次考试都是第一名，她对我说："叔叔，我看书吃力得很，看书写字的时间稍微长一点，眼前就会发黑。"她还说："要是治好了我的病，一定会更加发奋读书，我一定会考上清华大学的，长大了要当一名科学家。"穷人的孩子早当家。她的母亲曾告诉我，小女孩不止一次对她说，她一定会考上大学，等自己有了出息，一定给妈妈修二层楼的房子，安一部电话。她因为患心脏病，不能过正常小孩的生活。

面对可以降服的病魔我们无能为力，这是医生心中永远的痛……张永安说到动情处，声音哽咽了，他用力地闭住了双眼，伟芳紧紧地依偎在丈夫肩上，一字一句，掷地有声地说："人生难得几回搏，此时不搏待何时，我一定支持你！"

从此，张永安一心一意投入到创建心血管外科之中，他们团队为开展心脏手术，天天马不停蹄；其他科室的同志说，心血管外科已是殚精竭虑，难能可贵！心血管外科为解决人员紧张，已不间断地从内部挖掘潜力：一人干二人的活，一人当二人用；加班加点不在话下，许多同志主动放弃节假日。为了不影响科室正常的工作，不少手术被安排在夜间进行，因此临时要来的库存血液也是手术医生用自己腋下的体温捂热后才输入病人的体内。团队在创建期间真的是呕心沥血。张永安看到同志们超负荷地工作既心痛又自豪，科室年龄最大的同事已近花甲之年，照样每天提早上班，看完门诊还帮着处理科室杂务，没喊一声苦、没叫一声累。

科室的男男女女、老老少少日复一日，月复一月，心往一处想、智往一处谋、劲往一处使。他们为了什么？一位实习同学身处其境突然发问，张永安毫不迟疑地说，都是为了践行自己的承诺，因为我们都曾郑重地进行宣誓——要奉献一切为人类服务。要凭良心和尊严从事医学事业；如果要当一个合格的医生，必须具有这种自我牺牲的精神！所以这支医疗队伍在任何时候永远都是拉得出、打得响！

种豆得豆，种瓜得瓜，张永安团队在罗城市首例体外循环下先天性心脏病室间隔缺损修补术获得成功。

十年后，张永安团队在心脏手术方面已获得累累硕果，同时，在临床实践中也培养了各类专业人才，提高了技术。难怪院长在庆功会上兴奋地说，"科研"真正起到了"兴院"的作用，医院旧貌换新颜，张永安团队功不可没！

张永安此时终于松了一口气，"荣誉室"中又增添了"新丁"！没有辜负医院的重托！也对得起那双一眨不眨的大眼睛！

二十年后的清明节，张永安独自来到母亲的坟前，献上一大捧刚采摘的映山红，端放一碗红烧毛笋，一瓶可口可乐及一个枕头面包。恭恭敬敬地磕了三个头后，便坐在坟墓旁，点燃了一根烟，与在天堂上的母亲聊了起来：娘，今天儿子已经辞去科主任的职务及市政协委员、农工民主党副主任委员、中华医学会市分会理事等等职务。儿子知道忠孝不能两全，这是儿子心中永恒的痛，直至二十年后儿子才来一一倾诉，或许太迟了！但幼年时您经常给我讲"杨家将""岳母刺字"的故事，告诉我天下兴旺，匹夫有责！胸无大志，枉活一世！我从一个农家子弟成长为具有专业特长、高级职称的医务工作者，儿子知道娘是从心底里感到高兴的。屈指数来，儿子从医已整整四十年，想起那些不寻常的岁月，放置在书房里的一大堆证书，也没有多少值得珍藏。唯有儿子实现了自己的誓言，敢于闯外科手术的禁区——心脏外科，觉得没有辜负医生这一神圣的称谓；我以病人利益为重，从而得到病人信任的一封封的来信却永远在我的心头，每一封信都给我一种亲切而熟悉的感觉，都能激起我对生活的渴望和对命运的断断续续的咀嚼和回忆，娘！我给您读一封来信，想您也会十分喜欢倾听——

尊敬的叔叔：请允许我这样称呼您，是您给我第二次生命，我的心目中早已认定您是我的又一位父亲，在幼年的时候，妈妈老是给讲一个我表姐的故事，说表姐长着大大的眼睛，秀气的鼻子，饱满的小嘴，再加上一头可爱的"自来卷"黑发，就是一个天然的美女。她三岁能将《红灯记》中李铁梅的经典唱词学得惟妙惟肖，"我家的表叔，数不清。没有大事，不登门。"

五岁时会一字不漏地背诵毛主席的诗句——

"风雨送春归，飞雪迎春到。已是悬崖百丈冰，犹有花枝俏。俏也不争春，只把春来报。待到山花烂漫时，她在丛中笑。"

大人们都说她极其聪明，只是一不能跑步，二不能跳跃，一跑就气喘吁吁，一跳就心悸。看到小伙伴们在玩"老鹰抓小鸡"，她担任"老鹰"的角色，来回不能尽心奔跑一次，就马上喘不过气来，一只"小鸡"也不能抓到；跟在小弟弟、小妹妹后面，学做一只"小鸡"，不到二个回合就只好蹲在那里，任凭"老鹰"抓走。六周岁那年，哼不上一句完整的京剧便上气不接下气。她爸爸只得要求单位领导照顾安排在传达室上班，天天上夜班，这样白天可以全力照顾我那位表姐。这年大年初一，表姐坚持要放鞭炮，一声鞭炮响后，表姐就依偎在她爸爸的怀抱里，永远地闭上了她那双大眼睛。

表姐走后的第三年，我来到这个世界，直到懂事后我才知道，表姐患的是心脏病，表姐却是我最亲的亲姐姐，因为父母担心我受刺激而一直说是表姐。为了能有健康的第二个小孩，只有小学文化的父母走了许多弯弯绕绕的路，花了不少冤枉钱，他们错误地认为如果第二个孩子是男孩，则不可能患同样的疾病，我出生后同样很容易感冒发热，不能剧烈地运动。当年父母带着姐姐四处就医，在上海大医院预约心脏手术，院方说需等待十年。如果我也和姐姐一样的结果，父母决定一家人一块儿跳钱塘江。

七岁那年，我们有幸遇到了您，您答应给我手术，在别人眼里我是个小孩子，可我觉得我已长大了，因为在朦朦胧胧中我背后还有一个小孩，那就是我姐姐，因此我应该是十四岁了，可以说是个大小孩了。记得那天您第一次门诊接诊，听诊器从我的前胸移到后背，从腋下转到胸骨处，一会儿叫我吸气，一会儿叫我呼气，可能我做得不合格，您则一次又一次示范动作，说实在的，我人虽小却是老病号，如此检查我还很少遇到。而后您又陪我一起去放射科与B超室，临走时对我母亲说，孩子身体太单薄，回去须休养几周，每天二个鸡蛋，一瓶牛奶，再加些水果，改善了体质对手术极有好处。您对我的仔细检查还招来其他候诊病人的抱怨，但您既不急也不恼，和颜悦色地对他们解释，即使是到下班时间，也保证给你们一一诊治。这位小姑娘有些特殊的体征，请大家谅解。

那天一进手术室，医生、护士都只露出二只眼睛，戴着特别大的口罩，穿着特别大的衣服，不知怎的我感到特别害怕，吓得哇哇地哭了，喊着，吵着不要手术，就是您紧紧把我抱在怀里，一边拍着我的肩膀，一边轻声说着，乐乐不哭，乐乐真乖，乐乐以后也要当医生，要给许多小朋友治病呢！今天乐乐当个听话的小病人，以后一定也能当个好医生。听说我以后也能当医生，我一下子就停止了哭泣，一边擦眼泪，一边认真地问道：乐乐以后也能当一个医生？还能当个好医生？在您的安抚下，我安安静静地接受了麻醉，竟没有喊，也没有哭，因为您在手术床边向我传递了慈父般爱的眼神。

手术后的一天，我妈妈接到病危通知单，与爸爸商量趁我还有一口气，赶快把我抱回家，您从我娘手中夺回我，说发病危通知单是病人家属的知情权，但我们一定要与死神作最后一搏。从那天起，您日夜守护在我的病床边，关注着我每一次的心跳和心电图的变化，由于您寸步不离的关怀和精心治疗，我得救了，您对我恩重如山！您母亲因独自在家，被入门行窃的坏人杀害了！请转告奶奶，允许我成为她的亲孙女吧！目前我正在努力复习功课，决心要以优异成绩考入耶鲁大学，学成回国为众多的患者服务。请代我向奶奶献上一捧家乡的映山红，敬上一杯"可口可乐"！此致

敬礼

乐乐敬上

3.5

张永安念完乐乐的来信，自己也泪流满面，他打开一听"可口可乐"饮料：娘，生前您没喝过这种玩意儿，尝尝吧，味道还可以吗？乐乐敬您的，意在快快乐乐，娘您就喝喝吧！娘，您生前儿子最大的不孝就是从来未陪娘好好说说话、聊聊天。今天儿子与娘面对面说些心里话。娘！医生在众人眼中是一个招人喜欢的职业，因为即使是身处高位的一品、二品大员，平日要风得风，要雨得雨，可是当身子不适的时候，照样得听医生的。医生看来很强势，其实不然，医生天天过着提心吊胆的生活。例如外科医生，一例手术后，不说晚上牵肠挂肚，夜间梦中也常会梦到那位手术病人，第二天早早来到病房首先去看那个手术病人，若是术后恢复得可以，提着的心才能暂且放下。可是接下来又是一位病人需要手术，又再一次紧张，周而复始，简直天天都担惊受怕。内科医生也好不了多少，重危病人不能不收治，急骤的病情变化，使得医生不敢离开半步。其他儿科、妇科等科也都大同小异，其中甘苦只有同行才知晓。生前为什么不对您讲这些，就怕娘为儿担忧。

人都说生命是最宝贵的，而对生命来说最重要的器官是心脏。相当数量的心脏病患者只有通过外科手术治疗，才有生的希望，才能长期生存并有很好的生活质量。但心血管外科同其他学科一样，有许多不确定性和未知领域，需要不断地研究和发展，但与其他学科而言，所不同的是人的生命只有一次，手术不是试验，只能成功不能失败。一旦失败，不仅患者会失去生命，人财两空，医务人员也会遭受重大打击。医师和护士的所有工作和期盼，都将因手术失败而毁于一旦。为了保证手术成功，医护人员不仅要有奉献精神和很好的技术，还要在每个细节上做好工作。

心脏病患者进行外科手术，要经过三个阶段的治疗和手术后的随访。手术前，医护人员要对患者的病情、各项检查结果进行反复思考和讨论，做出客观的分析与评价，对患者是否需要和能否承受手术的风险进行评估和必要的治疗后，再决定是否手术，并根据病情的不确定性和手术中的各种可能性制定出一套乃至几套手术方案，以期做好充分的准备。

手术中，医师和护士要凝神静气，全力以赴，在分分秒秒的过程中，每次操作都必须准确到位，密切配合，争取尽快完成手术，以避免由于手术时间延长，加重心脏缺血，给患者带来更大的危险，使手术的成功大打折扣。必要时医护人员还必须放弃正常的休息及饮食时间，甚至十几个小时以上不吃不喝，一直工作在手术室，直至手术成功。这对医护人员也是很大的考验。

手术后，医护人员还要对患者进行悉心监护，不能有丝毫马虎和懈怠，术后监护过程中的很多环节都会影响手术的成败，哪怕是一分钟的疏忽，都可能使患者丧失生命。在这种情况下，医师不仅要有很高的人文素质和奉献精神，更要有高超的医疗技术，而高超的技术则源于医师的高度责任感、学习精神和大量的临床实践和研究。医师的工作是医师人生价值观、认知能力、专业知识积累、技术娴熟程度等各方面素质的综合体现。

对患者和家属来说，既要对疾病有所了解、对医疗的风险和效果有客观的认识，也应对所就治的医院和医师给予充分的信任和积极的配合。这也需要全社会教育和文明程度整体水平的提高，当然良好的经济基础和医疗保险条件也是很重要的因素。只有这样，医患之间才能互相信任，共同努力，患者才能得到更好的救治和服务，医学事业才能得到更快的发展。

在治疗过程中，我们和患者及家属共同承担着医疗的风险，共同分享着成功的喜悦与欢欣，也同时为一些疑难心脏病的治疗积累了丰富、宝贵的经验，促进了心血管外科整体水平的进一步提高，当然回过头来也为心血管病患者提供更好的服务。

娘，与您唠叨这些是求得减轻儿子没有照顾好的罪过，儿子对得起众多病人，唯一对不起的是您老人家！儿子与科室的同事度过了极其艰难的日子，终于救了小乐乐的生命，我也曾讲过您的故事，言传身教为她筑起的全新人生道路！世上还有什么比救人育人更神圣的事业呢！

娘，您很少享受儿孙绕膝的天伦之乐，即使是在得病以后也是如此。您的儿子是位医生，在常人看来医生当然首先会治好自己亲人的病，可是当医生的儿子往往开了处方，配了药，就算万事大吉。回忆起来真没几次亲自把药送到您的眼前，更没把药送到您的嘴里，儿子真是不孝！在病房里我们会把药送到病人的口中，在家为娘服药却往往疏忽了！我知道娘总是每每原谅儿子，说儿子太忙，说儿子事多，说儿子应该多为病人服务，说自古忠孝不能两全！我最痛心的当然是您的突然离世！那天我是夜班后休息，伟芳以为我一定会很快回家的，所以门未关好，导致您被盗贼杀害，如果我能搀扶着您到病房的前庭坐着晒太阳多好。这是儿子难以弥补的过错！娘，您那么善良、那么识大体，天堂一定生活得很好！倘若有来世您一定还是我最要孝敬的母亲！

"永安，你看谁来了！"伟芳带来了一位亭亭玉立的女子。

"是乐乐?!"

"叔叔，我回来了，今天一下飞机就赶来祭奠奶奶！"边说边向奶奶的坟墓叩拜。

"奶奶，这是耶鲁大学博士学位证书，还有医大的邀请函！我回国后第一个要告诉的是叔叔、婶婶及奶奶您！奶奶我一辈子都会记住您的，奶奶！呜呜呜……"

夫妻俩不约而同地搀扶起乐乐，伟芳为乐乐拭擦眼泪。

永安连声说着：

"乐乐别哭了，在天堂的奶奶听见了、看见了，高兴得不得了，她正在连声赞扬你呢！"

"叔叔，'乐乐别哭，乐乐别哭！'您当年在手术室里也是这么嘱咐的。现在我才知道这就是大医情怀！"

后来，乐乐在当地的医学院任教，其科研的主攻方向是先心病的介入治疗。张永安医生仍在医院做兼职的带教工作，大量时间放在著书方面。其中《救治疑难危重心脏病患者实例》一书被省社科院评为优秀科技著作。书中展现的医医之间、医患之间很多感人至深的真实事例，体现了这一团队医者仁心和对生命的敬畏，他们不计个人得失，勇闯医学禁区，历尽艰辛，积极奉献，救助很多求生无望的患者，积累了疑难危重心脏病手术治疗及其他综合治疗的丰富的宝贵经验。当然医院开展医学科研工作，努力提高技术水平和医疗质量同样也是广大患者的幸运！

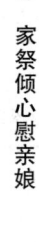

第十九章
医家后代多壮志　智能器械销海外

奥特医疗用品公司董事长山娃子受 M 国 F 城市市长邀请做专题报告。从老陈这个旁观者的眼光来说，山娃子最大的特点，一是天性聪明有大智慧，二是认定的目标就百折不回，因为山娃子有金健民的遗传因子。

霎时，山娃子成了医院最热门的话题，有的对其敬佩得五体投地，说他有志气，优秀家风后继有人。有的则不以为然，说是大树底下好乘凉，如果是我也能如此。反响何以如此大相径庭，那山娃子是谁？还得从他父亲那个特殊时代的特殊事件说起。

山娃子的父亲叫丁援朝，还在市一中读高一时，马克思的《资本论》已通读过一遍，写的心得语文老师赞不绝口。一位数学老师，遇到有难解的代数题喜欢与他一起讨论，越是难解的题目他兴趣越浓，钻劲越大，且有不达目标誓不休的韧劲，这位数学老师预言他日后进入清华、北大不在话下，赞扬他是非常有数学天赋的小青年。然而人算不如天算，还未等上高考，史无前例的"文化大革命"开始了。丁援朝也成了批斗的对象。无奈之下，他只好连夜逃离古城，跋山涉水远离了众多的亲朋好友，然而东躲西藏的日子实在不是人过的。那天已到快掌灯时分，已数天没进食的他，一头倒栽在前不着村后不着店的山坳中，也是援朝命不该绝，正好一位十七八岁的姑娘与一位老大爷路过，姑娘见一人倒在荒山野地，立即惊叫着说：

"他是谁？爷爷您见过他吗？"

老大爷也吃惊不小，借着月光仔细辨识后说：

"方圆数里没见过这个小后生，他不是土生土长的本地人，倒很像是说书人所说的落难秀才。"

"秀才？那是个读书人，好像生了重病，不会出大事吧？"姑娘急切地问道。

"不会的，可能是饥渴过度引起，来，先给他灌点水！"老大爷抱起了这个落难秀才，把他倚在自己的怀里。

果然不出所料，几口水喂下去，丁援朝似乎觉得躺卧在母亲怀里，一睁眼见到弯弯的月亮，闪闪发光的星星，情不自禁喃喃说着母亲常哼的："一颗星，隔根灯，两颗星，挂油瓶。油瓶漏……"

"好炒豆。炒得三颗乌焦豆，一颗香，一颗臭，一颗给隔壁嬷嬷搽癞头。"落难秀才虽然吐词不清晰，然而姑娘一听就是爷爷从小就教她耳熟能详的方言儿歌，立即毫不犹豫地接了下去。

"是罗城人！"老大爷一听这方言儿歌，就断定是久违的老乡。便对落难秀才说了，自己祖上原是罗城人，后为躲避战乱而投亲来到山崖村。

丁援朝缓过气来，睁眼见到四目善良的一老一少，便说：

"你们……不……要救我，他们说……我是反革命分子、坏人！"援朝有气无力地低声道。

"是反革命分子，你杀人放火？"老大爷问道。

援朝立即说："没，没有，从来没有！可他们非说我是坏人！"

"那你残害百姓？"老大爷又紧急问道。

"我哪能做残害百姓的事？可他们硬说我不是好人！"援朝边说边呜呜抽泣起来。

"是坏人是好人，不是别人说的，首先必须自己判定自己的良心，如果专做坑害他人的坏事，就是坏人！从不坑害他人就不是坏人！我们山坳里的人就是一根竹子直心直肠对人对己的。"

就这样，援朝来到群山环抱，只有一条小道与外面相通的山崖村。耿直的山泉爷爷收留了他，二年后他与山泉爷爷的孙女山秀秀结为夫妻。后来，恢复高考，援朝被省城的医学专科学校录取，这却是后话。

援朝的儿子山娃子呱呱落地在这个小山村中，时间是在20世纪的70年代。出生以后，虽比早些年出生的姐呀哥呀整天挨饿要稍微好一些，但总觉得是饥肠辘辘的时日多，光脚赤腚的小伙伴们总喜欢去山涧中网些小鱼小虾或树丛中摸些鸟蛋小鸟，解解馋填填饥肠。在一群猴子般的毛孩子里，山娃子无疑是"猴子王"，尽管孩子们在溪涧戏耍或在竹山上斗蟋蟀时，难免会有冲突，甚至打得鼻青脸肿，但在回家前，这个"猴子王"都会把他们调停好，"鼻青"的和"脸肿"的都各自蹦蹦跳跳回家，"鼻青"的家长断不会发怒上门寻衅，"脸肿"的家长也决不会发怒上门责怪"鼻青"的。小小年纪的山娃子无异有调停众人的能耐。

但无忧无虑玩耍嬉乐的童年对山娃子来说或许少了些，因为家中的老人就有四个，妈妈的父母，妈妈父母的父母，经济压力不小！好在长辈慈爱，小辈孝顺，一家子的生活虽清贫但也温馨。他从八岁起不仅能看守家中自营的小杂货铺，竟然还被授予司令之责！

什么司令？——正当二月初春时分，母亲买了一窝小鹅，起先还是一只只毛茸茸嫩黄的小鹅，日间与夜晚由母亲用碎米拌菜叶细心喂养，以后嫩黄色逐渐褪去，就移交给了山娃子，全权负责小鹅们的吃、喝、拉、住，再加外出放养。常言说，穷人的孩子早当家。山娃子果真慢慢担负起了"鹅司令"之职，除了上学读书的时间外，几乎全与它们相伴在一块儿，清晨起来第一件事就是去看它们；傍晚是否已经进窝，照例也得去看看，夜间一听到鹅舍有动静就会立即飞奔过去。母亲有时也感到后悔，觉得小小年纪不该做那些太操心的事，独当一面还为时太早。父亲则说，从小敢为人先，千金难买！

乍暖还寒时节为它们铺上灶灰稻草，春去夏到为它们开窗通风。春天赶它们上向阳坡踏青草晒太阳，夏天让它们在山涧池塘里游泳洗澡。山娃子还为它们分别取了响亮的名字，睡梦中也会大声呼着，"红掌掌走得太快了，等等小掌掌"。转眼间它们都成了扇动着雪白翅膀的大白鹅，这一只只的"白毛浮绿水，红掌拨清波，曲项向天歌"的鹅，鹅，鹅！每天与它们在一起别提有多高兴了！

隔壁的婶子称赞说："小小年纪居然能养出这一大群大白鹅，不简单！"母亲笑眯眯地说："小孩做事有责任心。"父亲更是高兴地说："儿子做事会动脑筋，让白鹅睡得安静，吃得干净，所以长得又快又好，小小年纪真是难能可贵！"终于有一天，母亲把一只只大白鹅交给了他认识的人或不认识的人，他知道大白鹅必须卖掉，因为自己要读书，读书要缴学费，学费的钱必须用大白鹅去换，道理他懂，因此他只好偷偷跑到没人的大山上去哭泣一通。

在看守自营小杂货铺与放养大白鹅之间，山娃子的童年在不知不觉中结束了。那年只因二分之差没被重点高中录取，恼怒自己不争气，有愧于父母，觉得既然学不好ABC，那就只得去干革命！不过不像当年那样跑到没人的大山上去哭泣一通，而是关起房门大哭一场。之后就进驾校学开汽车去了。

十七岁的山娃子，第一次勇敢地扬起生活的风帆——跑车拉长途搞运输。十七岁，当今大多十七岁的男生们还在偷懒贪玩，他却毅然赚钱去了！虽然非常辛苦，但已有不菲的收入，自己赚的钱估计已经超过老爷子了。星期天回到家扬扬得意数着钱递给母亲，脑子中设想父母亲将会如何赞扬自己！正在兴奋之际，两个人走了进来，一位穿戴整洁的女子和一位有点邋遢的老人，女子手中拿着一面大红锦旗，老人家双手捧着一碗鲜豆，女子很文静地站立在桌子边，而老人将一碗豆放在桌子上，又打手势又哇啦哇啦地说着，老人吐词不很清楚而且还有点口吃，从断断续续的话语中得知老人是一位年事已高的半哑残疾人，体弱多病，父亲隔三岔五上门为他诊治，十年如一日，还每每自掏腰包为老人付钱买药，父亲顺从地把老人带来的一碗鲜豆倒入自己的茶杯里，连连说，"一定很鲜，一定很鲜！好吃好吃，我最喜欢吃您的鲜豆了！"老人脸上立即显现满足的神色，并竖起大拇指说父亲有金子般的心，捧起那只空碗，喜滋滋地离去。

送走了老人，山娃子忍不住问父亲："您要吃鲜豆？而且最喜欢吃鲜豆？真是怪哉，我们自家种的豆子你却从来不吃，总烂在田间做肥料！"父亲说："长期给老人治病，他难免会有歉疚之情，我吃了他的豆，老人家就会心安一点，医者要设身处地多为病家着想。"父亲也欣然地接受了女子的一面锦旗，同时也说治愈疾病是医生的职责。言谈中才知道，这位女子是位乡村女教师，突然有一天她喉咙发不出声音，平日清脆悦耳的金嗓子，说变就变，嘶哑得难听极了，变得自己也不想听，她觉得天塌地陷，因为第二天要去参加一场十分重要的观摩教学示范课，但要想在一夜之内恢复嗓音或许就是天方夜谭，觉得老天与她开了天大的玩笑，她伤心极了。此时有人告诉她大山中一位叫援朝的医生有一剂草药方有速效，抱着试试看的态度，好不容易找到了他。援朝了解到情况后，二话没说就翻山越岭找来了草药，她服药后第二天果真恢复如常。她动情地说是援朝医生的精湛医术鼓励了她，使观摩教学课获得超常的成功，因此她又一次翻山越岭当面来感谢这位大山中的医生，同时还亲眼看见了刚才对孤寡老人情真意切的一幕，她十分动情地说："援朝医生不仅医术高超，更有仁爱之心，古人言，'山不在高，有仙则名。水不在深，有龙则灵。斯是陋室，惟吾德馨。'您真是山中的仙，水中的龙，虽身在陋室中，却德馨溢四方。"

二位客人来访对山娃子触动很大，他觉得父亲很了不起，让女教师神奇地恢复了嗓音，助残疾老人坚韧地活在世上。父亲是医生，母亲在不经意中曾提起过未见面的爷爷也是医生。救死扶伤的医生是世界上最棒的职业之一，也是最受群众尊重的行业。他也要当一名好医生，要为患病的人们减少痛苦。于是他向老板辞去了跑长途运输的工作，当时那位老板还为山娃子惋惜，因为在当时搞运输是比较赚钱的行当，但长年累月开车也不易，且山娃子的家乡全是高山峻岭，道路蜿蜒曲折，更是难上加难。然而山娃子有着特别的悟性，纵横交错的山城僻镇，只需指点一次，他绝对不会打回关开倒车，其他比如车辆保养、维修和清洁工作他都做得井井有条，他很能吃苦，无论白天、黑夜都能适应，而且保密意识与责任心都很强。老板预言，几年之后他自营一家粗具规模的运输公司不在话下，每次看到山娃子都会说一连串的"可惜，可惜"！

十八岁的山娃子受父亲的启示，决心再扬起学习的风帆，为治病救人选择了学医。一年后，终于如愿以偿进了那位未见面的爷爷创办的卫生学校。

进入了卫生学校，他最大的体会就是燃烧自己照亮别人的乐趣。记得开学不久，同学们在选举班干部时，一位男生说，开学的第一天，就是他帮助同学搬运行李从车站到宿舍，从宿舍又到车站，汗水渗透了他的衣服；一位女同学说，他吃午饭也是边走边啃，他真是我们身边的活雷锋，我们女同学都敬重他，所以我们都要选他；另一位同学说：我与山娃子在同一个寝室，从上学第一天起就见他读书很刻苦，早晨他早早就在校园看书，晚自习总是最后一个离开教室，他给自己设定的目标是门门功课必须优秀，日后才能成为他父亲一样受群众欢迎的好医生。他学习目标明确，我佩服他，所以要选举他；其他同学也纷纷举手同意选他。

那天他感动得掉下眼泪，自己仅仅做了些小事，却得到了同学们极大的信任和赞扬，人活着，如同烛光一样照亮别人，是件何等快乐的事！不久他又担任了学生会主席。正是这些无形的激励转化成强大的动力，他经常对自己说：老师的关爱，我不能不干好！同学们的信任，我岂能落后！我不仅学习要优秀，大量的学生事务工作也必须干好！在学习上他选择了"刻苦"加"踏实"！

医学是一门知识性和实践性极强的学科，通常进入医学院校的门槛都比较高，在校所学的科目又非常之多，而且有大量的知识和数据都必须牢记在心，因此医学生的学习生活也格外辛苦，除了语、数、理、化等普通科外，还有生理学、医学心理学、伦理学等基础学科，更有疾病诊断学、内科学、皮肤性病学等诸多临床学科。

要想当一个好的医生，不管多苦多累这些学科必须学好。他觉得时间实在太宝贵了，每小时六十分钟，恨不能每分钟都掰开来用，一天二十四小时，恨不得能有二十五小时供他钻研学习，真正有"一寸光阴一寸金，寸金难买寸光阴"的深切感受。他说读医期间是他一生学习生涯中最为紧张的时期，也是最为充实最有成就感的时光。经过专业学习，知识得以丰富，视野得以开阔！为以后的人生道路打下了良好而扎实的基础！

三年中专三年大专，六年的勤学苦练，他不仅获得了大专的学历证书，还获得一大沓奖状奖章，优良学习的成绩和务实的工作能力得到老师、同学、家长们的普遍赞扬。那么这种引以为荣的优势是否能助他走上心仪的社会岗位？没有！天外有天！

这次是否又背着父母哭泣一番？没有！他确实沮丧过、迷茫过，但毕竟实实在在又读了六年书，读书给予他的不仅仅是知识，也给了他智慧，使他变得更聪明，更能勇敢地面对困难，并能用自己的方法解决困难。他也曾扪心自问：要想进入心仪的三级医院，必须具有硕士以上的学历，但我没有！进不了三级医院也是公平的。但觉得他面前有两条路可以选择：一是回乡当一名基层卫生院医生，凭着大专证书和三级医院的二年临床实践经验，当一名全科医生也未尝不可；二是也可以通过继续刻苦学习，三、五年后获得硕士的学历，相信自己一定能够通过相关的考试而进入三级医院当医生！

何去何从，他又开始梳理思绪。恰恰在此时遇到的一件事对他触动不小，并为自己的职业生涯开启了一扇新的梦想之窗——

这天，病房里为一位车祸造成胃肠功能障碍的中年患者进行营

杏
林
儿
女

养液灌输，现代医学认为因疾病或创伤致胃肠功能障碍而饮食不能被摄取、消化、吸收，从而需要采取经胃肠道内置管喂以特别营养素以达到营养治疗的目的。营养液灌输对病人健康的恢复极其重要，然而在灌输过程中，一根有一定口径的管子从鼻子进入，通过食道后，在胃的贲门处，尤其是肠置管时在幽门处可能受阻，这种"暗箱"操作全凭插管医生的经验和手感。这位中年患者双手紧握，嘴唇已咬出了血，眼泪已经流了下来，经治医生一边操作一边连声说：

"快啦！快啦！"

责任护士一面为其在嘴巴上用压舌板进行观察，一面也鼓励他说：

"胜利往往在坚持的最后一分钟，营养液灌输成功，您马上就能和妻子去花园散步。"

站在一旁的患者妻子对医生、护士哭泣着说：

"我丈夫的忍耐力很强，看来插管也是蛮痛苦的，要不我们就放弃吧！"

山娃子目睹不少病人接受治疗的场景，如果插管不顺利，是有不少患者会因难以承受而放弃这一治疗措施的。

是否能使患者减少痛苦或没有痛苦？如果胃肠道置管时能在直视下进行，势必比盲插好。能发明这种器件吗？他为这霎时的灵感而欣喜！为自己有美好的梦想而鼓舞！他想起了鲁班的故事，传说原来没有锯，有一次，鲁班在山上劳作，忽然手被什么东西划了道口子，鲜血直流。他一找，原来是一棵丝茅草，丝茅草上长着许多硬而尖的小齿，人的皮肤被它一划就破了。鲁班由此受到了启发，如果用金属做成带齿的长条，不也能把木头锯开吗？于是，鲁班发明了锯子，改变了木匠世代用斧子砍削木头的办法，既减轻了劳动强度又提高了工作效率。

他又想到，叩诊是18世纪奥地利医学家约瑟夫·奥安勃鲁格发明的，那时维也纳地方的肺部疾患发病率很高，在尸体解剖中常发现，患者的胸腔里充满了胸水。约瑟夫·奥安勃鲁格想到，如果能早点知道胸腔有积液，就可从肋骨之间插入一只针头将积液抽出，这样有助于治疗和拯救患者的生命。约瑟夫·奥安勃鲁格陷入了沉思默想和苦苦的追寻之中，终于受酒业工匠用手指敲打酒桶，凭借其发出的清、浊声音来估计桶内酒量多少的启发，移用到人体的胸腔也用手指叩击，从发出的不同声音来判断胸腔内有无积液。这种胸部叩诊法，成为帮助诊断心肺疾病的有效方法，临床上一直沿用至今！

世间各行各业林林总总的发明与创造，大多数都是有利于人们的需求，同时又推动了社会的进步。这是一种十分了不起心理状态，这种状态会导致艺术、科学、技术新的构思以及新观念的产生和实现。他梦想办一家智能医疗器械公司，旨在为病人减少痛苦以致没有痛苦，从而造福于人类。他开始四处奔波。他创业之路的实现，与他那位既平凡又善解人意的父亲是分不开的，记得当初父子曾经有一番对话。

儿子十分自信地说：

"从事制造智能诊疗器械的工作，我自身有着二大特突的优势，第一，我有着医学的基本理论知识和医院的临床实践经验，知道气管和食道哪个部位是狭窄处；知道肠道的解剖特点；知道结肠脾曲的弯曲角度一般比肝曲小；第二，我实际接触过数以千计的患者，在病房，在门诊，在急救中心，知道患者的痛痒，熟悉患者的阵阵呻吟声，了解患者急切解除痛苦的愿望。为减轻或消除患者的痛苦是我第三次扬起人生风帆的重要动因。"

父亲沉默了片刻说：

"儿子你能体察患者的痛苦，是我们优秀家风的传递，也是真正高尚医德的实际体现，做父亲的为此而欣慰。而且据我较长时间的观察，儿子你具有创造能力的人格特征：诸如兴趣广泛，反应敏捷，思路严谨，善于记忆，工作效率高，从众行为少，好独立行事，自信心强，喜欢研究抽象问题，见识广，社交能力强，有抱负能思考，且对问题有触类旁通的能力等优点。但所有这一切，离制造智能诊疗器械的现实距离还很大很大。"

听了老爸的一席话，儿子非常感动地说：

"您心目中非常看重的除了患者还是患者，原来父亲对儿子的观察力也是独具一格，感谢父亲对我的理解与信任，真的是知子莫若父。"

父亲坦诚地说：

"说实在的，我内心一直在谴责自己，由于当年不负责任的所谓'敢把皇帝拉下马'的幼稚行为，给一家老少造成不可弥补的灾难，本当你应有一个幸福的童年，却落得个吃不饱穿不暖的窘境，我是一辈子都不能原谅自己的。"父亲说着不禁哽咽起来。

"父亲言重了，谁不知道那是时代所造成的，您千万别自责，有您这样的父亲我是很幸福的！记得小学一年级时，一次回家说起高年级同学在玩抛篮球，我说非常向往，您不知从哪里寻觅到一只皮球，立即头顶了一只菜篮子，叫我抛皮球投到您头顶上的菜篮子里，您一会儿猫腰做矮个子，使我能将皮球抛入篮子里，一会儿又故意踮起脚尖，使我很难抛到您头顶上的篮子里。这天我玩得很开心。以后我与同学、朋友说起此事，他们说，真羡慕你有如此慈爱的好父亲！您不是事无巨细整天唠叨的父亲，而是采用俗话所说'浇花浇根，教人教心'的教育方法，您教我养好'曲项向天歌'的白鹅，首先是一种责任；您还嘱咐我不要死读书，读死书，所学的知识要善于融会贯通。我为有您这样通情达理的父亲而自豪。您千万别再说那些往事，现在都提倡向前看，我们也不能太落伍了。还是说说我那件事吧！我也思前想后考虑过，诊疗器械我见过，也手握过，使用过，但从来没有制造过，包括看在眼里十分简单的一支体温表、一只注射针头。我问自己是否像俗语所说的那样在'硬嚼螺蛳壳'。但我觉得路是人走出来的！别人能做的，我一定也能做到！别人没做成的我也要尽力做到，而且必须做得完美！"

"我知道自己的儿子有能力、有抱负。父亲支持你！"过了几天，父亲又送了一条寄语，"科学没有平坦的大道，只有不畏艰险沿着陡峭山路攀登的人，才有希望达到光辉的顶点。"外加卖掉自家房屋所得的 100 万元现金。

山娃子是幸运的，因为有这样的父亲，更有对医疗卫生事业一片丹心却从未见过面的爷爷，他也是十分支持孙子走医疗技术革新的道路，说没有创新就不会有前途！

这正是：养儿苦有乐，知子莫若父，医家多壮志，赤诚为天下。

二年后，山娃子的罗城市奥特医疗用品公司成立。而且二只亲水性系列产品已正常投产——

亲水性超滑导尿管，用于神经原性膀胱炎；

亲水性肛门冲洗器，用于顽固性便秘病人。

因为这些产品非常适宜老年患者居家使用，必要时患者可以自行操作，无须他人帮助，且价格低廉，因此市场需求量很大。例如亲水性肛门冲洗器，荷兰的商家一次就订购 10 万支。说到将产品外销到国外，公司内部分歧也是很大的，一位负责销售的业务主管经理认为：当前首先应牢牢地占领市内、外的营销市场，接着再抓住省内的几家大型医院的销售，倘若顺利，我们就算烧高香了。因为我们只是八十个员工的小公司，要将我们的产品打入国际市场，谈何容易?! 销售范围太大，战线拉得太长，我们力所不及。但山娃子坚决要将产品打入国际市场，他说我们要有梦想，要有敢于向自己挑战的拼搏精神！

在一个金风送爽的日子，山娃子出席大洋彼岸的专业会议，他深有体会地说，当时我们是为患者减轻痛苦而立业。家庭与同道们的支持使我们的梦想实现了！梦想的实现，使我认识到必须敢想敢干，若只停留在只想而不付诸行动，那你永远也只是一个有梦想的废物！梦想的确打开了我对事物思考方式的多扇窗户，而且更为我增添了一种品质叫勇敢——不惧嘲笑、不惧失败、百折不挠的精神都在梦想的实现中得以发挥，我们将继续为减少病人的痛苦而奋斗。

杏
林
儿
女

山娃子出席大洋彼岸会议的传真送到金院长的床头，老人家戴起老花镜仔细看起来，黯淡的眼光瞬间明亮起来，兴奋地对坐在床边的援朝说：

　　"我找到了！就跟你当年母亲的面容一模一样，别人认不出来，我一看就眼熟，以后我到了她那边就对她说，能有这样一个了不起的孙子，我也一块儿占光了！"说着眼角涌出了泪花，老人家竭力不让其掉下来，只是用手佯装着擦了擦自己的脸孔。

　　援朝装作什么也没看见，只是说：

　　"他也是你的孙子，他身上流着你的血！"

　　"他是我的孙子，但得感谢你母亲独自含辛茹苦把你养大，这辈子我最对不起的就是你母亲，她是世上最受委屈的母亲！"

　　此时，年迈的金院长情不自禁地回想起当年与小丁分别的晚上，百感交集！战战兢兢地在贴心口袋中拿出一张已经发黄的油光纸，"回乡偶书"的笔迹依稀可见。

　　援朝年少时曾经对眼前的这个男人恨之入骨，发誓一辈子再不见这个男人！此时，援朝耳边又响起母亲的遗言：不要记恨你的父亲，他是个好男人！他是这个世上最好的男子汉！眼前的老人实在太能委曲求全，面前的老父亲给了自己生命，还抚养了自己整整十八年，要不是当年的婚变，我们必定是父慈子孝的一家子；援朝悲叹自己飞逝的青春，更为年老父亲悲凉的大半辈子所伤心。如果能够回归到当年，大家会不会珍惜彼此之间的情感呢！想着想着援朝眼角也湿润了。

　　老人控制住自己的情绪，边擦老花镜，边说：

　　"援朝，我的孙子叫什么名字？我打算发一封贺信给他！"

　　"啊，忘记了，还须对父亲说一件重大的事情，不知是否会给他老人家的情绪雪上加霜呢？"援朝心中犹豫起来。

　　"他叫山娃子！"

　　"我知道，叫山娃子，这是小名，家里人叫的，那还有正式的大名呢？"

"父亲，他就叫山娃子，家里人叫他娃子，他的同学、同事都叫他山娃子。"

"叫山娃子，难道他是姓山不成？！"老人家摸不着头脑。

"是的，父亲，他是姓山，他……"援朝欲言又止。

"他怎么样？快说！莫非……"老人家疑惑地问道。

"但说了还请父亲原谅。"

"那快说，究竟是为什么？"老人家急不可待地坐了起来。

于是援朝只好把往事一五一十地叙述出来，原来当时在山崖村时，为了避免村里村外人的怀疑，援朝是以入赘女婿的身份住在山泉爷爷家里，后来与山秀秀恋爱并结为夫妻，那出生的孩子理所当然姓山泉爷爷的姓了。当时援朝对姓氏满不在乎，现在倘若姓"丁"，父亲不可能会有太大的意见，如今又冒出一个别姓"山"来，父亲能接受吗！？

"哦，山娃子，山娃子！原来如此，如此大仁大义的山泉爷爷使我敬佩万分！何时请他来我家喝酒，我得敬他三杯。"

"山泉爷爷身体好得很，一百零二岁高龄了，还牵牛耕地，他不喝酒不抽烟，每每干完农活回来喜欢喝碗红糖姜片茶，说是既解渴又暖胃，因此一家老小都称姜糖茶为长寿茶。"

"无论如何得请他上门来做客，我得好好感谢他！"

"好，我去试试。"

接着，父子俩的话题又回到了山娃子的智能医疗产品上。

当援朝说起山娃子今后将与国内的科研机构联盟，为病人制作无痛苦、安全、便捷的医疗用品时，老人听了，刚才的忧伤一扫而光，他那瘦削的脸庞随即泛起淡红色的光泽，吐字也变得清晰起来！

"这是我们几代医务人员梦寐以求的愿望啊！我的山娃子把中国人研究生产的产品打入了世界，又立志要更上一层楼，有志气！我要拿出一万元作为他的研究开发基金。"

援朝深知他父亲从不过问自家的经济，他的货币价值还停留在20世纪的50年代，当年他资助在卫生学校读书的学生，六十元钱就能维持一年的生活，一百元钱就能买来"育才林"所有的大大小小树苗。在老父亲眼中，一万元是何等巨大的财产，不要说50年代，就在70年代也是一笔不可小觑的数额。"一万元"钱是有价的，但他无私奉献的精神是无价的。接着，老人家还建言——以后山娃子他们研制的智能医疗用品，要首先在我身上应用，因为我是老年人，也是一个老年病人，更是一位医生！

　　当这些信息遥传到大洋彼岸的会议厅，会议主持人建议全体肃立，向这位中国的老医生致敬！

第二十章
上善若水领航者　厚德载物杏林人

　　医院门诊外的高墙上悬挂着目不暇接的红色长幅——上书"热烈祝贺罗城人民医院成立七十周年!""群策群力争创一流医院,启智启能培养创新人才!""精医厚德跨世纪,仁心仁术七十年!""争创一流心系百姓,真情奉献爱洒人间""七十年的大医品质,千万人的健康选择"……医院条条通道上插满了鲜艳夺目的红旗,通道两边绿草成茵,园林中的杨柳婀娜多姿,松树雄伟苍劲,银杏树高大挺拔,梅树苍劲嶙峋,东南西北四个花坛花团锦簇。医院已是名副其实的美不胜收的大花园。各个诊疗室都放着盆栽鲜花,医院内外一派繁华景观,杏林儿女们喜气洋洋迎来医院七十华诞。

　　当年采访且跟踪报道姒秋生的《罗城日报》的司马记者,如今已是主任记者,成了自由撰稿人,早早来到医院寻访新闻亮点——不知怎么回事,竟跟随在三五成群的女同胞后面,她们虽然已经不那么年轻,却跨着矫健的步伐,喜滋滋地谈笑着,不知不觉来到了职工食堂。司马记者熟悉医院的每一个诊疗室,但近年来没跨进过食堂,当年采访姒秋生,曾到过职工食堂——记得是一座旧庙宇改建的,七八张斑驳的饭桌,木条钉成的长凳子。饭是职工自己蒸的,五六个品种小菜也多是清蒸为主:清蒸小黄鱼、清蒸鱼头、咸菜清蒸豆腐……偶

杏
林
儿
女

尔供应糖醋排骨，也只是厚厚的面粉裹着一点点骨肉，被职工们戏称为是"饿煞排骨"。这一桌一凳、一菜一饭，当然成了医院一去不复返的历史，食堂旧貌变新颜，今非昔比，也是医院发展的一个缩影。

如今屹立在眼前的职工食堂，能容纳七八百人就餐，整个大厅明亮整洁，通道宽敞，地面整洁光滑，餐桌干净卫生，大厅侧面设有工作餐供应处、自选餐供应处、水果甜点供应处。大厅拐弯处有几个小会餐厅。进出口处与餐厅四周均布置着图文并茂的宣传标语——"快乐生活每一天，开心分享每一餐""营养均衡，绿色新鲜""健康的饮食习惯，打造强健的体魄"。更有意思的是，食堂大厅宣传窗中大多的作品均是职工自己的书法、图画、摄影作品，上面的名字司马记者也大都熟悉！内容丰富，寓意深刻，而且独具品味、赏心悦目，如"理智要比心灵为高，思想要比感情可靠""静以修身，俭以养德，""即使饥肠辘辘，也要风度依然""倒下的是剩饭，流走的是血汗"。就餐者在潜移默化中得到素质和修养的升华！

司马记者情不自禁地沉浸在美不胜收的诗情画意之中，他信步来到一个小会餐厅的门口，正好奇地伸着头在张望着。"您找谁呀？"背后突然有人发问，条件反射地向后退了出来，他的肩膀正好触到背后人托着的盘子，"啊呀！"司马记者见到要碰掉对方的餐具而惊叫起来，说时慢那时快，托着盘子的人迅速转身一百八十度，二人背靠背站得住脚，惊魂刚定的司马记者刚要道歉，谁知那个穿着食堂工作服的中年人立即讲："对不起，让您受惊了！"中年人面目可亲，语气友好和善，丝毫没有做作的感觉。他还含笑点头让道示意客人通过。司马记者过意不去，赶紧从口袋中摸出包香烟，抽出一支递了过去，对方微笑着婉言谢绝道："医院早已禁烟，谢谢！同时也请您不抽烟。"说着他手指墙上禁止吸烟的示意图。

司马记者越发不好意思，赶快收起香烟连说，"惭愧！"中年人微笑着说："谢谢您的支持与理解，您需要帮助吗？""对，我正在找金老院长呢！""正好今天我们为他庆祝百岁寿诞，来，跟我来吧。"

他把司马记者引到"育才厅"后离开了。司马记者觉得医院已将先进的管理思想、理念、方法有的放矢地渗透到每一个角落，每一个医院人的心田，以小见大，相信刚才点滴小事是职工平时养成的良好工作、礼仪素养的自然流露。

一跨进"育才厅"，巨幅"寿"字正面悬挂着，刚才几个女同胞正在忙碌着，她们是来参加老院长的寿诞的。"育才厅"窗明几净，能容纳上百人，茶几上的盆景均是凤尾翠竹，翠绿茵茵，清清秀秀，散发着淡淡的清香；窗外翠竹成林，苍翠挺拔，生机勃勃，在微风的吹拂下，似向人们频频致意。

竹子是一种对环境适应能力很强的植物，无论是酷暑还是严寒，它都能毅然挺立。古往今来，在中国人的心目中竹子是坚韧挺拔、有气节的象征。唐朝张九龄咏竹称"高节人相重，虚心世所知"。将老院长的百岁寿宴设在翠竹林边，召集人独具匠心，竹子柔韧坚强，象征着老院长长寿安宁、幸福和谐。竹子弯而不折，折而不断，象征着老院长的气节和傲骨；竹子潇洒挺拔、清丽俊逸，象征老院长的君子风度。

来客三三两两进入"育才厅"，他们不是坐在椅子上互相聊天，而是聚集在悬挂着的"寿"字面前，饶有兴致地议论着："有创意！""有意境！"司马记者也挤了进去，原来"寿"字是由一张张小小的照片粘贴而成的。有人在数人数，有人在寻找照片上自己熟悉的人。司马记者认识老院长的子女、亲戚，对老院长的禀性、习惯也了如指掌，他熟悉老院长，敬重老院长。

"寿"字上的照片有少年儿童，有白发老人，有天生丽质的姑娘，有背着书包的读书人……照片上面的每一个人都有一个动情的故事，这个"寿"字承载着满满的爱，满满的情！司马记者也能认出好几个呢：这个是肾脏破裂而大出血，院长为其做肾脏修补术后健康地活着的；这个是砍柴摔伤而一定要老院长治疗的黄发老大哥；老大哥旁边那位是被同伴的沙子枪误伤的年轻人；这位粗眉大眼的戴红领巾的小女孩是车祸脑外伤，硬被院长从死神那里拉回来的……几位女同志也在指点着小照片说着她们知晓的往事。另一群来宾却在认真看老院长自述的《九九抒怀》："子在川上曰：逝者如斯夫。"时间如流水，不知不觉虚度九十又九，如果说此生不枉度，我能结识一大群杏林儿女：有神医之称闻名遐迩的内科大夫、有誉满省内外的外科"一把刀"、有在全国数一数二的眼科专家、有肩扛"担当"一号难求的名中医、有被群众赞不绝口的"脏一人净全院的洗衣工"、有在平凡岗位做出不平凡业绩的"三花"、女中"三英"……他们是我终生的良师益友，是我自强不息的动力。

更有一大批医生的先生——病人，即使我们受到冲击与迫害，他们一直不离不弃，是滋养我成长的雨露。我敬重他们，热爱他们，此生此辈不能没有他们！同时因为有了他们，我们的罗城市人民医院才能日新月异，罗城市人民医院发展越好，罗城人民越开心，罗城人早把罗城市人民医院当作自己健康的护航舰。罗城人如数家珍一样记叙罗城市人民医院的发展历史——省立罗城医院、罗城市第一医院、罗城地区医院、罗城市人民医院。

医院数年如一日地坚持派遣人员到缺医少药的边远山区开展防病治病工作。他们是当之无愧的白衣战士！白衣战士不仅保卫罗城地区人民的健康，还义无反顾地"援非援边"。广大医务工作者意气风发，医学科研成果硕果累累，罗城市首例先天性心脏病动脉导管未闭结扎术获得成功，首例断肢再植成功。第一例风湿性心脏病二尖瓣狭窄扩张术获得成功……广大杏林儿女向罗城父老兄弟交上了靓丽的答卷。

经过半个多世纪，几代市医人的不懈努力，我们医院已成为集医疗、教学、科研、保健为一体的三级甲等综合性医院，先后被授予全国卫生系统先进集体、省卫生系统先进集体。许多疑难杂症得到解决，高难度手术获得成功。与此同时涌现出大批医学名家——被卫生部授予"不退休医生"称号的专家，国务院特贴专家……更有数不胜数的几十年如一日奋斗在岗位上的白衣战士，为实现医学誓言，他们视患者为第一：为肝癌晚期患者吸去气管堵塞物挽回生命、为患者捐献骨髓创建"爱心博客"、为熟识新药药性首先从自己和爱人服药开始……为患者健康敢于牺牲自我；他们是平凡的人，做着平凡的事，却创造了深深震撼着人们心灵的业绩。当年只有二十六位职工的中心卫生院，已成为目前罗城最具实力的综合性医院！

七十年历史证明，我们罗城市人民医院的确具有一支与时代同进的医疗队伍！是一支拉得出，打得响，特别能战的战斗队！能作为杏林儿女中的一员自豪无比！倘若有来世，我愿意再当一位白衣战士！

如今年岁已高，我是不求房子宽敞，只愿就在医院旁边。仍然可来医院瞧瞧看看，即使远处眺望也是心旷神怡！借此机会祝杏林儿女心想事成，为人民多立新功！祝众位父老乡亲健康长寿。

大伙儿一边看着，一边议论着，有的说，老院长一篇朴实无华的抒怀，惦念的是医院与他人，我最敬佩他这样的高风亮节。有的说，百岁老人思维如此清晰，足见好人是有好报的！有的说，任上多少岁月从未上过一次先进与模范的光荣榜，足见其一生公正无私！

大家饶有兴致地议论着。

"老院长来了，老寿星来了！"眼尖的人远眺见一群人过来了，就高声喊道。

果然，老寿星在众人的簇拥下，跨入"育才厅"。鹤发童颜的老寿星穿着一身整洁的中山装，内着紫红色的衬衣，衬衫风纪扣还是扣得那样一丝不苟。步履迈得虽小但却很坚实，他右手拄着一根手杖，左手挥动着与来客热情打招呼，来到巨幅"寿"字的前面，目睹着照片上一张张似曾相识的笑脸，一阵开心以后，马上喃喃自语道，我何德何能接受如此隆重的寿辰活动？太奢华了！太奢华了！

"大宝，援朝，叫你们简单办！为什么不听？"老寿星用力敲手杖，急不可耐地唤着自己的二个儿子。

大宝与援朝从未见老父亲如此发火，在众目睽睽之下，二人急得脸红耳赤，不知如何应对。

"老寿星您错怪他二人了，这是我们护理部与工会的主意，也是院党委的意见，等会儿书记还会向您献祝贺词呢！"护理部主任放下手中的果盘，边走边说，来到老寿星身旁。

"是这样的，父亲，感谢护理部的姐妹们，她们早在几个星期前就筹划征集照片了，利用三个晚上时间把照片拼成寿字，这个精致细巧的手工作品是她们智慧和爱心的结晶，在此我代表全家向护理姐妹们致谢。"大宝向前一步深深一个鞠躬。

老寿星站了起来也准备行礼，护理部主任赶快把他按住。

"我们就是按照您的意思做的，医院不仅为您祝寿，也为医院所有百岁老人送上诚挚的祝贺，您没有搞特殊，您放心……"

"我迟到了，迟到了，老寿星批评我这个晚辈吧！"急匆匆赶来的党委书记，进来后就自我批评。

"那边的庆典也正值高潮，书记与我是从偏门中溜出来的。"同来的人事处长赶快插了一句。

"让一让，祝寿蛋糕来了！"食堂主管菊花捧出硕大的一个蛋糕。

"菊花，别急！我们还须请甄书记给老寿星献祝贺词呢！"护理部主任和工会主席几乎异口同声地说。

老寿星丝毫不糊涂，对菊花说："还是吹蜡烛、切蛋糕吧，甄书记工作忙，不要影响他工作！"

"老寿星，今天为您庆祝百岁华诞就是我的工作，您老为医院做出巨大贡献与牺牲，我们后来人都铭记于心，今天我受院党委与院长的重托，祝贺您生日快乐，长寿健康。"

甄书记接着说：

"您是师者——学高为师，身正为范；您是医者——德技双馨，仁术济世；您是学者——孜孜以求，精勤不倦；您从医执教——救死伤无数，育桃李天下。您在新中国成立后不久，百废待兴之际来到医院，以卓尔不群的眼光，分离了疗养病房，继而独立成立疗养院；加强传染学科与妇产科，为以后单独组建传染病院与妇女保健院准备了专业人员、业务知识、制度建设等必不可少的基本条件。您的医院自行办学的意见如高屋建瓴，一到医院就兼任卫生学校的校长，一手拿听诊器一手执教鞭，亲自编著教材，对学生总是亲力亲为充满慈爱，培养了大批优秀的医务工作者，他们的足迹踏遍罗城的山山水水，有的还出省出国门为全国及世界人民服务，医院被广大医学生誉为'亲爱的母校'，被来院进修医生称为培养人才的摇篮，'亦医亦教'的成功经验在省内外享有盛誉。您渊博的医学管理知识，使规章制度不断得到修订、充实，并日趋完善，为日后全院形成一个制度化的网络系统，为医院稳步发展奠定了基础。您为顾全大局而义无反顾地放弃美满婚姻，对党忠诚，生命铭刻！特别您人身失去自由陷入樊笼之时仍心绘发展的蓝图，所有这些我们听在耳中，看在眼里，记在心里。职工说您是地地道道的'三无院长'！一无院长官腔、二无院长官话、三无院长官气；您廉洁奉公，两袖清风；您脚踏实地，成绩卓著；您从没有打过一个招呼，递过一张条子。这桩桩件件无不渗透着您高尚的职业道德、厚重的人文修养、独特的人格魅力、良好的心理素质、无私的奉献精神！医学是您今生无悔的坚守，您甘愿倾注自己毕生的精力给您的病人、您的学生、您热爱的医学事业，以医术赢得患者新生，以医德收获病人的尊重，为此赢得广大职工衷心的爱戴！"说着甄书记扬了扬手中的一张纸大声说：

"看！这张纸上是由 999 名职工签字的祝寿词，你们说我们老寿星可敬吗！"

"可敬！"大家异口同声地说。

"再加一个名字，加上司马再生，就是我自己，"司马记者大声喊着。

"同志们，我叫司马再生，是《罗城日报》的记者，我姐姐就是你们医院的护士，当年是首创头皮静脉输液针头的，我既是医院的家属，又是医院的朋友与患者，记得我还在读中学时，不小心从树上跌了下来，到夜晚才觉得腹部绞痛而被送进医院。我姐姐和我一起进了手术室。姐姐说是老院长救了我！手术台上，有医生主张切除脾脏，但院长不同意，说脾脏是人体最大的免疫器官，脾脏功能太大了，必须给年轻人保留，就这样院长通宵达旦为我修补了脾脏。喏，我姐姐进来了，当时院长是这样说的吗？姐姐！"

"是这样的，那么多年过去了，但金院长为我弟弟手术的情景至今还历历在目，他低着头，弯着腰，这样的姿势一直持续着，人不是铜铸铁打的，他背后就有一个凳子，我多少次说，请向后挪动半步坐一会儿吧，稍歇一会儿对他来说非常需要，但他纹丝不动，仍全神贯注操作着，仿佛整个空间中只有他与他的病人存在。他双眼那么专注，他内心那么镇静，他手法那么熟练！我感叹道医生不仅需要技术、体力，更为重要的是超强的仁爱之心。他好像天生就是为救死扶伤而生的。我暗暗祝福，祝弟弟脱离灾难，祝院长好人有好报！但事后还是忍不住问过院长，一个姿势一直坚持着，得有多大的毅力！院长的回答使我肃然起敬，'手中托着的是脾脏，心中想着的是脾脏，头脑中考虑的还是脾脏，思量着如何使脾脏修补得又快又好，不能因为自己能稍稍舒服而造成走神，这可不是小事，全心全意为病人服务，不能仅仅挂在嘴巴上，必须落实在事事、时时、处处之中！'那时我刚参加工作不久，亲眼所见成了我难以忘怀的一幕！所以院长成了我学习效仿的榜样，我决心像他一样事无巨细为病人着想。院长是我们广大职工最为尊敬的人！"

"快递，快递！哪位是金健民先生？"有人高喊道。

"给我，我是他的儿子，是从西藏寄来的吗？"援朝上前接了快递。

"正是！"快递小哥嘴上回答着，眼睛忽悠忽悠地四周张望着，说道，

"这位老寿星我知道，我知道！他给我祖母医过病，当年祖母被

毒蛇咬伤，是你们医院巡回医疗队的金院长救了她，如果没有金院长的果断，我祖母早没命了，她后来装了假肢，照常是家庭的顶梁柱。金院长还为我们村很多人治过病，祖父和祖母说他是我家的救世主，我们永远不会忘记他！"快递小哥口齿伶俐地诉说着，还"嗵嗵嗵"跑过去向老寿星恭恭敬敬地三鞠躬。众人都称奇。援朝对快递小哥热情地说：

"等会儿一块儿吃蛋糕！"

援朝打开快递及附言，高兴地对父亲说：

"山娃说，带着您对西藏人民的深情厚谊，特地到罗城人民医院对口支援的日喀则地区医院，特别是相对比较偏僻的村落，按照您的意愿，送药送医送温暖，无偿援助当地十万元的医疗用品，纯朴的西藏人民了解到是您百岁老人的善举，送上这洁白的哈达祝您健康幸福。山娃子又讲了，做了对不起您和祖母一件事，请求原谅——山娃子完成预定计划准备回返，路边一位小孩频频向他招手，用西藏语连说，叔叔好！山娃子走过去亲了他一下，发觉小孩衣服破旧且单薄，问他在读书否，他点了点头。山娃子从上口袋摸到下口袋，摸不到一分钱，却摸到您给他的那支英雄金笔，他双手递给了小孩，小孩也很懂事，双手摆摆表示谢绝，山娃子把笔放到小孩的口袋里，说了句好好学习。"边读来信边看父亲的神气。援朝又小心翼翼地说了一句。

"山娃子少不更事！"

"山娃子做得对，做得好！是我的亲孙子！帮助一个孩子好好读书，功莫大焉，山娃子既热心于医疗和教育事业，再加上仁爱之心，我感到欣慰！"

宾客们赞叹不已！纷纷说，好家风后继有人了！

接着，大家又推举书记代藏族同胞为老寿星献上洁白的哈达。

"司马记者请给我与老寿星照一张吧，我要带回家乡，因为全村人都在惦记着金院长！他们见了老院长的照片一定会很开心的。"快递小哥站在老寿星身后，伸出二个手指头，准备好姿势拍照。

"市长来了!"不知怎的司马记者突然发现市长的身影,情不自禁高声喊了起来。

市长在辛院长的陪同下进入"育才厅",市长快步上前向戴着洁白哈达的老寿星深情地三鞠躬,辛院长随后也要行礼,急得老寿星赶忙制止连说:

"我何德何能劳市长大驾,受此等大礼?!"

"您当之无愧!我刚出世时不久您就学成回国,为了强国健民而战斗在救死扶伤的岗位上,当我上学之时我就知道您在市政协担任领导职务,您是当之无愧的老前辈。今日我们欣喜地看到您的强国健民中国梦已初步达到!一鞠躬理所当然;您是我们家乡最早的医事学校的校长,培养了大批优秀医学人才,为罗城造就一支招之即来、来之能战的医疗卫生队伍,向您这位呕心沥血的老校长二鞠躬合情合理;您在医学殿堂中一站就是五十年!去年医院门诊收治病人超过一百万,住院收治五万病人,医院历尽千锤百炼得以发展壮大,为罗城人民的健康保驾护航,我这个罗城父母官理应向您为之付出美好青春与毕生心血的老院长三鞠躬!受之无愧!一进门就见到您身披洁白的哈达,知道已将你们的仁爱飞过千山万水直送到了西藏珠穆朗玛峰上,百岁老人心怀壮志,一点儿也不落伍,又为我们年轻的一代做出了表率,在此再次对老寿星表达崇高的敬意!"

礼毕后,市长上前紧紧地握住老寿星的双手,再次祝福他健康长寿。市长的良好礼节博得在场来宾阵阵掌声,大家纷纷上前与市长握手,司马记者按动快门,成了一张张动人的现场写生。

"同志们,再告诉大家一个特大喜讯,在院庆大会上,老院长被罗城市政府授予'优秀园丁'的称号。今天我们医院真是喜事多多!"辛院长边说边向老院长握手祝贺。

"怎么能将功劳全算到我一人头上,周围的同道们比我优秀得多!惭愧!"

"老院长您一生未上光荣榜,今天市政府授予'优秀园丁'的称号，正如俗语所说，是金子总会发光！同志们，我们请寿星许个愿吧！"甄书记与菊花捧着蛋糕来到老院长面前。

此时"育才厅"中欢快而热烈的气氛达到了高潮。

司马记者和在场来宾一样深深被感动，金健民他们热爱人民，报效祖国，唯人民事业为重，在救死扶伤的战斗中，付出了美好的青春、毕生的心血甚至生命。中华民族的杏林儿女真是很美，美就美在他们的行动上、他们的心灵上！司马记者决定以自己的所见所闻，写一本纪实小说献给默默奉献的杏林儿女们。

杏
林
儿
女

后

记

后　记

　　一直以来，人们是用"杏林"称颂医生的，用"誉满杏林"等成语来赞扬医生的高明医术和高尚医德。我觉得他们是一群追求国要强、民要健的理想，高举"杏林"精神大旗的儿女。我早就想写些文字对他们表示敬仰之心，退休以后，我第一件事就是说说心目中那群"杏林"人。

　　记得还是读小学时候，我常到一位同学家中去玩，他的父母都在医院工作，很快发现一个独特现象，不管白天还是晚上，每次发现他的父母不是在看书就是在伏案写作，没有一次例外，当时心中暗暗地想，同学的父母工龄不短，经验非常丰富，可是读书学习比我们在校的学生还用功！于是我就好奇地对我那位同学说了，听说做医生是很潇洒的，可你的父母没日没夜读书学习，没有时间休息和玩耍，太辛苦了吧！他的回答至今令我记忆犹新，他说，父母说过做医生是很辛苦的，不但要努力学习，更要辛勤工作，吃不了苦耐不住劳的人是不能做医生的。此为对医务人员最初的印象。以后自己也进入医院，竟然发现医院更是一所大学校，因为医务工作者都明白人体有许许多多奥秘未被揭开，所以必须有坚韧不拔的精神去学习，掌握更高明医术才能更好为患者服务。随着斗转星移，给我又一种挥之不去的感

— 277 —

觉，他们有着最质朴的医者爱心、仁心。时时、处处无不特别小心谨慎，在救治病人的紧要关头，他们不计时间、废寝忘食；不论严冬酷暑，不管风雨黑夜，都是随叫随到。他们的付出屡屡可以救人于死亡线上；他们的精心诊治常常能给众多的病人解除疾病的折磨而带来一生的幸福！凡是患者需要的他们都认真做好，舍我其谁！经常能耳闻目睹这件件桩桩"小事"，怎能不为之动容！

后来我又深切感受到医务人员这支队伍既拉得出又打得响，只要一声令下，他们立即义无反顾地向前冲，不管危险多大，困难再多，他们一定挺身而出！不说众所周知的新冠肆虐时节，杏林儿女争着逆行而上，现在如此，以前也是一样，真正名副其实的仁义之师！父老兄弟们有这样品质的人给你治疗疾病，守护在你身边，还有什么不放心，或是疑虑重重。然而有的患者及其家属稍有不顺心竟会大出打手，甚至导致医务人员的伤亡，"医闹"屡见不鲜。医闹的直接后果是导致医务人员的直接或间接大量流失，并产生十分严重恶劣的影响，严重阻碍卫生事业的发展。一位医学家说了，没有健康医生，就没有健康民众。所以说医闹的结果，最后也导致患者自己根本利益的损害。

今天写下《杏林儿女》一书，目的之一就是希望广大患者在就诊过程中能够理解他们！因为医者与患者目标是一致的，正如著名外科专家裘法祖先生比方那样：治疗就像过河。在疾病这条湍急的河流面前，医生和病人都以彼岸为目标，由医生背着病人过河。过河这个比喻形象地说明了医疗过程。理解了这一点，医患关系的实质也就容易理解了。和谐的医患关系是战胜疾病的重要条件。目的之二是愿我们的后继者能不断发扬光大杏林精神，长江后浪推前浪，一代更比一代强！

在此要特别感谢王林仁老师，他曾为《杏林儿女》付出辛勤劳动，没有王老师的帮助是出不了此书！对帮助我的所有朋友们一并致谢。

杏
林
儿
女